民國新聞專題史研究叢書

方漢奇 題

倪延年　主編

第 7 冊

民國時期的圖像新聞業（上）

韓 叢 耀 等著

花木蘭文化事業有限公司

國家圖書館出版品預行編目資料

民國時期的圖像新聞業（上）／韓叢耀 等著 ─ 初版 ─ 新北市：
花木蘭文化事業有限公司，2020〔民 109〕
目 4+224 面；19×26 公分
（民國新聞專題史研究叢書；第 7 冊）
ISBN 978-986-518-124-6（精裝）
1. 新聞業 2. 民國史
890.9208   109010275

ISBN-978-986-518-124-6

9 789865 181246

民國新聞專題史研究叢書
第 七 冊   ISBN：978-986-518-124-6

民國時期的圖像新聞業（上）

作　　者　韓叢耀等著
叢書主編　倪延年
出　　版　花木蘭文化事業有限公司
發 行 人　高小娟
總 編 輯　杜潔祥
副總編輯　楊嘉樂
編　　輯　許郁翎、張雅淋　美術編輯　陳逸婷
聯絡地址　235 新北市中和區中安街七二號十三樓
　　　　　電話：02-2923-1455／傳真：02-2923-1452
網　　址　http://www.huamulan.tw 信箱 hml810518@gmail.com
印　　刷　普羅文化出版廣告事業
初　　版　2020 年 9 月
全書字數　261377 字
定　　價　共 12 冊（精裝）新台幣 36,000 元

民國時期的圖像新聞業（上）

韓叢耀 等著

此項研究得到國家社會科學基金重大項目
「中華民國新聞史」（編號:13&ZD154）資助

《中華民國新聞史》學術顧問委員會

主任委員

方漢奇　中國人民大學榮譽一級教授，中國新聞史學會創會會長，中國人民大學新聞學院教授，博士研究生導師。

執行主任委員

趙玉明　中國傳媒大學教授，博士生導師，中國新聞史學會第二任會長，北京廣播學院原副院長。

副主任委員

朱曉進　南京師範大學教授，博士生導師，副校長，中國民主促進會江蘇省主委，政協江蘇省副主席。

程曼麗　北京大學教授，博士生導師，中國新聞史學會會長，北京大學華文傳媒研究中心主任。

委員（按姓氏漢語拼音為序）

顧理平　南京師範大學教授，博士生導師，南京師範大學新聞與傳播學院院長。

黃　瑚　復旦大學教授，博士研究生導師，復旦大學新聞學院常務副院長，中國新聞史學會副會長。

李　彬　清華大學教授，博士研究生導師，清華大學新聞與傳播學院學術委員會主任。

劉光牛　新華通訊社高級編輯，新華社新聞研究所副所長。

劉　昶　中國傳媒大學教授，博士研究生導師，中國傳媒大學新聞傳播學部新聞學院院長。

馬振犢　中國第二歷史檔案館副館長，研究員，中國近現代史史料學會副會長。

倪　寧　中國人民大學教授，博士研究生導師，中國人民大學新聞學院執行院長。

秦國榮　南京師範大學教授，博士研究生導師，南京師範大學社會科學學術委員會秘書長，南京師範大學社會科學處處長。

吳廷俊（常設）華中科技大學二級教授，博士生導師，中國新聞史學會副會長，中國新聞史學會新聞教育史分會會長。

二〇一四年三月

《中華民國新聞史》編纂委員會

主任委員

吳廷俊　華中科技大學二級教授，博士研究生導師，中國新聞史學會副會長暨新聞教育史分會會長。項目常設顧問。

執行主任委員

倪延年　南京師範大學教授，博士研究生導師，中國新聞史學會特邀理事，南京師範大學民國新聞史研究所所長。主編《中華民國新聞史》（第1卷），協助主任委員完成項目研究組織協調工作。

副主任委員

張曉鋒　南京師範大學教授，博士研究生導師，中國新聞史學會常務理事，中國新聞史學會臺灣與東南亞華文新聞傳播史研究會副會長，南京師範大學新聞與傳播學院執行院長。協助主任委員完成項目組織協調工作。

委員（以姓氏漢語拼音為序）

艾紅紅　中國傳媒大學教授，博士研究生導師，中國新聞史學會常務理事，主編《中華民國新聞史》（第5卷），負責全書「民國時期的新聞廣播業」特約專題稿和《民國新聞專題史研究叢書·民國時期的新聞廣播業》分冊撰稿。

白潤生　中央民族大學教授，中國新聞史學會特邀理事，負責全書「民國時期的少數民族新聞業」特約專題稿和《民國新聞專題史研究叢書·民國時期的少數民族新聞業》分冊撰稿。

鄧紹根　中國人民大學教授，博士生導師，中國新聞史學會副秘書長。負責全書「民國時期的外國在華新聞業」特約專題稿和《民國新聞專題史研究叢書·民國時期的外國在華新聞業》分冊撰稿。

方曉紅　南京師範大學教授，博士研究生導師。負責全書「民國時期的新聞管理體制」特約專題稿和《民國新聞專題史研究叢書·民國時期的新聞管理體制》分冊撰稿。

郭必強　中國第二歷史檔案館研究室主任，研究員，中國近現代史史料學會常務理事、副秘書長。負責協助有關史料的查閱和審核工作。

韓叢耀　南京大學教授，博士研究生導師。負責全書「民國時期的圖像新聞業」特約專題稿和《民國新聞專題史研究叢書・民國時期的圖像新聞業》分冊撰稿。

何　村　渤海大學教授。協助首席專家完成相關工作。

李建新　上海大學教授，博士研究生導師，中國新聞史學會常務理事。負責全書「民國時期的新聞教育」特約專題稿和《民國新聞專題史研究叢書・民國時期的新聞教育》分冊撰稿。

李秀雲　天津師範大學教授，博士生導師，新聞傳播學院副院長，中國新聞史學會常務理事。參加全書「民國時期的新聞學研究」特約專題稿和《民國新聞專題史研究叢書・民國時期的新聞學研究》分冊撰稿。

劉　亞　南京政治學院教授，博士研究生導師。主編《中華民國新聞史》（第4卷），負責全書「民國時期的軍隊新聞業」特約專題稿和《民國新聞專題史研究叢書・民國時期的軍隊新聞業》分冊撰稿。

劉繼忠　南京師範大學副教授，博士。南京師範大學民國新聞史研究所副所長。主編《中華民國新聞史》（第3卷）。

徐新平　湖南師範大學教授，博士研究生導師，中國新聞史學會常務理事。負責全書「民國時期的新聞學研究」特約專題稿和《民國新聞專題史研究叢書・民國時期的新聞學研究》分冊撰稿。

萬京華　新華通訊社新聞研究所研究員，新聞史論研究室主任，中國新聞史學會常務理事。負責全書「民國時期的新聞通訊業」特約專題稿和《民國新聞專題史研究叢書・民國時期的新聞通訊業》分冊撰稿。

王潤澤　中國人民大學教授，博士研究生導師，新聞學院副院長，中國新聞史學會副會長兼會刊《新聞春秋》主編。主編《中華民國新聞史》（第2卷）。

張立勤　華南師範大學副教授，博士。負責全書「民國時期的新聞業經營」特約專題稿和《民國新聞專題史研究叢書・民國時期的新聞業經營》分冊撰稿。

二〇一八年十二月

《民國新聞專題史研究叢書》序

倪延年

　　國家社會科學基金重大項目 2013 年度（第二批）「中華民國新聞史」自 2013 年 11 月立項以來，項目組全體同仁歷經五年奮力拼搏，終於如期完成了研究任務，交出了自己的答卷。項目最終成果可分兩個部分：即 5 卷本的《中華民國新聞史》和由 10 個專題 12 個分冊組成的《民國新聞專題史研究叢書》。本序主要就「民國新聞專題史」研究的歷史進程、研究對象、研究組織及研究原則等涉及全套《叢書》的相關問題作一個概括性介紹。

一

　　從孫中山領導在南京創立中華民國臨時政府（俗稱民國南京臨時政府）的 1912 年元旦，到我們撰寫定稿「民國新聞專題史」各分冊的現在（2018 年底），兩個時間點相距一百多年。回顧這一百多年「民國新聞專題史」研究的歷史進程，真是讓人感慨萬千。這一百多年的歷史進程，從大的方面可以劃分為中華民國時期（38 年左右）和中華人民共和國時期（建國已近 70 年）兩個階段；每一階段又可分成兩個小的階段——這兩個大的階段和四個小的階段，正好構成了「民國新聞專題史」研究發展的完整歷程。

一、「中華民國時期」的 38 年可以日本發動全面侵華戰爭而製造的北平盧溝橋「七‧七事變」為節點劃分為兩個階段。

（一）從孫中山領導創建「中華民國」到「七‧七事變」爆發是中華民國時期「民國新聞專題史研究」的第一個階段。

　　民國成立近十年後，中國共產黨正式誕生並迅速走上國內政治舞臺。由

於社會主義蘇聯的牽線搭橋，以馬克思主義為指導思想的中國共產黨和孫中山重新解釋「三民主義」改組執行「聯俄、聯共、扶助農工」三大政策的中國國民黨，合作開展反帝反封建大革命運動，並一起發動了以打倒北洋軍閥、推翻北洋政府為目標的「北伐戰爭」。就在國共兩黨合作的北伐戰爭勢如破竹推進，共產黨領導組織的上海工人第三次武裝起義成功之後，國民黨右派勢力代表蔣介石、汪精衛等從 1927 年 4 月起先後製造了上海「四‧一二政變」、「武漢七‧一五政變」，依仗軍隊血腥鎮壓曾經共同反對北洋軍閥的合作夥伴共產黨人。嚴峻的政治環境迫使共產黨人要麼是轉入地下狀態堅持反對國民黨反動派的鬥爭，要麼是到國民黨鞭長莫及的偏遠山區開展武裝鬥爭。儘管共產黨誓言要推翻國民黨政府，但共產黨領導的工農紅軍不但弱小，且處於被國民黨軍隊追擊「圍剿」狀態，難以造成對國民黨統治的直接威脅。以蔣介石國民黨集團主導的「中華民國」獲得了一個相對穩定的發展時期，經濟、文化、教育及科學技術等得到較快發展。

或許因為人文社會科學研究需要一定時間積累，所以在 1937 年之前的中國學術界，傳統人文社會科學領域對當朝「中華民國」的研究似乎還沒有全面展開。但也有例外。中國學術界在 20 世紀 30 年代中期就出版了一批研究「中華民國」憲政、立法及政治生活等方面的專著。其中最早的是著名歷史學家和法學家吳宗慈所撰《中華民國憲法史》，該書對從 1913 年《天壇憲草》議定到 1923 年《中華民國憲法》正式公布的 10 年制憲歷程做了詳盡記錄，描繪了 1923 年《中華民國憲法》從起草到完成的全過程。後來又先後出版了潘樹藩的《中華民國憲法史》（上海商務印書館，1935 年版），謝振民編著、張知本校訂的《中華民國立法史》（正中書局 1937 年版），吳經熊、黃公覺的《中國制憲史》（上海商務印書館 1937 年版）及郭衛、林紀東的《中華民國憲法史料》等一些著作。儘管中國法史學界出版了多種中華民國「憲法史」或「立法史」著作，但筆者至今沒有發現當時新聞史學界出版名為《中華民國新聞史》的學術專著或「民國新聞專題史」方面的系列研究著作。或許是因為新聞史比憲法（立法）史距社會現實政治略遠了一些？或許是新聞史學界研究人才和學術積澱還沒具備出版《中華民國新聞史》的條件？或許是受「新聞無學」慣性思維影響，人們還沒關注到「民國新聞史」學術研究？或許是新聞學人關注點還是在新聞報刊採編發售等「實用」技術總結，而無暇關注相對「虛」一些的「民國新聞史」理論研究？或許是新聞史學界受數千

年「當代人不修當代史」文化傳統習慣制約和影響，認爲不應撰寫當朝「民國新聞史」等，筆者不得而知。儘管沒有明確答案，但可以肯定的是由於上述一種或數種因素的綜合作用，才出現這一階段尚未撰寫出版《中華民國新聞史》或「民國新聞專題史」系列專著的實際結果。

（二）從中華民族全面抗日戰爭爆發，到蔣介石指揮的國民黨軍隊在抗日戰爭勝利後的國共內戰中被共產黨領導的人民解放軍打敗並播遷到臺灣諸島爲中華民國時期的第二個階段。

日本軍隊在中國北平盧溝橋製造「七‧七事變」，發動了對中國的全面武裝侵略。中華民族爲救民族於危亡奮起抵抗，進入以國共合作爲標誌的全民族抗日戰爭階段。歷經八年的全民族艱苦浴血奮戰，中國的抗日戰爭暨世界反法西斯戰爭取得了勝利。抗日戰爭勝利後的國共兩黨關於和平建國的談判因多種因素破裂，兩黨軍隊兵戎相見，最後是國民黨的「國民革命軍」被共產黨領導的「人民解放軍」徹底打敗，一路播遷到中國東南沿海的臺澎金馬諸島。這一階段仍然沒有發現《中華民國新聞史》及「民國新聞專題史」研究系列著作問世。

抗戰時期的「中華民國國民政府」是世界大多數國家承認的中國中央政府。國共合作抗日後，共產黨領導的中國工農紅軍陝北主力部隊改編爲「國民革命軍第八路軍」，南方各省的紅軍游擊隊改編爲「國民革命軍新編陸軍第四軍」。共產黨在江西瑞金創建的中華蘇維埃共和國臨時中央政府長征結束後落腳的「陝甘寧革命根據地」，此時也改稱中華民國「陝甘寧邊區」。由於中華民族在奪取抗日戰爭勝利的同時也爲世界反法西斯戰爭勝利做出了重要貢獻，中國的國際地位得到明顯提高，國際影響力迅速增強。在第二次世界大戰結束前由美國、英國和中國等同盟國設計新的世界秩序並成立聯合國時，國民黨主導的中華民國成爲聯合國的五個常任理事國之一。抗日戰爭勝利後，全國各民主黨派和民眾希望國共兩黨能夠實現孫中山先生「和平建國」遺願。但蔣介石國民黨集團及其主導的「中華民國」政府依仗在抗戰時期撤到大後方保存下來的軍隊和美國巨額軍事援助，在自認爲各項戰爭準備到位之時，撕毀了國共兩黨簽署的《雙十停戰協定》，1946 年 6 月 26 日向中原地區的中共部隊發起進攻，拉開了國共兩黨軍隊公開內戰的序幕。這場內戰一打數年，直到「中華民國」首都南京被人民解放軍「佔領」，中華人民共和國中央人民政府在北京宣告成立，並於 1949 年 10 月 1 日舉行了開國大典。抗

日戰爭前期，日本侵略軍依仗軍事優勢迅速向中國腹地推進，在佔領中國城鄉廣大地區的同時進行滅絕性的文化、文物、文獻及文人的掠奪。爲了保存實力堅持長期抗戰，也爲了保存數千年的文化遺產，中華民國政府在艱苦和匆忙的情況下，組織了大規模的「南遷」（從北方遷向南方）和「內遷」（從沿海遷向內地）。日本帝國主義侵略戰爭造成的巨大破壞和日本軍國主義的有組織掠奪及大規模遷移對文化、文物造成了難以估量的損失。大批年輕有爲的學者作家投筆從戎與外敵血戰，大批學養深厚的專家學者失去了基本的研究條件，大批年輕學生因戰爭和逃難失去正常的求學機會，無數文獻史料由於搬遷損壞或被日本人搶掠不能爲國人研究所用，包括新聞史研究在內的學術活動被迫停滯或中斷。在這種動盪和動亂的社會環境下，沒有《中華民國新聞史》和「民國新聞專題史」學術著作問世似乎也在情理之中。

二、中華人民共和國建國後的 70 年可以中共決定實行改革開放政策的十一屆三中全會召開爲標誌劃分爲兩個階段。

（一）從中華人民共和國中央人民政府在北京宣告成立到中共十一屆三中全會召開前的 30 年是中華人民共和國成立後的第一個階段。

在國共兩黨軍隊內戰中潰敗到臺灣的蔣介石國民黨集團，拒不承認「中華民國國民政府（總統府）」被共產黨領導的人民解放軍推翻（人民解放軍佔領了首都南京，解放了除臺澎金馬諸島以外的絕大部分國土）的現實，仍以「中華民國政府」的名義在臺澎金馬諸島施行統治。在聯合國大會 1971 年 10 月 25 日以壓倒多數通過阿爾及利亞等國提出的「關於恢復中華人民共和國在聯合國的一切合法權利，並立即將臺灣當局的代表從聯合國及其所屬機構中驅逐出去」的提案即「第 2758 號決議」前的相當長時間裏，國民黨臺灣當局在美國等西方國家的支持下用「中華民國」名義佔據中國在聯合國的常任理事國席位及合法權利。爲了鞏固在臺灣地區實行的「一黨統治」，蔣家父子及國民黨集團在臺灣實施了長達 38 年的「戒嚴體制」。一方面是臺灣地區的新聞史學研究者身處「中華民國」社會氛圍中，二是當局實施「威權體制」統制和禁錮人們的思想，加上傳統的「當朝人不修當朝史」的史學傳統，因而臺灣地區不可能出現斷代史性質的「中華民國新聞史」，當然也就不可能出版「民國新聞專題史」研究方面的系列著作。臺灣地區新聞史學者如曾虛白、賴光臨、李瞻等人所著（主編）的《中國新聞（傳播）（事業）史》中關於「中

華民國時期新聞史」的有關內容則是作爲「中國新聞史」的一個「時期」予以介紹，而不是作爲中國歷史的一個「朝代」予以敘述。

中華人民共和國成立剛滿周歲就被迫進行抗美援朝戰爭，國民黨潰敗前潛伏的大批特務和不法地主資本家趁機興風作浪，在臺灣的國民黨當局高調宣稱要「光復大陸」並不時派遣武裝特務騷擾沿海地區；美國在侵略朝鮮的同時把第七艦隊開進臺灣海峽阻擋大陸解放臺灣，不斷在中國邊境地區和周邊國家製造局部戰爭和政治事件，企圖把人民中國扼殺在搖籃中；蘇聯的大國沙文主義做法和蘇聯共產黨在黨際關係上以「老子黨」自居的傲慢態度，使剛剛建國的新中國領導人爲維護國家利益和民族尊嚴據理力爭，最後導致矛盾公開化和激烈化。共產黨領導的社會主義中國與美國等西方資本主義國家在意識形態方面勢不兩立，共產黨領導下實行社會主義制度的中國大陸與國民黨蔣介石（蔣經國）集團管治下實行資本主義制度的臺灣地區在軍事政治方面勢不兩立，社會主義陣營內部又因堅決反對蘇聯的霸權主義和蘇聯勢不兩立。階級敵人時刻虎視眈眈，新生政權時刻受到嚴重威脅。爲此，共產黨在創建人民共和國後，通過鎮壓反革命、土地改革、三反五反、公私合營、知識分子改造、高校院系調整及專業改造等一系列政治和行政舉措，淡化和消除蔣介石國民黨集團在大陸統治時期的影響和痕跡，以鞏固共產黨和人民政權的執政基礎。「繃緊階級鬥爭這根弦」使一些人片面認爲研究「中華民國時期」歷史是意在爲蔣介石國民黨「樹碑立傳」、「鼓吹復辟」或「招魂」。在「階級鬥爭年年講、月月講、天天講」的社會氛圍中，人們對研究「中華民國時期新聞史」唯恐避之不及，生怕引火燒身，實際形成諸多學術禁區。在這種社會環境裏，中國大陸地區沒有出版《中華民國新聞史》及「民國新聞專題史」方面研究的系列著作也在情理之中。

（二）從中共十一屆三中全會召開到當前（二十一世紀前二十年左右），可暫且視爲中華人民共和國成立後的第二個階段，這個階段還在繼續向前延伸。

中共十一屆三中全會後，中國大陸進入改革開放的「歷史新時期」，包括「民國新聞史研究」在內各方面的學術研究也隨之進入歷史新時期。由於數十年積壓下來的研究課題太多及思想解放的漸進性，直到 2007 年 8 月才在上海《新聞記者》（第 8 期）刊載的《研究民國新聞史的新資料——讀〈胡政之文集〉》（作者王詠梅）一文標題中出現「民國新聞史」這一名詞。儘管這僅

僅是一篇介紹《胡政之文集》的書評，但因其在文章標題中率先使用了「民國新聞史」這一學術概念，同時開始了民國新聞專題史研究（民國新聞史人物專題研究）的探索，因而在「民國新聞史」研究的歷程上具有特別的意義。2008 年 12 月，胡小平所著《民國新聞史》由青海人民出版社出版，這是 1949 年後大陸學者撰寫出版的學術著述中最早在書名中出現「民國新聞史」概念的專著。全書 27 萬字。包括「第一編　北洋時期新聞業的成長」、「第二編　國民政府時期的新聞業」、「第三編　抗戰時期的新聞業」、「第四編　內戰時期的新聞業」）等四編；每「編」設「章」。其中第一編 12 章，第二編 8 章，第三編 10 章，第四編 5 章。「章」下不分「節」，更沒「目」和「點」，全書正文除「章」標題外，以自然段方式一貫到底。附有「主要參考書目」，記載有 21 種圖書有關信息。2011 年 3 月 26 日在北京大學舉行「成舍我與民國新聞史」國際學術研討會是目前所知在中國大陸舉辦的第一個由中國大陸地區學術團體（中國新聞史學會）、臺灣地區學術團體（世新大學舍我紀念館）和美國相關學術團體（柏克萊加州大學東亞研究院）共同主辦，大陸地區高校新聞院系（北京大學新聞與傳播學院）和學術團體（北京大學新聞學研究會）協辦的民國時期重要新聞史人物「成舍我與民國新聞史」的專題學術活動，也是大陸新聞史學界舉辦的第一個由中外學術界人士參加的「民國新聞史」專題學術活動，是中國新聞史學會舉辦的以特定新聞史人物（成舍我）為研究對象的專題學術活動，把「民國新聞專題史」研究向前推進了一大步。

自 2011 年 1 月 10 日《安徽大學學報：哲學社會科學版》第 1 期刊載《論民國新聞史研究的意義、體系和實施》（倪延年）一文後，大陸地區學術刊物不斷有研究「民國新聞史」的論文發表。儘管一些論文標題沒有出現「民國新聞史」，但研究對象、主題或內容都屬於「民國新聞史」研究，其中大部分屬於「民國新聞專題史研究」。2013 年 6 月 10 日，全國哲學社會科學規劃領導小組辦公室（簡稱全國社科規劃辦公室）宣布「中華民國新聞史研究」獲准立項為當年度「重點項目」；同年 11 月全國社科規劃辦公室宣布由南京師範大學作為責任單位，中國人民大學、中國傳媒大學和新華通訊社作為合作單位，及全國 20 多個學術單位 40 多位專家學者組成團隊參加競標的「中華民國新聞史」中標立項為 2013 年度國家社科基金重大項目（第二批）（編號 13&ZD154）。設計的項目成果包括由 10 個專題 12 個分冊組成的《民國新聞專題史研究叢書》，這似乎是大陸新聞史學界「民國新聞專題史」方面第一次

有計劃的系列研究。爲了增強學術界對「民國新聞專題史」研究的關注和重視，中國新聞史學會和南京師範大學聯合主辦，南京師範大學新聞與傳播學院和南京師範大學民國新聞史研究所承辦的「再現歷史探尋規律：首屆民國新聞史研究高層學術論壇」2014 年 5 月在南京師範大學順利舉行。會議籌辦方在所有應徵的論文中評審出 42 篇出版了會議論文集《民國新聞史研究2014》，海峽對岸的新聞史學者跨過臺灣海峽來到南京參加這次學術盛會，並以大會報告向與會同行介紹研究成果；2015 年 11 月舉辦了第二屆民國新聞史高層論壇，評審出 48 篇出版了會議論文集《民國新聞史研究 2015》；2016 年11 月舉辦了第三屆民國新聞史高層論壇，評審出 40 篇出版了會議論文集《民國新聞史研究 2016》；2018 年 11 月舉辦了第四屆民國新聞史高層論壇，評選出 42 位學者在論壇進行論文演講交流──其中絕大部分是進行「民國新聞專題（人物、事件、媒介）史」研究的論文。我們相信，隨著思想解放不斷深入和研究隊伍的不斷擴大，「民國新聞史」專題研究肯定會繼續發展，並且肯定會發展得更快更好。

二

　　國家社會科學基金重大項目「中華民國新聞史」研究的總體問題是對在特定國際和國內社會環境下，民國時期新聞事業孕育、產生、發展和變化的歷史進程及其內在規律和經驗教訓進行學科的研究、歷史的總結和科學的評價。主要是探討這一階段新聞業發展變化的社會背景，思考新聞業發展對社會環境改變的作用，考察新聞業和社會變革的互動關係，再現民國時期新聞業發展和變化的歷史圖景，盡可能涵蓋完整的民國時期新聞業，包括新聞報刊業、新聞通訊業、新聞廣播業、少數民族新聞業、軍隊新聞業、圖像新聞業、外國在華新聞業以及新聞管理體制、新聞業經營、新聞教育、新聞學研究等諸多側面。

　　爲充分發揮新聞史學界集中力量辦大事的優勢，提高研究成果的整體水平，項目組在設計了完成最終成果《中華民國新聞史》（5 卷本）研究撰稿任務的五個子課題的同時，設計了對「民國時期新聞史」進行專門研究 10 個特約專門課題即：「民國時期」的新聞廣播業、新聞通訊業、少數民族新聞業、軍隊新聞業、圖像新聞業、外國在華新聞業、新聞教育、新聞學研究、新聞管理體制和新聞業經營。之所以確定上述專題作爲「民國新聞史」的特約研

究專題，主要考慮以下幾方面因素：首先是這些「特約專題」在「民國時期新聞業」中有比較豐富的研究內容即「有內容可以研究」，它們的存在和發展對「民國新聞業」發揮社會功能具有獨特的作用；其次是這些「特約專題」的深入系統研究對構建完整豐滿的「民國新聞史」體系具有重要作用即「應當重點研究」。這些「特約專題」的深入系統研究可使這些民國時期新聞業中的重要領域得以更充分反映，展現更為客觀全面的民國新聞史體系；三是這些「特約專題」領域已出現具有較深厚學術積澱、豐富研究經驗、較高水平成果並得到學界公認的領頭人即「有人勝任研究」，既為深入全面研究這些「特約專題」提供了人才支撐，也使實施這一系列工程成為可能。鑒於中國大陸改革開放後已出版如《中國近代報刊史》和《中國現代報刊發展史》等專門研究民國時期新聞報刊的著作，且作為「民國時期的新聞報刊」在設計為 25萬字左右的《民國新聞專題史研究叢書》分冊中難以充分展開；再如復旦大學黃瑚教授 1999 年 8 月就出版《中國近代新聞法制史論》，主體部分內容就是「民國時期的新聞法制」；2007 年 6 月馬光仁出版的《中國近代新聞法制史》也是主要研究「民國時期的新聞法制」，2007 年立項的國家社科基金重點項目「中國新聞法制通史研究」最終成果《中國新聞法制通史》（6 卷八冊）中設有「近代卷」，也是研究「民國時期的新聞法制」（且已在 2015 年出版）。因此本項目就沒有把民國時期的「新聞報刊業」和「新聞法制」設計為特約研究專題進行專門研究。

在國家社科基金重大項目「中華民國新聞史」設計的成果體系中，《中華民國新聞史》（5 卷本）是把「民國時期新聞業」放在當時特定的政治、經濟、軍事、科技、文化、教育等諸因素構成的社會環境背景下，探討其孕育、發生、發展、變化的歷史進程、內在規律及經驗教訓，從縱向對民國時期新聞業的發展歷程進行研究，以探討「民國時期新聞業」在不同歷史階段的發展變化及其主要特點，旨在體現新聞業與社會同進互動的思想。由 10 個專題 12個分冊組成的《民國新聞專題史研究叢書》則是向新聞史學界集中展現民國時期新聞史中此前少有學者深入系統研究的若干側面的專門發展歷史。其研究成果首先是作為《中華民國新聞史》（5 卷本）的學術支撐，《民國新聞專題史研究叢書》的分冊課題都是「中華民國新聞史」項目的「特約研究課題」。課題負責人角色定位首先是「中華民國新聞史」項目「特約撰稿人」，其次是《民國新聞專題史研究叢書》分冊撰稿人。「特約研究課題」成果的內容精華

將以「特約專題稿」形式納入《中華民國新聞史》各卷，以提高《中華民國新聞史》（5 卷本）的整體水平。這些「特約研究課題」負責人都是在民國新聞史研究特定側面具有領先優勢的專家學者，他們在「中華民國新聞史」整體框架下對各自優勢領域進行深入的專題研究並撰成 20～25 萬字左右的獨立專著納入《民國新聞專題史研究叢書》統一出版，爲讀者深入系統瞭解民國新聞史的重要側面提供可資閱讀的文本。

《民國新聞專題史研究叢書》各分冊從中觀的橫向層面展現民國新聞史若干側面的發展進程，《中華民國新聞史》（5 卷本）則在宏觀的縱向層面展現中華民國時期新聞事業的起源產生以及在不同階段中發展、變化的歷史進程。《民國新聞專題史研究叢書》各分冊著作者在完成分冊書稿後，把該「特約研究專題」的研究成果撰成規定篇幅的「特約專題稿」，成爲 5 卷本《中華民國新聞史》內容的有機組成部分。之所以如此設計，目的是盡可能集中專家學者的集體智慧，提高國家社會科學基金重大項目成果《中華民國新聞史》（5 卷本）的整體水平，爲達到高起點、高標準、高水平、權威性的設計目標提供保障。

三

爲圓滿實現《民國新聞專題史研究叢書》的設計功能，項目組在全國新聞史學界範圍內選聘了一批具有深厚學術積澱、良好學術道德的專家學者，組成了《民國新聞專題史研究叢書》的強大著者團隊。他們（以姓名首字漢語拼音爲序）是：

艾紅紅（《民國時期的新聞廣播業》著者）。女，博士，中國傳媒大學新聞學院教授，博士生導師，中國人民大學新聞學院博士後，兼任中國新聞史學會常務理事。已出版《中國廣播電視史初論》、《新時期電視新聞改革研究》、《〈新聞聯播〉研究》《中國宗教廣播史》及《中國民營廣播史》等著作 5 部；與他人合著《中國廣播電視史教程》、《中國廣播電視圖史》（副主編）等著作 7 部；在《國際新聞界》、《山東社會科學》等發表《從黨派「營地」到民眾「喉舌」：民主黨派報刊屬性與功能之變遷（1928～1949）》、《民國時期基督教廣播特色初探》、《中國廣播電視的歷史發展及其動因考察》等論文數十篇。參與完成國家社科基金課題 2 項，其中之一《中國廣播電視通史》獲教育部科研成果二等獎、吳玉章獎一等獎。參與完成國家廣電總局重點課題 1 項、教

育部人文社科重點研究基地重大課題 1 項。主持完成教育部人文社科項目「中國宗教廣播史研究」，參與教育部馬克思主義理論研究和建設工程第二批重點教材《中國新聞傳播史》編寫。

白潤生（《民國時期的少數民族新聞業》著者）。中央民族大學教授，兼任中國新聞史學會特邀理事、少數民族新聞傳播史研究委員會名譽會長、中國報協民族地區報業分會顧問。曾任中國高等教育學會新聞學與傳播學專業委員會第五屆理事會理事，教育部新聞學學科教學指導委員會第二屆委員，國家民委少數民族語言文字出版、翻譯專業高級職稱評定委員會委員。主持國家「十五」社科基金項目「少數民族語文的新聞事業研究」和北京市高等教育精品教材《中國少數民族新聞傳播史》項目。獨著（或第一作者）出版著作 15 部，五次獲省部級獎。《中國少數民族文字報刊史綱》1996 年獲北京市第四屆哲學社會科學優秀成果二等獎、1998 年獲教育部普通高等學校第二屆人文社會科學研究成果二等獎；《中國少數民族新聞傳播通史》2010 年獲國家民委第二屆人文社會科學成果獎著作類二等獎；2011 年獲北京高等教育精品教材；《當代中國少數民族新聞事業調查報告》獲教育部第六屆普通高等學校科學研究（人文社會科學）優秀成果三等獎。另外，2014 年出版的《守護好我們的精神家園——白凱文少數民族文化文選》獲 2016 年中國新聞史學會「新聞傳播學會獎第二屆組委會特別獎」。參與編撰的著作 14 部，任副主編的 3 部（其中有一部負責通稿）、任編委的 3 部，任特約撰稿人的 1 部、任第二作者的 1 部。發表 140 餘篇學術論文。其中《承載民族夢想：中國少數民族文字報刊的百年回望》譯成英文發表在《中國民族》（英文版）2017 年第 4 期上，這是我國學者第一次面向國外介紹中國少數民族文字報刊的歷史概況。這既象徵著白潤生治學「三十年如一日」的辛勤耕耘，更代表了一位學者在少數民族新聞傳播研究領域所能達到的學術高峰。自 1995 年開始《中國青年報》、中央人民廣播電臺、《人民日報》及《中國民族報》、《中國文化報》、人民網等國家級媒體先後發表《鬧中取冷白潤生》、《使歷史成爲「歷史」——訪韜奮園丁獎獲得者白潤生》、《薪火不斷溫自升——記少數民族新聞學學者白潤生》等專訪 10 餘篇，是中國少數民族新聞史研究的開創者和帶頭人。其生平被收入《中國新聞年鑑》（1997 年版）「中國新聞界名人」專欄及《中國新聞界人物》等 20 多部辭書。

鄧紹根（《民國時期的外國在華新聞業》主編及主要著者）。博士，中國

人民大學新聞學院教授，博士生導師、中國人民大學馬克思主義新聞觀研究中心主任、中國新聞史學會聯席秘書長，長期從事中國新聞傳播史論研究，主持國家及省部級課題 10 餘項，參與重大課題 3 項；先後在《新聞與傳播研究》《國際新聞界》《現代傳播》《新聞大學》等新聞傳播學術刊物發表論文 100 餘篇，其中論文《論民國新聞界對國際新聞自由運動的響應及其影響和結局》（《新聞與傳播研究》2013 年第 9 期）榮獲「2012～2013 年廣東省哲學人文社會科學優秀成果論文類一等獎」；參與的教改項目《馬克思主義新聞觀指導下新聞人才培養「六結合」模式的創建與實踐》先後獲得「2017 年廣東省教學成果獎一等獎」和「2018 年國家級教學成果獎二等獎」；出版有《新聞學在北大》（增訂本）、《中國新聞學的篳路藍縷：北京大學新聞學研究會》《美國在華早期新聞傳播史 1827～1872》等學術書籍八部，其中《中國新聞學的篳路藍縷：北京大學新聞學研究會》（清華大學出版社 2015 年）獲得「第七屆吳玉章人文社會科學青年獎」。

方曉紅（《民國時期的新聞管理體制》主編兼主要作者）。女，復旦大學新聞學院博士後，南京師範大學新聞與傳播學院教授、博士生導師，曾任南京師範大學新聞與傳播學院院長兼任中國新聞史學會常務理事、教育部高等學校新聞學學科教學指導委員會委員、中國新聞教育學會理事、武漢大學媒介發展中心研究員、鄭州大學新聞傳播研究中心研究員、江蘇省新聞傳播學重點學科帶頭人。主要從事中國新聞史、大眾傳媒與農村研究。出版有《中國新聞史》、《報刊·市場·小說》、《大眾傳媒與農村》、《農村傳播學研究方法初探》等，獲江蘇省哲學社會科學優秀成果二等獎 1 項、三等獎 2 項。在《新聞與傳播研究》、《新聞大學》、《江蘇社會科學》等發表《抗日戰爭與解放戰爭時期中國報刊事業的特點》、《論梁啟超的報刊理論與小說理論之關係》等數十篇。主持完成國家社科基金項目 2 項、江蘇省社科基金項目 2 項，目前主持國家社科基金項目和江蘇省高校社科基金重點項目各 1 項。

韓叢耀（《民國時期的圖像新聞業》主編兼主要著者）。南京大學新聞傳播學院／歷史學院教授，博士生導師；中華圖像文化研究所所長，法國歐亞印象交流協會（ISASES）顧問。長期從事圖像史學與視覺傳播領域的研究與教學工作，在國內外發表專業學術論文 100 多篇，出版學術專著 20 餘部。代表性成果有《新聞攝影學》、《圖像傳播學》、《中國近代圖像新聞史》（6 卷）和《中國現代圖像新聞史》（10 卷）、《中華圖像文化史》（40 卷，主編）。獨

立主持國家級科研項目 6 項，國際科研項目 2 項，省部級科研項目 10 項。主持完成國家社科基金項目 2 項：「中國近代（1840～1919）圖像新聞出版史研究」（07BXW007）和「中國現代（1919～1949）圖像新聞傳播史研究」（11BXW005）。國家社科基金重大招標項目「中國新聞傳播技術史」（14ZDB129）首席專家；以色列 SIP 研究項目首席專家；澳門「澳門視覺形象傳播譜系研究」首席專家。曾兩次獲得中國攝影金像獎；國家級教學成果二等獎。學術研究成果獲第四屆中華優秀出版物圖書獎、第七屆高等學校科學研究優秀成果獎（人文社會科學）二等獎。

　　李建新（《民國時期的新聞教育》著者）。上海大學新聞傳播系教授、博士生導師、上海大學國際新聞傳播教育研究中心主任、《棋友》雜誌社副總編、《中國新聞傳播教育年鑒》編委會副主任委員、長三角象棋聯誼會常務副主席兼秘書長、上海大學象棋協會會長。中國新聞史學會常務理事，中國新聞史學會新聞傳播教育史研究委員會副會長。工學學士、哲學碩士、教育學博士、新聞傳播學博士後，美國密蘇里大學新聞學院訪問學者。曾任太原理工大學學報編輯部主任、執行主編，兼任《中國改革報·新財富週刊》執行主編、《中國企業報·新聞週刊》副主編等職。在新聞史、新聞理論、新聞業務等新聞學三個主要學科領域有突破性、首創性研究成果，《人民日報》記者以「新聞學研究的全能專家」為題進行過報導。學術成績被《人民日報》、新華社、《中國社會科學報》、《中國新聞出版報》、《文匯報》、《新華每日電訊》、人民網、光明網、新浪網等進行過報導。長期研究國內外新聞傳播教育，三次入選教育部新聞傳播教育研究的課題組；在新聞與哲學、新聞與社會、國家形象的塑造與傳播、中華文化的對外傳播、突發事件報導、文體報導、人物專訪、媒介戰略、新聞評論、企業媒介應對、媒介融合教育、新媒體環境下的新聞實務等方面均有獨到的研究成果。承擔國家社科基金重大子項目、重點及省部級項目多項；完成其他橫向課題 30 多項；發表學術論文 150 餘篇；獨立出版新聞傳播學專著 10 部，合作出版相關專著 9 部，在《人民日報》、《聖路易新聞報》等發表各類新聞類作品 300 多篇。獲得哲學人文社會科學省部級獎、全國優秀圖書獎、全國徵文比賽一等獎等 30 餘項。

　　李秀雲（《民國時期的新聞學研究》主要作者），女，歷史學博士，天津師範大學新聞傳播學院院長、教授、博士生導師、天津地方新聞史研究所所長，中國新聞史學會常務理事、中國新聞史學會地方新聞史研究委員會副會

長。天津市「131」創新型人才培養工程第一層次人選、天津市宣傳文化「五個一批」人才、天津市高等學校學科領軍人才、天津市高等學校創新團隊帶頭人。長期從事中國新聞學術史、中國新聞思想史研究。主持國家社科基金項目《以學刊爲中心的新聞學術思想史研究》、《中國當代新聞學研究範式的轉換》，教育部基金項目《中國當代新聞學術史》，天津社科基金項目《民國新聞學刊與新聞學術》、《〈大公報〉專刊研究》等 12 項。出版《中國新聞學術史（1834～1949）》（2004）、《中國現代新聞思想史》（2007）、《〈大公報〉專刊研究（1927～1937）》（2007）、《留學生與中國新聞學》（2009）、《中國當代新聞學研究範式的轉換》（2015）等五本專著，在《新聞大學》、《國際新聞界》等期刊發表《黃天鵬對中國新聞學術研究的貢獻》、《梁啓超輿論觀之演變及其成因》等論文 60 餘篇。專著《中國新聞學術史》獲天津市社會科學優秀成果獎三等獎（2008）。

劉亞（《民國時期的軍隊新聞業》著者）。原解放軍南京政治學院軍事新聞傳播系教授，博士研究生導師。1975 年 7 月畢業於復旦大學新聞系。1984年 6 月參加軍隊新聞教育工作，致力於新聞史教學與研究。講授大專、本科、碩士和博士研究生不同學歷等級課程。作爲第四完成者的《深化軍事新聞教學改革，全面構建輿論戰課程教學體系》獲國家級教學成果二等獎、軍隊級教學成果一等獎。發表《中國軍事新聞事業的產生與發展》《新中國我軍新聞事業 50 年》《加強軍事新聞宣傳的發展戰略研究》《20 世紀中國軍事新聞學研究》等 30 多篇論文。出版與參與編撰 10 部論著與教材。參加 5 項國家社科基金課題研究，主持的國家「十一五」規劃課題《中國人民軍隊新聞史研究》以全優結項。

萬京華（《民國時期的新聞通訊業》主編兼主要作者），女，新華社新聞研究所新聞史研究室主任，高級編輯（研究員），中國新聞史學會常務理事，長期從事新聞史研究工作。參與《新華通訊社史》第一卷、《新華社 80 年輝煌歷程》、《新華社烈士傳》、《中國名記者》叢書等重點圖書編撰。在國內學術期刊發表《毛澤東與新中國的新聞事業》、《周恩來與新華社駐外記者》、《鄧小平與新聞工作》、《解放戰爭時期新華社軍隊分社的創建與發展》、《從紅中社到新華社》等論文 140 多篇。參與國家社科基金重大項目 1 項，國家出版基金重點項目 1 項，新華社國家高端智庫重大項目 1 項。《在敵後抗日根據地創建的新華分社及其歷史貢獻》獲中直工委紀念抗戰勝利 60 週年徵文二等

獎。參與編輯製作的十集電視紀錄片《新華社傳奇》獲第六屆「記錄‧中國」三等獎。參與研究的 3 項成果先後獲新華社社級好稿、新華社社長總編輯獎等。

　　徐新平（《民國時期的新聞學研究》主編兼主要作者）。湖南師範大學新聞與傳播學院教授，博士生導師，傳媒倫理與法制研究所所長，兼任中國新聞史學會常務理事。先後主持完成國家社科基金項目「中國新聞倫理思想的演進」、「晚清時期新聞思想研究」，湖南省社科基金項目「新聞倫理學研究」、「中國近代新聞思想史」和「中國現代民營報人新聞思想研究」等，參與教育部人文社科研究基地重大項目「中國共產黨新聞思想史」的研究，遴選為教育部馬克思主義理論研究和建設工程第二批重點教材《中國新聞傳播史》骨幹成員。已出版《維新派新聞思想研究》、《新聞倫理學新論》、《中國新聞倫理思想的演進》等專著，在《新聞與傳播研究》《新聞大學》等學術刊物發表《晚清時期中國對外新聞傳播思想》、《論維新派新聞自由觀》、《中國新聞人才觀的變遷》等新聞學論文 70 餘篇。有關論文被中國人民大學複印報刊資料《新聞與傳播》全文轉載。專著《維新派新聞思想研究》獲湖南省第 11 屆哲學社會科學優秀成果三等獎，參著《中國共產黨新聞思想史》獲第五屆吳玉章社會科學成果優秀獎。

　　張立勤（《民國時期的新聞業經營》著者）。女，華南師範大學新聞傳播系副教授，碩士生導師。武漢大學文學士，復旦大學媒介管理學博士。美國北卡羅來納大學教堂山分校訪問學者，南京師範大學民國新聞史研究所特約研究員。有過近十年的新聞從業經歷，曾任《南風窗》雜誌社記者，先後出版 3 部新聞紀實作品，在《中國青年報》、《南風窗》、《南方週末》等媒體發表了數十篇深度報導。2006 年至今從事新聞傳播教學與研究，對媒介經營管理、新聞史等領域有著持久的學術興趣。主持國家社科一般項目 1 項、國家社科重大項目子課題 1 項、省部級課題 2 項，已出版學術專著 2 部，曾在《國際新聞界》、《新聞大學》等核心期刊發表二十餘篇學術論文。

　　上述專家學者來自北京、上海、廣州、天津、長沙、杭州和南京等地 10多個教學研究單位，其中既有德高望重的學術界前輩帶頭人如中央民族大學白潤生教授，又有一批「70 後」的朝氣蓬勃「新生代」學者，團隊主體則是從事新聞史教學研究數十年既有豐富經驗又有豐碩成果的「50 後」學者專家；他們中間既有來自國內著名高等學院的教授，也有國家通訊社研究單位的學

者；既有擅長研究新聞廣播史、新聞通訊業史、新聞經營史、新聞學術史及新聞管理史的專家，更有擅長研究新聞教育史、少數民族新聞史、軍隊新聞史、圖像新聞史及外國在華新聞史等方面的專家，整個團隊專長互補、信息共享、精誠合作、攜手同進，爲特約專題研究順利推進及「特約專題稿」如期高質量完成和《民國新聞專題史研究叢書》分冊撰稿提供了堅實的保障。

四

在特約專題研究和《民國新聞專題史研究叢書》分冊撰稿過程中，特約專題負責人（分冊撰稿者）認眞貫徹實事求是的思想路線，堅持尊重歷史存在、尊重文化傳統、尊重不同學派的原則；遵循歷史唯物主義和辯證唯物主義原則和方法，既看到「民國新聞史上的確發生、存在過不少與現代文明和民主法制不合拍的歷史事實」，也看到「民國新聞業在科學技術普及、進步力量努力、世界民主潮流推動以及新聞事業規律的共同發力下有了長足的發展」的客觀存在；努力探尋「民國新聞業」有關側面在近四十年中的發展規律，以「新聞」、「新聞人」、「新聞媒介」「新聞活動」及「新聞事業」爲中心，突出「民國新聞史」的階段和時代特點，努力再現中國新聞業在「中華民國時期」近四十年間的發展概貌。以嚴肅認眞和對國家負責的態度，敬業踏實進行項目研究。

作爲國家社科基金重大項目「中華民國新聞史」特約研究專題負責人、《民國新聞專題史研究叢書》分冊撰稿者及項目首席專家，我們當然希望這套《民國新聞專題史研究叢書》能反映 21 世紀 20 年代新聞史學界「民國新聞專題史」研究和認識的整體水平，基本能滿足新聞史學工作者、新聞業務工作者及對這一段新聞史感興趣的讀者瞭解叢書所涉及民國時期新聞史不同側面較詳細歷史情況的需要。毋庸諱言，這套《民國新聞專題史研究叢書》肯定還有諸多不足和遺憾之處：首先是首席專家設計「特約研究專題」時考慮未必十分妥當，可能使一些更重要的民國新聞史「側面」沒有列入「特約研究專題」研究以致留下缺憾；二是各分冊由不同專家學者分頭執筆，各人表述習慣和行文風格不盡一致，整套叢書各分冊在行文及語言風格上難以完全統一；三是因爲各位執筆者的社會閱歷、學術積澱、人文素養及研究重點等不盡相同，在某些問題的認識全面性、分析科學性及表述嚴密性等難免參差不齊，甚至有些評價不一定全面正確，有些觀點不一定十分妥當；四是受各種

條件限制，儘管各分冊著者都盡了最大的努力，但還是有些原始文獻和檔案資料未能充分利用，致使有些內容比較單薄，詳略不盡得當。我們衷心期待廣大讀者尤其是業內專家學者的批評和指正，以便在有機會再版或增訂時予以修改，使之不斷趨於完善。

二〇一八年十二月二十五日

目次

導　論

　　民國時期的中國社會急劇動盪，尤如一齣「活報劇」，每天都在上演著新的內容。在沒有電視、網絡等視覺表達手段的當時，人們迫切需要一種可以「眼見爲實」的視覺表徵形式。採自事件發生現場的新聞圖片，描摹和報導現實、評論現實的「時畫」、「時事漫畫」、「滑稽畫」、「諷刺畫」、「寓意畫」等紀實性圖像的新聞報導形式便應時而生、應運而興了。因此，民國時期的圖像新聞業可以說是比較發達的，各種各樣的圖像表徵手段的使用極具特色，滿足了報導「時事」、傳播「新知」的社會需求。

　　我們知道，紀實性圖像和新聞圖像的視覺書寫形式是非語文的，具有視覺傳播的指涉性、象徵性、類比性、痕跡性等特徵，是一種兼具物質和非物質形態的記錄，其中蘊涵著豐富的歷史文化信息。其圖像新聞的視覺書寫形式在身體操控性、知識論述空間、社會配置空間中的歷史命運，往往是以多重決定的方式變現爲各式各樣的社會實踐的。

　　民國（1912～1949）的時間雖然很短，但圖像新聞的樣態和傳播業態卻非常豐富。我們暫且稱這一時期的圖像新聞爲「五色」：（1）紅色圖像新聞，即指共產黨及共產黨領導下的機構、團體或個人發表的關於土地革命戰爭時期、抗日戰爭和解放戰爭時期的圖像新聞；（2）藍色圖像新聞，即指國民黨及國民黨控制下的機構、團體或個人發表的關於北伐戰爭時期、軍閥混戰、剿共及抗日戰爭時期、內戰時期的圖像新聞；（3）黃色圖像新聞，即指日本及日本侵略軍控制下的機構、團體或個人發表的關於侵華戰爭期間的圖像新聞；（4）黑色圖像新聞，即指偽滿洲國及在漢奸控制下的機構、團體或個人發表的關於親日行爲、賣國行徑的圖像新聞；（5）灰色圖像新聞，即指國外

機構和個人、華人華僑及國內自由人士、邊疆地區不受以上四種力量控制的機構、團體或個人發表的關於國內戰爭時期和中國人民抗日戰爭及內戰時期的圖像新聞。

研究民國時期圖像新聞及紀實性圖像的歷史，尤其是當時報刊雜誌刊登的圖像新聞形式（攝影新聞圖片、電影新聞片段，時畫、時事漫畫、諷刺畫、寓意畫、滑稽畫等）的演進歷程、視覺化的形式和視覺的社會對象，就如同對民國時期的社會形態進行「原境重構」，以使人們可以清晰地瞭望這段歷史的樣貌，看到一幅活靈活現的民國時期的中國社會臉譜。

當前，對新聞傳播史研究的一些著述、論文，都有一種文字史學癖好，以傳統文字史學的學術研究標準爲第一學術標準，以傳統史學的學術評價標準爲最高學術標準，有意無意地涵化、甚至解構歷史上的新聞圖像。用歷史上的新聞圖像詮釋或印證文獻記載成爲了當下的一種學術時髦，歷史新聞圖像成了佐證文獻敘事的插圖。這種傾向固然與中國傳統史學異常發達緊密相連，也與中國新聞史的文字文獻豐富及研究者由來已久的史學癖有關。當然，也不得不承認這更與絕大多數的研究者沒有受到過新聞圖像專業訓練有關——需知，研究者只能使用他所熟悉的研究工具開展研究工作。眞正具有圖像學獨特敘述結構又具有整體圖像新聞史學形狀的研究成果，應該吸收傳統新聞史學研究的優點，將新聞史學研究的重要議題引入圖像新聞學的研究並超越自身，從而形成一種嶄新的新聞史學研究方法。

中國的人文社會科學研究，尤其是新聞傳播史研究，其國家敘述方式一直受到歷史記憶的界定；其學術評判標準一直在文字霸權話語的統攝之下。近年來，隨著人文社會科學研究的視覺化轉向，圖像新聞傳播史研究越來越受到學者專家的重視，以新聞圖像文本作爲對象進行研究的人越來越多，關於圖像新聞傳播史研究的學術成果也越來越多，大有洶洶之勢。但細細審視與思慮下來，紮實而又飽滿的圖像新聞傳播史研究成果不是很多，受讀者歡迎的圖像新聞傳播史研究成果還是很少。原因是方方面面的，但「說的」多「看的」少，應該是主要的一條。說得直白一點，就是以好聽的文字理論呈現的多，以「好看」的圖像新聞傳播史研究文本呈現的少。圖像新聞傳播史研究文本要不同於傳統史學研究，就應擺脫對文字文獻的偏好，客觀公正地對待歷史上出現的紀實性圖像和新聞圖像，用「原境」重構，用「原圖」說話。

　　居里夫人曾經針對漫長而艱辛的科學研究工作說過這樣的話：我們需要自信心，尤其需要恆心。做圖像新聞傳播史的研究也是這樣，需要忘卻現實潛下心來，心甘情願又自得其趣地坐上冷板凳，十幾年如一日地在海量的民國文獻中爬梳剔擇、勘誤校正，甄選當時的報刊雜誌上刊登過的紀實性圖像和新聞圖像、審看當時發行放映的具有紀錄性質的電影和新聞紀錄片，並對紀實性圖像及新聞圖像的技術性、構成性及社會性形態進行分析；對紀實性圖像及圖像新聞的物質生產場域、自身構成場域和社會傳播場域進行闡釋，通過深入分析與合理呈現，一幅連著一幅，一景疊著一景地「原境重構」民國時期的社會圖景，以豐富的視覺內容爲讀者放映一部民國社會的「新聞紀錄片」。

　　對於民國時期的紀實性圖像和圖像新聞的研究，新聞性圖像始終是其核心研究對象。歷史圖像的一些眞實信息應該是通過歷史圖像畫面自然而然流露出來的，而不是人爲外加的、被強迫文藝範兒地「解讀」出來。歷史圖像自然而然流露的歷史信息才是眞實的可信賴的，當然，其前提條件是，研究人員使用的歷史圖像或者在更大範圍內選擇的視覺圖像是值得信賴的，選擇使用的新聞圖像是有一定的代表性的。

　　用圖像新聞敘述歷史很重要，而更重要的是怎麼敘述這個歷史。因此，結構這段歷史是研究者在選擇圖像新聞之後的關鍵工作，它考驗著研究者的專業學養和視覺構成能力。圖像新聞傳播史研究所選用的新聞圖像是一種帶有「社會意義」的結構性符碼建構，它通常會在能指和所指之間應用一種質的相似性，它模仿甚或是重複了事物的某些特徵，比如形狀、比例、顏色、肌理、背景等等。由於這些特徵大多可以通過視覺而被感知，所以圖像新聞的日常用法總是被賦予了視覺的優先解釋權。因此，圖像新聞的敘述結構必須遵從視覺構成規律，文本構建要滿足和符合圖像新聞傳播的視覺性要求。圖文關係的把握是研究文本最難把握的，圖像新聞的文字呈現要服從和服務於視覺新聞信息的傳播規律。當然，使用文字少的並不一定就是好的圖像新聞傳播史研究文本，但使用以文字爲主的關於圖像新聞傳播史的研究文本則有本末倒置之嫌。圖像與文字相互顧視、呴濡相偎、表裏相循，才是圖像新聞傳播史研究的應有之道。

　　實際上，筆者更想強調，圖文同源，圖文互融，圖文互證，圖文互構。尤其是做歷史上的新聞圖像研究時，更要強調圖文共構。歷史是民族的精神

支撐，用新聞圖像建構歷史是非常嚴肅的事情，是在構建一個民族、一個國家的精神場域，書寫這個民族、這個國家的視覺檔案史。

中國文字文獻歷史悠久，極度豐富，以文字文獻爲研究對象的傳統史學研究異常發達。傳統史學研究專家學者也因爲文字文獻所具有的「形塑文化」的顯性特質，在今天的學術界獲得了更多的話語權，以至形成或說養成一種文字文獻一統天下的霸權態勢，這在一些傳統學科研究基礎深厚的高校和科研院所尤爲顯著。一方面，以傳統學科爲業的專家學者有著高人一等的優越感、自豪感和學術成就感；另一方面，新興的學科受到質疑和壓制，新的研究方法受到打擊甚至圍攻討伐。這種情況古今中外都一樣，今天正在發生，以後還會重演。對此境況，我們要有清醒的認識和堅韌定力。民國時期的紀實性圖像和新聞圖像對於本研究的重要性不言而喻，但如何選擇圖像新聞除了理論上的要求之外，我們還不得不面對現實的種種侷限和限制，坦率一點說，是現實逼得我們不得不做出這樣或者那樣的不盡如人意的、不得已的研究樣本選擇。

本研究以民國時期出版的畫報、畫刊爲主，兼顧新聞漫畫、新聞攝影和紀實性的電影和新聞紀錄片。力圖通過對民國歷史起到重要作用的圖像新聞的印象認知，穿透性地理解民國時期的複雜社會文化領域。在大科學的視野之下，採用多學科交叉的研究方法，分時段地梳理民國時期的圖像新聞媒材，分析民國時期圖像新聞的技術性形態、構成性形態和社會性形態，闡釋來自圖像新聞的物質生產場域、圖像新聞的自身構成場域和圖像新聞的社會傳播場域的意義。

在平面媒體的選擇上，以刊登紀實性圖像和圖像新聞的畫報畫刊爲主要研究對象，以刊登一般圖像報導的畫報畫刊爲補充材料，但沒有選取這一歷史時期的新聞報紙爲研究對象，這是基於研究對象的實際情況而決定的。在動態媒體的選擇上，以紀錄片和新聞報導影片爲主，以在各種動態影像中的紀實性影像爲補充素材。我們研究的主題是紀實性圖像和新聞圖像，沒有豐富有效的紀實性圖像和新聞圖像這樣的圖像新聞樣本做基礎性支撐，其他形式的新聞內容再豐富、研究樣本再齊全，我們也不能假道而行。

圖像新聞傳播史研究是以紀實性圖像和新聞圖像等圖像新聞歷史爲考察重點，以歷史上新聞圖像爲核心，對圖像新聞展開的歷史研究。它以歷史上的新聞圖像爲主、文字勾連爲輔的文本樣式來連綴歷史，直觀形象地表徵歷

史和生動傳神地解讀歷史。通過對相關圖像新聞歷史的關聯性呈現、復原或重建「歷史原境」，達到描述新聞歷史、表徵新聞歷史及對圖像新聞歷史化理解的目的。

對於作爲社會學科和歷史學科的圖像新聞傳播史研究，歷史上的新聞圖像始終是其學科核心和研究對象。只有通過歷史上的新聞圖像這一記錄與交流的視覺媒材，最爲隱秘的觀念和信仰才能傳遞給受眾和後來者。

傳統的新聞史研究以文字文獻爲主，大量使用文字文獻，較少使用新聞圖像，而圖像新聞史則以歷史上的圖像新聞爲主，使用少量的文字文獻。圖像新聞史研究選擇的歷史圖像用今天的眼光看可能沒有什麼「藝術性」，有的甚至不夠清晰，但用歷史的眼光審視卻會發現它蘊涵了文字文獻極少涉及的某些重要歷史信息，這些信息往往能夠直觀簡潔地解答文字難以描述的歷史情節。具體的做法如於慶祥先生在《圖像史學：歷史研究的新視點》一文中所說的那樣：「通過一組或一系列的有關聯的歷史圖片，排列出簡潔明快的歷史解讀長卷，透過直觀的畫面感悟，使人們能夠很輕易、很順暢地進入歷史的語境，讀懂歷史沿革的脈絡。從這種意義上說，『圖像史學』是以圖片排列、揭示爲主，附以簡潔的說明文字而述說歷史的一種史學分支。」

圖像新聞史研究歷史上的新聞圖像分散於各種各樣的文獻和檔案中，很多流佈於民間、湮沒在故紙堆中。更有甚者，許多歷史上的新聞圖像被美術或藝術的說辭反覆漂洗、被美學視野多次掃描、浸染，釉掛著文藝審美範兒的燦燦輝光，要想使這些歷史上的新聞圖像回到它的歷史原點，絕不是件容易的事情，這是其一。其二，我們要恪守篤信，可以用於圖像新聞史研究的所有新聞圖像都不應該是也不可能是孤零獨存的，都有它產製的文化生態和存在的社會環境，換言之，它們都「生活」在一個有機的文化叢林中。使用這些新聞圖像就要透徹地理解它們所存在的歷史文化環境，在此基礎上才可以做主軸新聞圖像和繞軸新聞圖像的選擇，構建圖像新聞史學的研究文本。誠如黃厚明先生所言：「視覺媒介的現存狀態即『實物』，並不能夠自動地呈現『原物』的歷史形態，需要通過深入的發掘加以重構。」正因爲如此，做圖像新聞史研究文本構建之前，對圖像新聞的文化理解，對歷史上新聞圖像的「過去的現在」時態定位的準確是圖像新聞史研究者必備的基本功。

在中國，相較於傳統的新聞史學研究，「圖像新聞史」顯然是一個新的概念，是剛剛興起的一種史學研究手段，國內學術界對這一學科的瞭解還很不

夠，研究資料還很寡陋。作爲歷史學一門新興的分支學科，學術界對其學科屬性、研究對象、研究內容與任務、尤其是獨特的圖像新聞研究方法等知之甚少，它本身在理論基礎和方法論方面也顯得相當薄弱。

因此，圖像新聞史學研究提出不易，被接受更難，想以此爲出發點和落腳點的研究者工作的難度可想而知。特別是有些傳統史學研究權威人士不理解圖像新聞史學的研究工作，認不清自己的身份和所在學科的恰當位置，且自律性不夠，往往形成對圖像新聞史研究或圖像新聞史學的學科範式的歧見和不公，造成圖像新聞史學研究的道路艱難曲折，過程異常痛苦。鑒於此，有學術胸懷的專家學者呼籲，以文字文獻爲業的史學、新聞史學研究者要有公正之心、寬容之心，對以歷史新聞圖像爲業的圖像新聞史學研究者的工作心存敬意，既在新聞史學的研究中認清自己的身份和所在學科的恰當位置，也要給圖像新聞史學在研究中摸索前行和逐步成長的機會，寬容和諒解它在摸索建構時期遭遇的困惑與失誤。

圖像的歷史其實就是一部恢宏的人類文明演進史，從裸視到鏡象，從鏡象到景觀，從景觀到幻象，從幻象到網景……疊映著人類焦慮的一幕幕圖像。古今中外的視覺書寫和傳播形態清晰地表明，古代和中世紀的學術研究關注事物，十七世紀到十九世紀的學術研究關注思想，而開化的當代學術研究關注詞語。時至今日，沒有人懷疑自上個世紀八十年代以來，重要的學術研究關注更爲感性的視覺書寫和文化傳播形態。重視圖像新聞媒材的研究，對人類演進歷史上創造的圖像新聞媒材展開研究正漸成顯學。近年來在人文社會科學界如火如荼開展起來的視覺文化研究似乎證明了這一點。

目前在國內學術界，利用圖像呈現歷史的理論和方法還沒有像英、法等西方國家那樣被廣泛用於史學研究，圖像史學還沒有成爲史學領域的當然組成部分，圖像新聞史也就不可能成爲新聞史研究領域的當然組成部分。但是一些有識之士一直沒有放棄努力，在圖像史研究領域辛勤耕耘，以圖像爲主進行的研究在史學界始成氣象，以此擴大史料的來源，也可以說這一做法其實是傳承了我國自古就有的「左圖右史」的圖史互證傳統。

圖像新聞史的研究以歷史新聞圖像爲主要研究對象，所以要盡可能地取得研究需用的歷史上的新聞圖像和歷史新聞圖像的複製件。無論是拍照還是複印、掃描，研究者都要親眼審視過「原樣」，並十分瞭解複製件與「原樣」的細微差異之處。研究文本的構建用「原圖」呈現，以「原樣」爲分析標

本，千萬不要對「原圖」動手腳，破壞「原樣」的初始容貌。謹記李鑄晉先生在談繪畫史書寫時的告誡：「如果沒有畫，那些畫家都不必介紹。」圖像新聞史研究理應以歷史新聞圖像為主，而不是新聞歷史的插圖讀本或者「以圖證史」的趣味讀本。建構圖像新聞史學研究方法更應該以歷史上的主軸新聞圖像及繞軸新聞圖像作為研究的起點和終點。如黃厚明先生所言：「當視覺媒材成為不同學科、不同身份的學者相互角逐的競技場時，通過圖像發現事實，仍然是圖像史研究的一項基本任務，這也是圖像史作為一門學科的規範與信仰。」學科規範每一位研究者都必須遵守，學科信仰每一位研究者都要心存敬畏，新聞史的研究者更不能例外，研究方法既是「有效」的、符合學科規範的，同時又要葆有學術尊嚴和圖像新聞史學科的信仰。

　　民國時期的中國是動盪不安、戰火不斷、災害頻發的社會，在被我們文化所保存下來的對於「歷史」記憶的圖像新聞——報紙、雜誌、書籍、展覽、影片等歷史文獻，經過時間（自然災害、戰火損毀、保存不當等）的洗刷，能夠完整存世的不多，即使萬幸被保存下來的，由於當年紙張及印刷材質的粗劣，畫面質量也不高。尤其是新聞影片保存條件極其惡劣，大部分遭受到嚴重的毀壞。那些偶然幸存下來的圖像新聞成為了寶貴的歷史遺珠，可是它們零碎雜亂、互無關涉。如何讓這些新聞圖像碎片的歷史遺珠重新回歸到應有的新聞歷史的時空序列中，成為言說「歷史事實」的對象？有學者認為，統籌整合它們的關鍵因素是研究者的「史識」——它決定著研究者以何種方式闡釋新聞史的整體形狀。「史識」是圖像新聞史學研究成敗的關鍵因素，這裡的「識」是研究者所必須具有的其研究時段內的歷史知識，「史」是不違背常識的社會發展史，是正史而不是野史。

　　在圖像新聞史學的研究中，圖像新聞媒材的價值凸顯出來，圖像新聞的意義大增。對圖像新聞意義的闡釋成為研究者必做的功課。只有將圖像新聞置於原本的歷史關係之中，圖像新聞媒材的意義和價值才可能得以顯現。我們知道任何新聞媒材都有歷史的相對性，這裡要特別強調的是，圖像新聞的歷史相對性並不意味著新聞價值的相對主義，這是專家學者應該達成的學術共識。我們雖然知道圖像新聞的意義來自多個方面，但來自於圖像新聞生產技術場域、自身構成場域和社會傳播場域的闡釋是圖像新聞詮釋意義的最主要方面。

　　所有的圖像新聞再現都以某種方式製造，其生產製作的環境條件則可能

影響圖像新聞再現的效果。製作歷史新聞圖像時所用的技術決定了歷史新聞圖像的形式、意義和效果。顯而易見地，製作圖像新聞當年的物質條件、製作技術和工藝流程關係著歷史新聞圖像的外觀，並且因而干涉了圖像新聞可能發揮的作用和可能受到的對待。就圖像新聞史研究而言，瞭解歷史新聞圖像當年的生產製作過程中所使用的技術是至關重要的。

歷史新聞圖像是一種不同於語言文字構成形態的視覺形構，是結構性符碼的建構。歷史新聞圖像是具有深刻意義的平面，在這個視覺平面內既充滿了符號具（符指），也充滿了符號義（符徵），既有現場符碼，也有再現符碼。圖像新聞呈現外在世界事物的意義，既能將世界抽象化，也有將抽象投回外在世界的具象能力，或稱想像力。因此，對圖像新聞的自身構成場域的研究就成為圖像新聞史研究的重中之重。

歷史新聞圖像的受眾可能認同或不認同專家、學者為他們所作的關於圖像新聞意義的詮釋，他們會根據自身的文化背景和歷史知識自己提出其他詮釋。研究歷史新聞圖像的社會傳播場域就是要探討歷史新聞圖像與當年社會、歷史新聞圖像與當年新聞圖像受眾的各種關聯性，通過圖像新聞再現歷史的「場境」。

在當今中國社會，新聞傳播史研究不易，圖像新聞傳播史研究更難。有浮躁的學術風氣影響，有史料不完整又難以獲得的現實客觀條件的掣肘，更為重要的是研究者學術能力的問題。以筆者幾十年來對圖像新聞史料的研究體認，實事求是地說，屬於視覺歷史研究範疇的圖像新聞傳播史是一宗門檻極高的學科，出色的圖像新聞傳播史研究者不僅需要通曉視覺語言，而且，還要具有通過新聞傳播學、考古學、歷史文獻學、文化人類學等多學科的合謀才能對圖像新聞媒材的「歷史原境」進行復原、並有在這個「原境」中對圖像新聞媒材進行歷史化理解的能力。

民國時期圖像新聞史的研究真可謂「路漫漫其修遠兮，吾將上下而求索」。

第一章　民國創立前後的圖像新聞業

　　圖像新聞是指刊登在報紙、雜誌或其他傳播媒體上的圖畫新聞（新聞漫畫等）和影像新聞（新聞照片等）。所謂的圖畫新聞是指在報紙、刊物等特定新聞報導載體上，用線畫描繪景物與時事，專門報導或評論國內外新近發生的時事、社會問題等的視覺事物（the visual）。而影像新聞在這裡是特指攝影新聞（刊登的新聞照片），實際上，它是指使用照相機、攝影機、攝相機等機械複製或電子複製裝置和光學成像技術，在新聞事件發生的現場拍攝靜態的或動態的新聞影像。圖像新聞已經是當今社會的一項重要內容，成為信息社會不可或缺的媒介形式，甚至成為人們日常生活的一種方式。在民國創立前，攝影技術已經可以應用於新聞報導，但由於照相機體積較大、膠片感光度較低、現場攝影不便，再加上照片的印刷困難、價格昂貴，新聞報刊採用新聞照片還不是很普遍的現象，新聞攝影圖片沒有成為新聞報刊的主力軍。此時，電影雖然可以成為新聞報導的一種視覺手段，但由於珍貴稀有、影像後續處理困難，也沒有成為圖像新聞生產的主力軍。電視在此時還沒有發明。所以在這一歷史時期，圖像新聞主要是指用手工繪製的「時事漫畫」、「時畫」、「諷刺畫」、「寓意畫」、「滑稽畫」等。

　　新聞性圖像雖然在這一時期被新聞報刊和圖像出版物廣泛的採用，但無論在圖像新聞的表現形式上和傳播技術的使用上都還沒有形成一種獨立的圖像新聞業態。

第一節　清末民初圖像新聞傳播的興起與發展

　　新聞性圖像在晚清社會和民國初年異常盛行。在那個沒有電影電視的年代，新聞圖像就如同今日的電視直播，將社會各個方面各個角落都一一納入視野進行描繪和形象報導，可謂無孔不入，無所不及。清末民初新聞圖像涉獵的範圍之廣，涉及的報導主題之深是令人驚歎的，爲後人留下了一筆豐厚的文化遺產。甚至可以這樣說，清末民初新聞性圖像就如同楚辭、漢賦、唐詩、宋詞、元曲、明清小說一樣，已經成爲了中華文化皇冠上的璀璨明珠。

一、古代中國「圖文並茂」的學術傳統

　　在一些人眼裏，圖像新聞是舶來品。的確，從攝影術的發明到新聞照片的普及，從攝影機的運用到電視在現代傳媒中的霸主地位，當代圖像傳播的每一項技術和傳播理念的推介無不帶有西方文化和技術的烙印。但如果我們深入地考察一下就會發現，其實中國圖像傳播技術的應用是遠遠領先於世界上其他國家的。

　　魯迅先生就認爲圖像傳播始於中國，他說：「鏤像於木，印之素紙，以行遠而及眾，蓋實始於中國。」[1]徐康先生在《前塵夢影錄》中也論述過古代中國出現的圖文並舉的現象：「吾謂古人以圖書並稱，凡有書必有圖。《漢書·藝文志·論語家》，有《孔子徒人圖法》二卷，蓋孔子弟子畫像。武梁祠石刻七十二弟子像，大抵皆其遺法。而《兵書略》所載各家兵法，均附有圖。……晉陶潛詩云：『流觀山海圖』，是古書無不繪圖者。」[2]大量的文獻資料顯示，中國是較早興起圖像傳播的國度，且中國古代重視圖像傳播的傳統較之文字傳播有過之而無不及。宋人鄭樵在《通志·略》中有過精彩的論述：「見書不見圖，聞其聲不見其形；見圖不見書，見其人不聞其語。圖，至約也；書，至博也。即圖而求易，即書而求難。古之學者爲學有要，置圖於左，置書於右；索象於圖，索理於書。故人亦易爲學，學亦易爲功，舉而措之，如執左契。後之學者，離圖即書，尚辭務說，故人亦難爲學，學亦難爲功。雖平日胸中有千章萬卷，及眞之行事間，則茫茫然不知所向。」[3]鄭氏還認爲他所處

1　魯迅：《〈北平箋譜〉序》，《魯迅全集》第 7 卷，人民文學出版社，1981 年版，第 405 頁。
2　葉德輝：《書林清話》，中華書局，1987 年版，第 218 頁。
3　鄭樵：《通志略·圖譜略·索象》，上海古籍出版社，1990 年版，第 729 頁。

的那個時代，學術不及前人與棄圖有關，因爲所謂學術大約有二：「一者義理之學，二者辭章之學。義理之學尙攻擊，辭章之學務雕搜。耽義理者，則以辭章之士爲不達淵源；玩辭章者，則以義理之士爲無文采。要之辭章雖富，如朝霞晚照，徒焜耀人耳目。義理雖深，如空谷尋聲，靡所底止。二者殊途而同歸，是皆從事於語言之末，而非爲實學也。所以學術不及三代，又不及漢者，抑有由之。以圖譜之學不傳，則實學盡化爲虛文矣。」[1]

自兩漢以來，圖像不但傳播廣泛，而且可以獨自承擔書寫歷史的任務，構建具有時代風格的宏大「敘事」。元明以降，小說戲曲的繡像更是具備「敘事」的功能。到了清朝，圖像參與「敘事」的功能開始弱化，圖像淪爲文字的附庸，不但不能獨立承擔書寫歷史的任務，連講故事的權力也被剝奪了。對此，魯迅先生在《連環圖畫瑣談》一文對當時圖像的現狀也有過論及：「古人『左圖右史』，現在只剩下一句話。」曾經輝煌的圖像文明就這樣暗淡下來，確實令人扼腕歎息。

二、清末民初圖像新聞的興起

到了清朝末年，中國「左圖右史」的優良學術傳統丟失殆盡，而恢復圖像的「敘事」、「存世」功能倒要西方人來爲我們完成。英國商人、上海《點石齋畫報》的創辦者美查（Ernest Major）當時判斷道：「此前中國人使用圖像，只是補充說明，而非獨立敘事。」因此他要創辦圖像敘事性質的刊物，並詳述以圖像爲主的敘事策略：「因『僅以文字傳之而不能曲達其委折纖悉之致』而採用圖像，與有意讓圖像成爲記錄時事、傳播新知的主角，二者仍有很大的差異。而畫報的誕生，正是爲了嘗試第二種可能性。即以『圖配文』而非『文配圖』的形式，表現變動不居的歷史瞬間」。[2]美查此時的判斷基本上是正確的，他審時度勢，創辦的以報導新聞、傳播新知爲主的「時事畫報」——《點石齋畫報》（如圖 1-1 所示）贏得了讀者的青睞，其興盛達 15 年之久（1884～1898），發行 473 期，刊登 4000 多幅圖像，且大多數爲「時事」圖像。

在當代中國社會，圖像新聞報導「時事」、傳播「新知」的形式已成爲現代傳播媒體廣爲採用的一種有效手段——平面媒體有「新聞攝影報導」，電視

---

1 鄭樵：《通志略・圖譜略・原學》，上海古籍出版社，1990 年版，第 729 頁。
2 陳平原選編：《點石齋畫報選》，貴州教育出版社，2000 年版，第 41、28、1 頁。

圖 1-1　1886 年 7 月《點石齋》畫報創刊號封面

媒體有「電視新聞報導」，網絡媒體有「圖片報導」、「視頻報導」。可以說，圖像新聞的形式已佔據了當代媒體的大半壁江山，因此有人驚呼「圖像時代」、「讀圖時代」已經來臨。[1]實際上，在中國近代新聞傳播發展的初期，圖像新聞卻經歷了一段極為艱難和屈辱的時期。

圖像新聞在最初並沒有資格像文字新聞那樣登上版面，在早期的各種新聞報紙刊物上根本就沒有它的蹤影。後來的研究者將這種落後於西方近代的情況歸納為甲乙丙丁幾點。實際上，綜合起來看不外乎兩條：一是近代中國文人士大夫以文取義，以文報國，以文為榮尚，文章成為全體「國民」的頭等大事，而圖式和圖像，則被看做是匠人的勞作之事而已，是販夫走卒、農人文盲之事；二是在物質技術文明上曾一直領先於世界的中華帝國在近代封

1　近年來，不少文化研究者面對比以往年代倍增的機械複製圖像、數字圖像和各種圖像轉換以及圖像展示方式，驚呼這是「圖像時代」，甚至宣稱是「讀圖時代」的來臨，對一些「脫離現實」的「沙龍式」的圖像作品和藝術圖像作品產生偏好，更令人感到奇怪的是「這種偏好被歸咎於視覺文化」，把視覺文化與視覺圖像劃等號；將圖像簡單理解為與文本對立的文化機制，將圖像與其他形式區隔開來，將圖像多多、多看圖像描繪為這個社會的一種時代性的群體文化特徵。如果說真有所謂「圖像時代」、「讀圖時代」的出現，那一定不是以圖像出現的多寡和圖像出現的頻率作為指標的，那一定是話語集中在視覺事物（視覺圖像、驅動和維持圖像的圖像科技、圖像受眾）之上，人們樂於探討的一定是圖像產生意義的三個場域——圖像生產的技術場域、圖像自身的構成場域和圖像被讀者觀看的社會場域，而不是其他什麼別的，試圖「圖像純粹」既是不可能的又是烏托邦的。

建皇權的統治下，閉關鎖國、夜郎自大，其技術能力早已大大落後於西方列強（更別說創造能力），發明了印刷術的中國人反而要在幾百年後從西方引進從中國傳出去的石版印刷術。這樣一來，圖像新聞的傳播形式就從思想和技術兩方面受到制約，落後於西方也就沒有什麼好奇怪的了。

　　直到鴉片戰爭之後，在這個有著「左圖右史」學術傳統的國度裏，才有人文畫採用西方近代的透視法，描摹「時事」，給人們一個「上至宇宙之大，下至蒼蠅之微」「都有些切實」（魯迅語）的世界。圖像新聞的形式也才在這個具有圖像學問功底的東方大國得以發展。

　　當然，中國近代社會的急劇動盪，也為「圖像新聞」提供了「用武之地」。一時間各種以「時事畫」為名出版的「圖畫日報」以及「畫報」、「畫冊」達 118 種[1]。由中國畫師採用西方透視畫手法而作的「時事畫」，畫面構成緊湊，線條遒勁簡潔，場景、人物都很生動，令國人眼界大開。這種「時事畫」的形式很快便風靡全國，有力地推動了中國近代報刊出版業的發展。但是這些「圖畫」報刊中的「時事畫」都還不是現代意義上的圖像新聞。新聞史學家戈公振先生對此有過確切的描述：「我國報紙之有圖畫，其初純為曆象、生物、汽機、風景之類，鏤以銅版，其費至巨。石印既行，始有繪畫時事者，如《點石齋畫報》《飛影閣畫報》《書畫譜報》等是。」[2]隨著西方石印技術的引入，「開始有關於時事新聞的畫報出世」，「圖像新聞」就像拓片一樣，拓印著中國近代社會的歷史事實，痕跡性地保存了近代中國社會形態的碎片，勾勒出了近代中國人的文化臉譜。

　　圖像文化在這個具有悠久文化傳統的文明古國裏又得到了復蘇。

三、圖像新聞記錄現實反映社會

　　圖像新聞使用大眾「喜聞樂見」的視覺表現形式，在「記錄」社會現實的同時也能較好地滿足人們瞭解「時事」、渴求「新知」的願望，它比文字新聞報導的形式更容易接近受眾，尤其在當時國人大多為不識字的文盲的情況下，新聞採取圖像的傳播策略，不能不說是媒體人的上上策。因此，圖像新

1　據彭永祥在《中國近代畫報簡介》（載《辛亥革命時期期刊介紹》第四集，人民出版社，1986 年版）一文中介紹，從 1840 年至 1919 年間，在中國內地及港澳地區出版的畫報類刊物達 118 種。根據筆者目前掌握的研究資料來看，其數量遠遠不止這些。

2　戈公振：《中國報學史》，中國新聞出版社，1985 年版，第 202 頁。

聞在那個時代順勢而起、蓬勃發展也是順理成章的事。

　　時事畫爲圖像新聞的最早雛形，這些時事畫的出現起源於西方傳教士在中國開辦的雜誌，並以此爲開端，進入了中國近代圖像新聞的發展時期。當時隨著圖像印刷從木版雕刻向石版印刷的先進技術過渡，用圖像去描繪時事成爲了可能。一旦市場有需求，圖像技術又能滿足這種需求，各種刊印時事畫的畫報社隨之如雨後春筍般地湧現了。據不完全統計，在 1872 年到 1919 年的 48 年間，我國出版的帶有時事畫性質的畫報共有 190 多種[1]：初創時期多爲繪畫鏤版，繼而石印漸漸取而代之，後期也出現了照相銅版畫報。其中以在上海出版數量爲最多，北京、廣州、天津、汕頭、杭州、成都、長沙等地都相繼有畫報出版。

　　1872 年出版的《中西見聞錄》和 1876 年出版的《格致彙編》是較早刊出圖畫、時事畫和照片的刊物。《申報》也較早在報紙上刊載時事圖像：1876 年 8 月 18 日《申報》上刊出「浙江股會黨被官軍緝獲」的消息，在刊發該消息的同時，刊登了一幅會黨的臂章圖樣。因此，有人認爲這是近代「最早的新聞圖畫」。《申報》在此期間還登過一幅俄國沙皇肖像。其實 1875 年 5 月 17 日的《申報》在刊出「美國前總統格蘭特來華訪問」消息時，除文字報導外，還專門刊印了一張格氏的半身像，以供讀者看清容貌。這些手繪圖像在圖像新聞的瞬間性、現場性等方面，雖不能與當今的機具影像新聞同日而語，但在當時文字報導一統天下的情況下，這樣使用圖像報導新聞的形式，已經相當於今天的「電視新聞報導」了。

　　1884 年，廣州出版的《述報》創刊號上，曾刊登過多幅時事繪畫圖。文後記述：有一人會攝影與沖洗，曾爲抗法英雄劉永福拍過一張小照（當時單人頭像稱爲「小照」）。劉永福的這張小照未刊於創刊號上，而是作爲贈品隨報附送，還在報館門口出售，這樣這張「小照」就流傳很廣了，起了早期新聞攝影廣爲傳播的作用。值得一提的是，《述報》是廣州第一家採用石印技術的中文報紙，它從第一期起就十分重視「圖像新聞」的報導形式，「每期必登一幅或多幅新聞紀實的圖畫，與文字新聞穿插編排，眞是做到了圖文並茂」[2]。

1　韓叢耀、彭永祥：《中國近代畫刊出版研究》，《中國出版》，2009 年總第 9、10 期合刊。

2　丁淦林：《中國新聞圖史》，南方日報出版社，2002 年版，第 21 頁。

　　還有報載說《新報》曾最早刊出一幅上海的風景圖（照片），以使報紙版面呈現圖文並茂的視覺效果，吸引讀者閱讀，可惜並未注明刊出的年月日，至今筆者也未查證到。《小孩月報》（如圖 1-2 所示）的姐妹花──《花圖新報》（如圖 1-3、1-4 所示）也曾刊出早期「中國拱橋」的照片，甚為模糊；還刊登過美國人華爾為清軍訓練洋槍隊的照片等。

　　在 1872 年到 1919 年的 48 年間出版的畫報，前期多是圖畫，後期出現幾種利用攝影照片的。當時畫圖的名師有：吳友如、金蟾香、嚴獨鶴、張聿光、馬星馳、丁悚、汪綺雲（筆名長白山人）、劉甘臣、劉炳堂、潘達微、高奇峰（嶺南畫派畫家並精通攝影）等。美國傳教士范約翰創辦的《小孩月報》開始是自作畫自主編，後期聘柴連復等人任主編及部分編務工作。這些畫師根據報紙消息、通訊、社會新聞到現場彩繪或閉門家中作時事畫，迅即刊於畫報上，起到了記錄社會形態、反映社會現實的目的。如 1898 年 7 月刊登於香港《輔仁文社社刊》上的《時局全圖》（如圖 1-5 所示）是被我國業界和學界公認的一張「新聞漫畫」（圖畫新聞），作者為謝纘泰。該圖真可以稱得上是一幅「時事畫」，它所反映的是當時世界列強瓜分中國的岌岌可危的局勢。

圖 1-2　《小孩月報》書影

圖 1-3 　《花圖新報》書影

圖 1-4 　《花圖新報》的後續刊
　　　　《畫圖新報》

圖 1-5 　《時局全圖》
　　　（謝纘泰，1898 年）

　　1894 年大清帝國的北洋水師在由日本挑起的侵略中國的海戰中全軍覆沒，第二年日本就強迫清政府簽訂了不平等的《馬關條約》，接著當時世界上幾個強大的帝國主義國家掀起了瓜分中國的狂潮。畫面以中國地圖爲背景，圖中「熊即俄國，犬即英國，蛤即法國，鷹（鶁）即美國，日即日本，腸即德國」。[1]據說最初發表時還有題詩一首：「沉沉酣睡我中華，哪知愛國即愛家？國民知醒今宜醒，莫待土分裂似瓜。」關於這幅「時事畫」，謝纘泰在其《中華民國革命秘史》一書中說：「一八九九年七月十九日，我繪畫並發表了一幅政治漫畫《遠東的形勢》。……目的在於喚醒中華民族，向人民敲起警鐘：外國列強瓜分大清帝國的危險已逼在眼前。」[2]這幅《遠東的形勢》是否就是先前刊發於香港《輔仁文社社刊》的《時局全圖》，還是後來刊發在《俄事警聞》創刊號上的《瓜分中國圖》（如圖 1-6 所示），作者沒有明確指出，後來的研究者也沒有肯定是哪一幅，只是把這三幅都當成一幅的異變。但有一點是可以肯定的，這幅《遠東的形勢》圖被許多國家的報刊所刊登，他們大概也覺得這幅「時事畫」最能形象地表明此時中國的眞實情況。

圖 1-6　《瓜分中國圖》
（謝纘泰，1903 年《俄事警聞》創刊號）

1　畢克官：《中國漫畫史話》，百花文藝出版社，2005 年版，第 14 頁。
2　轉引自畢克官：《中國漫畫史話》，百花文藝出版社，2005 年版，第 15 頁。

圖像新聞記錄著這一時期發生的一件件的大事和映入眼簾的「小事」，為記錄當時的社會生活狀態和文化習俗以及國家的政治、軍事、經濟、外交等活動留下了可供視覺考察的歷史對象，這是此前任何一種視覺文化的方式不曾系統而有意地做過的。「時事畫」雖然不是彩色影像的全景透視記錄，也不如黑白影像的影調分層次表達，它只有墨痕和空白，但這種簡約的圖像已勝過千言萬語對社會生活形態的描述。如果擇其幾幅托裱，其社會文化效果遠較《清明上河圖》更加細微和真實，更具社會生態性。在中國近代各種勢力你方唱罷我登臺的走馬燈似的社會舞臺上，演繹著一幕幕人間「活報劇」，使這一時期的「圖像新聞」具有了其他任何形式都無法比擬的記錄價值，圖像成為那個時代的生態博物館。

四、圖像新聞得以發展的契機

考察圖像新聞在這一時期得以興起的契機，最為重要的是以下兩個方面。

一是在還沒有電影紀錄片、電視磁帶記錄的清末民初的幾十年間，成熟的圖像新聞生產技術記錄了社會日常生活的小事和許多翻天覆地的大事，滿足了人們瞭解「新知」、關注「時事」的願望，使得這種傳播形態得到迅速的發展。

隨著國門洞開，西學漸進，國人思想頓開，對於「新知」的渴求就顯得更迫切了，圖像新聞在某種程度上滿足了人們的閱讀需要。所見齋主人發表在 1884 年 9 月 19 日《申報》上的一篇《閱畫報書後》中談到：「方今歐洲諸國，共敦輯睦，中國有志富強，師其所長。凡夫制度之新奇器械之精利者，莫不推誠相示，資我效法，每出一器，悉繪為圖。顧當事者得見之，而民間則未知也。今此報既行，俾天下皆恍然於國家之取法西人者，固自有急其當務者在也。如第一卷美國潛行冰洋之船，與夫法人在越南所用氣球，其他又若水電激力之高，巨炮攻城之利，豈非民間未有之觀，乍見之而可驚可喜哉！則又不徒以勸誡為事，而欲擴天下人之識見，將遍乎窮鄉僻壤而無乎不知也。」因此，這一時期的圖像新聞在介紹新知、傳播新知方面有著獨特而巨大的作用。這種作用，是其他任何形式也替代不了的。

至於運用圖像來敘述「時事」，著名學者如魯迅、阿英、鄭振鐸等都對此給予了充分的肯定。魯迅將其稱為欲知「時務」的人們的耳目；阿英則「強

調時事記載」；鄭振鐸乾脆將「新聞」與「繪畫」結合，稱之爲「畫史」。[1]可見這種圖畫新聞的方式對社會、對文化、對日常生活而言是多麼的重要。而這種對「日常生活」及「對於社會熱點問題的強烈關注」，正是此類畫報出版物所追求的辦報辦刊的第一要務。如這一時期最爲成功的《點石齋畫報》，「配合新聞，注意時事，圖文之間互相詮釋」，成爲它的「最大特色以及成功的秘訣」。創刊於 1909 年的《圖畫日報》更是將「新聞性」、「時效性」作爲辦刊的宗旨。原《時事報圖畫旬刊》在光緒三十三年（1907）加大彩繪圖像新聞的力度，並將《時事報圖畫旬刊》直接改爲《圖畫新聞》獨立出版發行。有的研究者甚至將這種圖畫新聞與接下來出現的攝影新聞相比，「筆繪畫報，善能描繪新聞發生時之眞景，有爲攝影鏡頭所絕對不易攫得者」。這種筆繪新聞的優勢在今天的平面傳播媒體上仍顯示出它的強大生命力，不管是在國內，還是在西方更爲發達的媒介社會，都被普遍使用。「對於社會性事件來說，不在場的攝影記者無能爲力，而同樣不在場的畫家則可以通過遙想、體味、構思而『虛擬現場』。」[2]這種圖畫新聞正符合了人們對於時事關注的迫切需要。

　　二是物質文明推動了社會文化的發展，印刷技術的進步成爲決定圖像新聞樣態的根本原因。對於物質技術手段的考察，尤其是對圖像的生產場域（技術、工藝、材料等）的考察，一般學者尙顯生疏，他們習慣於將更多的關注點放在圖像的自身構成樣態（構成場域）上和圖像的傳播效果（社會場域）上。筆者認爲，對於清末民初的圖像研究，尤其是圖像新聞研究而言，生產場域的物質技術尤其值得關注。沒有印刷技術的進步就不可能有圖像新聞廣泛傳播形態的出現，畫報時代的開始是以石印法的採用爲標誌的。

　　石印法於 1795 年由德國人塞內菲勒德（Senefelder）發明，[3]1876 年傳入中國，最早使用此法的是上海徐家匯的土家灣印刷所。石印法的流程爲：首先採用適合印刷用的材質緊密、細膩的石板，將其表面打磨光滑；其次畫師不必用畫稿，而用瀝青或者油筆在石板上直接勾畫圖像；三是在用油筆勾好圖畫的石板上倒上輕度的酸性溶液（讓酸性溶液腐蝕掉繪畫的筆道周圍的石板表面，使繪畫的線條凸現出來）；四是用熱水沖洗，將濕版上的酸液洗掉，使畫完全凸現出來；最後用墨輥在有畫的石板上面滾動，用紙在石板上「複

1　參見陳平原選編：《點石齋畫報選》，貴州教育出版社，2000 年版。
2　陳平原選編：《點石齋畫報選》，貴州教育出版社，2000 年版，第 41、28、1 頁。
3　參見吳鋼：《攝影史話》，中國攝影出版社，2006 年版，第 28～31 頁。

印」「石畫」，並可任意印出許多張數。「此前印刷圖像，必須先有畫稿，再據以木刻，或鏤以銅版，費時費力不說，還不能保證不走樣，更不要說無法做到『細若蠶絲』、『明同犀理』。而今有了石印技術，這一切都成為舉手之勞。對於畫報之能在中國立足，並迅速推廣開來，這一技術因素至關重要。」[1]雖然在木板印刷年代，木版技術也有圖像繪製「時事」的先例，但那種只有畫師與刻工的默契合作，才有可能創造出完美的圖像的技術，對於「繡像」[2]的製作或文章插圖還可行，對於「時效性」要求較高的「時事」來講，如果畫師和刻工都是獨立工作的，不說畫師的工作時間，單是刻工不斷地揣摩畫稿，同畫師切磋琢磨和刻版也頗費工時，並時時會「走樣」。石印技術的採用，「不用切磋與琢磨，不用雕鏤與刻畫」，畫師走到了印刷生產的一線，成為「圖像新聞」的第一作者，這樣就擺脫了雕刻工藝的限制，基本上是獨立創作，工作效率也會大大提高。另外，畫師成為第一作者後，他們就會「經常根據報紙消息、通訊、傳聞以及現場彩繪，作出圖畫，大部分反映了當時的社會情景」[3]，這樣一來，各種「時事畫」在當時中國的城市就興盛起來。接下來，如果採用石印法的報館再改進製版技術，使用「電鏡映像之法」，攝新聞「圖像」於石上，便可以得到忠實於畫師描繪的「圖像新聞」石版印刷稿，「複印」「許多張數」的問題就迎刃而解了，其時，「圖像」參與報導「時事」才真正走入可能的階段。雖然此等技術運用尚不能和後來興起的「攝影新聞」在「能肖」上相比，也被戈公振先生所批評：「惟描寫未必與真相相符，猶是病耳。」但這種石版印刷術的運用卻是圖像新聞出版史上的革命，具有了劃時代的意義。

第二節　從攝影貼冊到新聞報刊的圖像新聞傳播

　　當西方人完成的攝影術傳入中國後，先沿海後內地、先城市後農村迅速傳播開來。攝影術在這個有著攝影史前理論基礎和群眾認知社會表徵手段的國家，以一種前所未有的熱度被接納和使用著、改造著、完善著，尤其反映

1　參見陳平原選編：《點石齋畫報選》，貴州教育出版社，2000年版，第20～21頁。
2　繡像是指用絲線刺繡而成的佛像或人像。明清以來通俗小說流行，書首或卷首、回首常附雕版印刷的（後也有石印的）線描人物圖像，也稱「繡像」。
3　彭永祥：《中國近代畫報簡介》，《辛亥革命時期期刊介紹》（第四集），人民出版社，1986年版，第657頁。

在中國早期的紀實攝影樣態上，中國人以自己對攝影的獨特理解和傑出的智慧對紀實攝影傳播做出了應有的貢獻。

此時，真正意義的新聞攝影由於器材的原因，還沒成氣候，但紀實性攝影報導形式已經開始出現；新聞報刊上印刷照片很困難，視覺效果也不好，紀實性攝影報導就採取照相貼冊贈送、肖像照片附送和時事明信片郵寄的方式進行傳播。

一、中國早期攝影報導的興起

作為紀實攝影的一個分支，新聞攝影的萌芽，在人們使用攝影記錄一些重大事件、日常生活或者自然風光時，就已經開始出現了。

1844 年，法國人埃及爾（Jules Itier）為兩廣總督兼五口通商大臣耆英拍攝了數張肖像照片作為禮品贈送（如圖 1-7 所示）。據此作為中國人首次接觸西方的攝影術，兩年之後，1846 年 10 月 8 日，香港的《中國郵報》刊載了一則廣告「銀版攝影和鋅板印刷公司，威靈頓路，香港或中國的彩色及黑白風景照，每晨九時營業至下午三時。」這標誌著在 19 世紀 40 年代中期，作為商業化的攝影在中國已經出現。自此到五四運動前夕，攝影術在中國獲得了快速發展。尤其是紀實攝影的重要分支——新聞攝影隨社會環境的不斷變化和科學技術的發展，從萌芽逐步走向成熟，並借助照相貼冊、攝影印刷等形式傳播開來。

圖 1-7　耆英肖像照
（於勒‧埃及爾（Jules Itier）攝於 1844 年）

從 1844 年攝影術傳入中國至 1912 年中華民國建立前夕，總體上看，攝影術是用於人物肖像的拍攝，但也不可否認當時已有人把攝影當作記錄社會事件、報導新聞和反映民間風俗的工具，進行了將攝影用於拍攝時事的初步嘗試。早在 1848 年，為耆英拍照的法國人於勒·埃及爾就將拍攝於 1844 年反映中國澳門情況的照片複製品刊登在法國的《中國旅行報》上，這也許是在報紙雜誌上出現的第一張有關中國情況的照片複製品。意大利攝影師費利斯·比託（Felic A. Beato）、羅西爾（M. Rossier）便是當時著名的新聞攝影專家。

19 世紀末 20 世紀初，在中國從事攝影工作的有一位十分重要的西方人士——澳大利亞人莫理循（George E. Morrison 1862～1920）。1894 年，他懷揣母親寄來的 40 英鎊，以一副地道的中國本土人士打扮，從上海出發向中國的南方諸省的雲南、貴州及重慶一路旅行而去，直到緬甸。他把沿途見聞寫成了一本圖文並茂的著作《一個澳大利亞人在中國》，並於 1895 年在倫敦正式出版，一時好評如潮。由於這個原因，直接導致他成為英國《泰晤士報》駐北京的特派記者。1893 年他到達北京，就此開始長達 20 餘年長駐中國的記者生涯。作為記者，他用手中的筆和照相機鏡頭親歷了戊戌變法、義和團運動、辛丑簽約、清末新政、日俄戰爭、帝后之喪，直至辛亥革命的全部歷史變遷。留下了大量的珍貴影像史料，見證了中國那一段極具革命意義的歷史階段。其生前的私人圖書館資料現藏於日本東洋文庫，其他大量的日記、攝影作品等則收藏於澳大利亞的米歇爾圖書館。

1876 年 7 月 15 日，針對由英商投資建造的從上海到江灣鎮的 13 餘里的鐵路完工，《申報》刊登了一則上海日成照相館的《拍照火輪車》廣告：「本店現蒙申報館主託照至吳淞火車形象，訂於此禮拜照日五點鐘，攜帶機器前往停頓火車處照印。惟肖物圖形，尤須點綴，敢請紳商士庶來前同照，其形景更得熱鬧，想有雅興者定惠然肯來也，特此預布。」當時中國的印刷水平雖然還不能將照片直接印刷在報紙上，但從這則廣告中可以發現，報館已與攝影聯手進行時事報導拍攝，開創了我國早期攝影採訪的先例。

1890 年 12 月，太古公司上海輪在長江起火遇難，「死者約逾三百人。上海仁濟堂紳董遣人雇救生船連日打撈。得屍二百數十具，斂以棺衾，並有善士為一一照相留存。」這又是一次大規模的拍攝活動，進一步證明攝影已面向社會，實用攝影開始發展。

圖 1-8　燒毀後的北京圓明園
（費利斯・比託（Felic A. Beato）攝）

圖 1-9　英法聯軍佔領廣東九層塔
（羅西爾（M. Rossier）攝，1860 年 4 月）

二、貼冊·肖像照片·時事明信片

應該說，自攝影術誕生至 20 世紀初，隨著照相器材的不斷改進和完善，以及攝影活動的日漸普及，許多攝影師已不滿足於單幅人像攝影和在有限範圍內的傳播，而是努力尋求利用照片反映現實社會生活、擴大照片影響範圍的機會，於是時事照相貼冊、雜誌插圖、攝影畫刊和報紙照片印刷相繼出現。

19 世紀下半葉，在照相銅版技術出現以前，許多國家的攝影師為了擴大時事照片或紀實照片的影響範圍，採用裱貼的方法將選擇和編輯完成的一組（或一套）照片製成相冊，其觀賞效果優於最初的照片印刷品。在中國，辛亥革命以前，人們也普遍採用這種方法製作時事攝影報導。清末的這種照相冊從內容上看大致分為官方與民間製作的兩類。其中，官方紀事照相貼冊屬於官方組織編製，主要用於上報朝廷。通常畫面精美、影調豐富、裝幀考究，並有文字補充材料加以說明。

民間紀事照相貼冊主要有兩種情況：一是一些照相館對社會事件的紀實反映。編輯成冊既可以向官方提供，也可以向民間出售。題材多樣，不拘一格，充分體現出早期攝影圖片編輯者對社會現實的職業敏感性。代表作有上海同生照相館的廣東攝影譚景堂等人 1909 年攝製的《京張路工攝影》，此為大型專題攝影集，分上下二冊，主編者是北京——張家口鐵路總工程師、廣東南海詹天佑。每頁貼 12 寸照片一幅，既美觀大方，又清新悅目。上卷選收總工程師詹天佑等人的肖像，各車站、隧道、橋樑施工與完成情形等照片 86 幅；下卷選收就張鐵路各段通車和清郵傳部官員赴張家口觀成、在南口開慶祝茶會等照片 90 幅。它系統全面顯示我國人民依靠自己的智慧與力量修築京張鐵路的事實，是清末專題攝影報導圖冊中的佼佼者，是用攝影讚美人民的勞動創造，紀錄國家基本建設進程的一個典型。第二種情況是工礦企業為了自身的宣傳等目的而攝製的紀事照相貼冊。這類紀事冊是反映清末工業、交通、建設等方面情況的攝影專集。主要作為國際交往的禮品。因而裝幀講究、華麗，文字介紹一般也為中外文對照。如《京漢鐵路》是由中國鐵路總公司和承建京漢鐵路的比利時公司聯合攝製。

民國建立之初，中國時事攝影圖片的採訪、編輯和印刷技術有了很大進步，並得到社會各階層人士的大力支持。配合當時的鬥爭形勢和需要出版了多種形式的時事攝影作品。按其形式大致可以分為名人肖像照片和時事攝影明信片等。

圖 1-10　驗道專車
（前排為工程技術人員，右三為詹天佑、左一為詹文彪）

圖 1-11　青龍橋車站同時開行的火車，呈現出「之字形」

　　中法戰爭期間，劉永福（1837～1917）率軍大敗法軍，人心大快，廣州
《述報》於 1884 年 3 月 27 日將「用西國映相法拍得劉（永福）提督小像」
印成單張，隨報免費贈送給讀者。當時在中國還沒有照相製版技術和設備的
情況下，《述報》用這種方法來傳播新聞照片，實屬創舉。這比照相貼冊的流
傳範圍更為廣泛。

後來，1912 年初（民國建立初年），由「民立社」印製了《大總統孫文肖像》在國內廣為傳播。為此，《申報》1912 年 1 月 12 日專門撰文進行了宣傳，表明了對孫中山出任總統的擁戴。辛亥革命後，孫中山常用自己的肖像照片作為宣傳贈品，為革命而奔走，從而使孫中山的肖像照片流傳甚廣，出現了很多複製品和印刷品，及至當年民國政府發行的郵票也採用了孫中山的攝影肖像。

中國攝影出版社 1987 年版《中國攝影史（1840～1937）》載，1912 年，上海商務印書館發行了一套帶有時事性的「革命紀念明信片」，並分黑白、彩色兩種印刷。至同年 9 月底，已發行三百餘種，內容十分豐富。這種明信片的發行量很大，為此，上海商務印書館在當年的《小說月報》第 9 期上刊布廣告：「本館覓得武漢、上海、南北兩京、各省關涉革命照片，製成明信片。如重要人物之肖像，各省民軍之戰績，民國國旗之式樣。追悼、慶祝、歡迎、歡送各會之盛舉。近如北京炸彈、孫總統祭明陵、蔡專使北上、京津兵變等要事。均經本館派人專往攝影，陸續發印以付。」由此廣告可以看出，這種以明信片形式出現的攝影宣傳品，兼具了新聞宣傳、生活實用和收藏紀念的功能。同時，明信片還配送匣套和紙夾以便收藏，很受當時民眾的歡迎。但由於此後戰事頻頻，這套明信片目前已難覓蹤影。

三、攝影印刷・新聞報刊

攝影印刷，顧名思義就是將由攝影產生的圖像直接印刷在紙張上，這是基於印刷術發展而形成的一個印刷領域。印刷是一種轉印技術，它和用底片洗印照片是完全不同的概念。眾所周知，最初的攝影術——達蓋爾（Louis Daguerre）銀版攝影術——每次拍攝只能得到一張金屬相片，很不利於攝影作品的傳播。攝影印刷術的誕生完全依賴於印刷術自身的發展。

1850 年至 1860 年間，英國人發明了網線製版法，即銅版法，用於印刷照片。其後，美國人發明了鋅版加網線製版法，1880 年，美國人斯蒂文・霍根（Steven Hogan）發明照相銅版術，為照片直接製成出版物創造了條件。至此，真正意義的攝影新聞才具備了廣泛傳播的技術基礎。

在國內，為了將新聞照片也能夠直接印刷在報紙上，絕大部分出版公司都是聘請外國技師主持照相製版，而上海文明書局則聘用無錫畫師趙鴻雪自行研究網目照相版技術，並在 1902 年前後取得了成功。趙鴻雪本人也成為中

國掌握製版技術的第一人。

隨著照片印刷技術問題的解決，國內報刊 20 世紀初開始出現攝影圖片。1901 年的《萬國公報》開始刊出銅版印刷的中國漢文報最早的新聞照片──《醇親王奉使過上海圖》，且影像逼真。從此，新聞照片作為一種新聞宣傳手段登上了中國新聞事業的歷史舞臺。此後，比較常見刊登攝影新聞的報刊有：1902 年的《外交報》《新民叢報》《新小說》；1903 年的《遊學譯編》《浙江潮》《江蘇》；1904 年上海出版的《東方雜誌》《二十世紀大舞臺》《女子世界》《教育世界》等。

1905 年以後，國內報紙開始大量刊載時事照片：1905 年，同盟會在日本創辦的《民報》26 期中，就刊有時事新聞和革命領袖人物孫中山、鄒容、秋謹的照片數十張之多。同年，潘達微、高劍父等在廣州主編鼓吹革命的《時事畫報》，以繪畫為主，但也刊登少量照片。北京《京話日報》於 1906 年 3 月 29 日第 570 號刊登了在「南昌教案」中被法國傳教士殺害的江召棠縣令的遺體照片（如圖 1-12 所示），並為了揭露法帝國主義的誣指而撰文：「江西南昌知縣江大令召棠被天主教請酒謀殺，兇手便是勸人為善的教士，教士既下

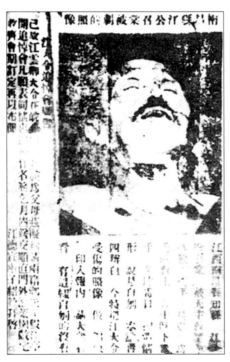

圖 1-12　被法國教士殺害的南昌縣令江紹棠

毒手，印入報內。捏造情形，說是自刻，有這樣自刻的沒有」。廣州出版的《國事報》於 1907 年 7 月 20 日發表了《中國民立潮汕鐵路之創始者張煜南，陳宣禧》《粵路正式會攝影圖》，8 月 20 日發表了《女界流血者秋瑾》等時事照片。這些照片編發及時，新聞性較強。尤其值得一提的是由我國留法學生組織「世界社」在巴黎印製的、於 1907 首期出版的《世界》畫報，內有一定的欄目用於介紹國內新聞，如報導上海反帝愛國運動、淮北地區大饑荒等。這是中國早期有意識的攝影新聞報導。

據吳群在《廣東人在各地的早期攝影報導活動》一文中的記敘，1905 年，美帝國主義在國內排斥華僑、殘殺華工，激起了中國人民和海外華僑的極大憤怒，在我國廣東等地爆發了聲勢浩大的反美拒約、抵制美貨的愛國群眾運動，而利用攝影手段則是鼓動群眾的一種方式。如將美貨陳列拍照，爾後刊印分發廣爲宣傳，以防民眾誤購美貨；再如將各商家簽名抵制美貨的合約拍照分送留念，全市張貼標語紅條，情況極爲熱烈。由此可見，當年廣東一地的攝影報導活動是和群眾運動相結合。在清末，廣東省與香港兩地的攝影工作者已注重反映本地區發生的重要事情，及時拍攝各式各樣的新聞照片，或向報刊發稿，或存檔留作資料。當時新聞照片的表現手法和攝取方式主要有兩種：一是拍合影照，二是拍活動照。前者是將要報導的社會名流、新聞人物排列在一起拍合影，如 1907 年廣州《國事報》刊出的《粵路正式會攝影圖》，廣州《時事畫報》刊出的《廣東水師提督李準，西人遮打，卸任總督周馥，侍郎伍延芸等人合影》《留日廣東學生金傳芬，陳復等十三人合影》等即爲合影照片。後者是攝影師深入事件發生的現場，表現當時的環境氣氛，抓拍主要人物的動態形狀。而 1901 年拍攝的《清朝醇親王載灃順訪香港，由九龍城賽上岸情景》《廣州督署歡宴外賓之盛況》，1907 年拍的《兩廣總督周馥前往香港訪問》就屬於時事活動照片。吳群認爲，在廣東早期的重大題材新聞照片中，最出類拔萃、光彩奪目的，要數《1907 年潮州黃崗起義誓師攝影》了（如圖 1-13 所示）。對於 1907 年 4 月 11 日余丑、陳湧波等人在廣東潮州黃崗（饒平）的起義，民主革命家馮自由高度評價這幅照片說：「革命軍既克黃崗，余丑等率眾誓師拍照紀念，照中右側有人持青天白日滿地紅旗，立於其旁者陳湧波也。考清季革命軍起事者二十餘次，其能從容拍照紀念者，只有潮州黃崗一役」（《革命選史》初集 19 頁）。由此可見，余丑、陳湧波等人在起義時，多麼重視爲革命留影和拍照紀念。這也是一幅絕無僅有的、十分可貴的

紀實照片，後來被各報刊多次複印轉載，如《良友》畫報於 1941 年 1 月出版的 162 期上就轉載了這幅照片。

圖 1-13　1907 年潮州黃崗起義誓師攝影

　　武昌起義之前的幾十年間，中國人民反帝反封建的革命鬥爭十分激烈，社會現實生活異常殘酷，然而當時的時事攝影新聞並未能全面地反映這些社會現實，只是對些重大事件作的少量報導。究其原因，仍是當時中國社會經濟較為落後，專業人才匱乏，技術欠缺，新聞傳播業極不發達所造成的。

四、清末民初攝影傳播概覽

　　為了能夠清晰地說明清末民初攝影新聞的傳播情況，我們將前人的研究成果和相關信息整理成表格的形式，以便讀者瞭解。

中國近代攝影傳播大事年表

年　代	事　件
1844 年	法國人於勒·埃及爾（Jules Itier）為中國清王朝大臣耆英拍攝中國的第一張照片——耆英的肖像照。 廣東學者鄒伯奇先後完成兩篇有關攝影光學的著作——《格術補》和《攝影之器記》，在後一部著作中正式把繪畫暗箱定名為「攝影之器」。

1846 年	中國湖南進士周壽昌較爲詳細地描述了攝影的技術過程。
1846 年～ 1848 年	香港出現中國最早期的照相館。當時在中國的攝影家只有不過兩三人，均採用銀版照相法。1849 年後期，他們開始在香港或其他沿海商港開設照相館。
1854 年	美國遠征日本艦隊（佩里司令所率）的專任攝影師布朗（E. Brown Jr.）和德瑞皮爾（Droper）進入臺灣北部，進行煤礦勘探和尋人，期間拍攝了大量照片。
1858 年	英法聯軍攻陷廣州，「那格提與尙巴拉公司」資助隨軍意大利攝影師羅西爾（M. Rossier）前來中國，拍攝了大量關於戰爭與生活題材的照片。次年該公司又資助他出版第一本中國攝影專輯，首批共有 200 多張照片。
1858 年～ 1862 年	英國不屈號蒸汽兵船艦長布洛克（Brooker）與博物學家郇和（R. Swinhoe）在臺灣島作環島旅行並進行攝影活動。
1859 年	廣東人賴阿芳在香港皇后大道開設了一家「攝影社」，專照人物肖像，店門前掛出「攝影家賴阿芳」的巨幅招牌，很引人注目。
1860 年	意大利人費利斯·比託（Felice Beato）以半官方身份參加準備在華北作戰的英法聯軍，隨聯軍向北京進軍，並拍攝北京的全景及被夷爲平地的園明圓，甚至意圖拍下談判言和的與會大臣，但幾次都沒有成功。而往後 40 年直到義和團事件前，在亞洲的任何西方人都沒有拍攝過這麼生動的眞實報導，比託拍攝的 19 世紀中國遭受戰爭摧毀的照片，令人印象深刻。
1860 年 前後	爲了牟取暴利，外國人在廣州和上海等地開設了照相店。同時，有中國畫師轉業做攝影師，代表人物有上海羅元祐、廣東溫棣南、張老秋等。
1860 年 左右	日本人木村夫婦來到福州，開設了盧山軒照相館，招收了陳岳甫、張叔和十餘位中國學徒。
1861 年	美國攝影師彌爾頓·米勒（Milton Miller）來華，主要在廣州、上海等通商口岸活動。作品大多完成於 1861 年到 1864 年之間，以表現中國人的日常生活爲主，拍攝技巧比較成熟。
1869 年	約翰·湯姆遜（John Thomson，1837～1921）再次來華，在香港皇后大道開設攝影室，拍攝人像和出售香港風景照片。隨後，他深入中國內地和臺灣，行程五千多英里與中國社會進行了廣泛的接觸。當時他使用的是濕版法，需要攜帶大批器材，因此雇用了八個背負笨重照相器材的「苦役」。從香港啓程，經過廣州、臺灣、汕頭、廈門、福州、上海、寧波、南京等地，然後沿長江溯流而上，直到貴州。以後又北上，到達天津和北京，遊覽了南口和長城等名勝古蹟。他此行的目的是想把中華古國的奇偉景象及人民生活、地方物產、風土人情通過他的鏡頭做忠實的紀錄，然後介紹給各國人民。
1872 年	廣東人和江蘇人分別在漢口開設榮華和江蘇鴻圖閣照相館。

1873 年	我國第一部攝影術專著——多才多藝的英國醫生德貞（Dr. Dudgeon. John Hepburn，1837～1901 年）所著《脫影奇觀》在北京出版。該書在中國揭開了攝影術的奧秘，對在國內普及科學知識，破除封建迷信起了良好的作用。
1874 年	「牡丹社之役」（又稱牡丹社事件，1874 年，日本出兵攻擊當時的中國福建省臺灣府南部原住民部落的軍事行動）時，日本陸軍省委託松崎晉二與熊谷泰爲隨軍攝影師，熊谷泰於此役身亡。松崎晉二返日後，曾將這批以玻璃濕板攝得的影像製成蛋白紙照片販售。日本攝影開山祖之一的下岡蓮杖，依其中影像繪製了兩幅大型油畫，日前仍保存完好。關於牡丹社事件，當時的《東京日日新聞》記載了日文觀點的事件始末。
	廣東人童月江在重慶開設了一家照相館，使用的是老式四寸鏡箱與銀版片。
1875 年	廣東人梁時泰在天津開設照相館，是爲天津第一家照相館。
1881 年	武昌黃鶴樓前設有顯眞樓照相館。
1892 年	北平第一家照相館「豐泰」開業，創辦人爲任景豐，其規模較大，職工達十多人，以拍戲照、合影著名於京城，並出售相片。
	郎靜山生於江蘇淮陰，本名國棟，祖籍是浙江蘭溪，從 14 歲起就喜歡攝影。
1896 年	遠藤寫眞館（遠藤誠）發行「征臺軍凱旋紀念帖」，日本征臺的第一本寫眞帖。爲日軍第二師團自澎湖島登陸，到該師團團長北白川宮能久親王病逝於臺南之經過，附有「征臺記」文字 76 頁。
1898 年	英國女旅行家畢曉普夫人來到杭州，拍下了許多照片。其中「杭州西城門」的照片反映的也許是杭州錢塘門（當時杭州的老城牆共有三個西門，它們是錢塘門、湧金門和清波門）。這標誌著許多普通的西方攝影家或攝影愛好者已大量湧入中國腹地的各個城市。
1900 年初	蔣丹於雲南昆明開設水月軒照相館。
1901 年	隨日軍來臺的記者森本離臺前將其在臺中開辦的寫眞館片給當地人林草，從此寫眞館改名「林寫眞館」，成爲全臺第一家由臺籍同胞經營的相館。「林寫眞館」記錄了許多日據時期的人像風景。1953 年林草車禍去世，林家攝影事業傳給林權助，「林寫眞館」從此開啓了臺中結合攝影、美髮、美容、禮服的攝影先河。
1903 年	勳齡任清廷宮廷攝影師。
	直隸總督兼北洋大臣袁世凱派周學熙去日本考察工商業。周回國後，任直隸工藝局總辦，在天津成立了工藝學堂，附設實習工場，招收學生，半工半讀，傳授照相等技術並將學員成績公開展出，以求得社會上的監督品評。

1904 年	郎靜山進入上海南洋中學預科，受李靖蘭老師影響而接觸攝影。
1906 年	臺灣日日新報社出版「南部臺灣震災寫眞帖」，內容包括 1906 年嘉義大地震災情及救災情況。
	濟南成立工藝傳習所，分設照相等十科。北京也成立了工藝局，並設立了商品陳列所。
1908 年	「臺灣寫眞會」成立於臺南。
	10 月 15 日臺灣日日新報社石阪莊作出版「臺灣寫眞帖」，內容以臺灣的史蹟爲主。
1909 年	天津「福升」照相館爲了攝取慈禧太后靈柩移入東陵的現場實況，無意中捲入了封建統治集團內部的鬥爭，使統治者大爲震怒，這就是當時震驚國內的「東陵照相案」。
辛亥革命前後	有些部門招考職員及學生入學考試需交照片，照相館拍攝證件照片遂成爲大宗。
1913 年	國內出現第一個民間攝影團體「精武體育會攝學部」，爲上海「精武體育會」領導下的文藝社團，負責對會員進行攝影技術教育和輔導會員進行創作。
一戰（1914～1918）期間	中國留學生，海外華僑及大批華工，被派往歐洲參加作戰。其中一些攝影家和攝影愛好者曾攜帶相機，在各個戰場進行攝影採訪，拍攝了大量新聞照片向世界各報投稿，成爲受人稱讚的戰地攝影家，顯露出中國人的攝影才幹。代表人物有郭承志等。

第三節　民國創立前後的圖像新聞出版業（1894～1916）

　　清末民初，由於西風漸浸，新知識新文化在社會上盛行，在沿海沿江的大城市由於人們對新知的渴望要求強烈，圖像出版業發達起來，各種畫報的出版如雨後春筍般的出現。目前可見名錄的有 200 多種，但由於多數畫報屬於一人辦刊或一人辦幾個刊物，存活的時間比較短，沒有造成一定的影響，史料上也是只聞其名，沒有更多的信息。再者，大多刊物由於出版資源有限，出版了幾期就難以爲繼了，只得停刊，所以目前存世可查的畫報有限。

　　據查，在 1894～1916 年間出版的畫報有 200 多種，目前能找到資料的只有 80 多種，還有許多畫報只能在一些零散的資料中見其刊名並未見實物，因此沒有收錄，待進一步挖掘資料尋到實物後再行補錄。[1]

1　本節的資料取得彭永祥、季芬的授權，同意使用《中國畫報畫刊》的部分內容。

一、民國創立前的圖像及圖像新聞出版（1894～1911）

　　需要特別說明的是，以下統計定有遺漏，一是中國近代社會動盪不安，戰亂不斷、幾經更迭，致使一些圖書資料毀壞和遺失；二是部分刊有時事畫的刊物被地方各圖書館分散在其他資料中封存；三是筆者的工作還不夠努力和細緻。希望專家給予指正。

　　《新聞報館畫報》，上海新聞報館出版，上海圖書館存有第一期一冊，1894 年（光緒二十年）創刊。

　　《飛雲閣畫報》，1896 年（光緒二十二年）之後在上海出版，內容、形式與《飛影閣畫報》相似。

　　《滬江書畫報》，1897 年（光緒二十三年）8 月 31 日（丁酉八月初四）創刊，在上海出版。僅見於《近代中國新聞事業史編年》一文（《新聞研究資料》總第 11 輯）。

　　《書畫報》，1897 年（光緒二十三年）9 月至 12 月刊行。1900 年在北京被毀。

　　《海上日報畫報》，1899 年（光緒二十五年）創刊，上海出版，隨《海上日報》附送。英商出資經營，1905 年停刊。北京圖書館存有殘本。（北京圖書館存 1890 年 8 月至 1894 年 10 月的 1 至 125 期）

　　《雙管閣畫報》，1900 年（光緒二十六年）創刊於上海，連史紙印，折疊裝，封底封面為彩印。

　　《覺民錄》，先由《遊戲報》銷售，後獨立發行木刻版，每期九對頁……。

　　《圖畫演說報》（月刊），1901 年（光緒二十七年）11 月 30 日創刊。月刊，圖畫拙劣。上海徐家匯圖書館存有創刊號一冊。1902 年尚在刊行。

　　《畫報》（叢報），1901 年（光緒二十七年）在上海創刊。1902 年仍在刊行，但已無「叢報」二字。

　　《飛影閣大觀畫報》（十日刊），1902 年（光緒二十八年）創刊於上海，刊中、西時事畫及小說。

　　《圖畫演說報》，1902 年（光緒二十八年）1 月 9 日創刊，月刊，杭州出版。屬於「白話」報刊。主要內容有宗教、內外史、時事、益聞、物理、歌謠等欄目。圖畫大多為木刻、本報鉛字印刷。

　　《啓蒙畫報》，彭翼仲、彭谷生主編，劉炳堂（用痕）繪圖。北京前門外五道路西《啓蒙畫報》社出版並發行。1902 年（光緒二十八年）6 月 23 日創

刊（還有 1903 年創刊之說），分爲日刊、半月刊、月刊三個刊期。爲北京出版最早的畫報，北京圖書館有存。

圖 1-14　　《啓蒙畫報》上刊出的《滿清宮廷舞蹈圖》二幅
（左爲《喜起舞》，右爲《慶隆舞》）

圖 1-15　　《啓蒙畫報》封面

　　《啓蒙畫報》第一年八至十二冊封面印有「初次改良」四字，第二年以後，這四個字就不見再印了。該刊第一冊從「附頁」《小英雄歌》開始，每頁背面都刊印了《啓蒙畫報緣起》和《教閱畫報法》。該頁標明畫報創刊於「光

緒壬寅年五月十八日」（公元 1902 年 6 月 23 日）。內容分掌故識略、時聞兩大類，掌故有都城建置、皇室生活、朝臣傳記等；時聞有國內外的新聞。圖文對照，文為語體。二號鉛字排，圖為木刻。

　　該刊對於帝國主義的侵略有所揭露。對於反帝、反封建的太平天國、義和團等革命運動則深惡痛絕。對於戊戌變法以及群眾反貪官酷吏的抗暴抗捐鬥爭深表同情。該刊對於西方的科學技術知識、中外時事新聞和政治歷史等也偶有報導。

　　《**時事叢談**》，1902 年（光緒二十八年）創刊，為商業性報紙，在上海出版。其內容側重政治文藝方面。阿英《晚清文藝報刊述略》及《大公報》1905年 5 月《報界最近調查表》作《時事叢譚》。

　　《**書畫譜報**》，1903 年（光緒二十九年）7 月創刊。上海徐家匯圖書館存有創刊號一冊。

　　《**奇新畫報**》，1903 年（光緒二十九年）7 月 24 日創刊於上海，第一期除刊新聞及風俗畫外，還附有古今名人畫稿。

　　《**集益書報畫**》（旬刊），1903 年（光緒二十九年）9 月 6 日在上海創刊。登載緊要時事、新奇圖畫和古今名人碑帖手卷。

　　《**時事插畫**》，1904 年（光緒三十年）創刊，內容有中外名人畫像、各國風光、地圖及諷刺畫等。尤為重要的，繼時報增設插畫後，中外日報才略有諷刺畫刊入新聞欄。到 1909 年銅版圖亦開始在報紙出現，名人與時事照片，更勝畫家的繪畫一籌。《時報》始創圖畫週刊隨報附送。《時報》的專版模式，迄今仍被報家所採用。

　　《**東方雜誌**》，1904 年（光緒三十年）3 月 11 日創辦於上海，創辦人應為張元濟和夏瑞芳。原為月刊，1920 年之後改為半月刊；1947 年之後又改為月刊。每年 12 期為一卷，八卷以前為大 32 開，以後為 16 開。全冊用潔白洋紙印刷裝訂，每期卷首另加銅版圖 4 至 10 幅。承印者也是出版者為上海的商務印書館，商務印書館的創辦人之一夏瑞芳原係教會辦的美華書館英文排字工人，積蓄了一些錢後，與鮑咸恩、鮑咸昌等人合夥開辦了「商務印書館」。

　　該雜誌取材廣泛、內容豐富、資料翔實，被史家稱為「雜誌中的雜誌」。除本社自撰的社說外，經常選載官辦或民辦的各種報紙上的言論、記事、要聞和奏章、文牘等。幾十年間，《東方雜誌》經過 3 次停刊和幾次「大改良」，

歷盡千辛萬苦始終堅持編輯出版，直到 1948 年 12 月份才停刊，前後達 45 年之久，一共出版了 44 卷。其中有歷史價值的照片甚多。光是辛亥革命的銅版照片明信片就有 327 張，全部為 400 張，這是 1911 到 1912 年間上海商務印書館的印製與裝禎的，為後人留下了辛亥革命的極其珍貴的影像資料。

《時報插圖》（上海），1904 年（光緒三十年）6 月 12 日（光緒三十年四月二十九日）創刊，在上海出版發行，是出版時間較長的報紙之一。為防止清政府阻撓，創刊時掛日商招牌，由日本人宗方小太郎出面擔任名義上的發行人，實際負責人是狄楚青，羅孝高為總主筆。擔任主編和編輯的還有羅普、馮挺之、陳景韓、雷奮、包天笑等。梁啓超手擬發刊「緣起」和體例。發刊詞標榜所有言論「以公為主，不徇一黨之私見」。每天兩大張，售錢二十文。社址是上海四馬路辰字（Ｂ）583 號。

取名《時報》，寓「君子而時中」，「道國齊民莫貴於時」之意。該報初期頗重視編輯業務的改革，創設「時評」欄，短小雋永，為許多日報仿傚。欄目除時評外，有論說、紀事、中央新聞、地方新聞（分交涉界、政界、軍事界、學界、實業界等）、緊要新聞、專件、要件、報界輿論、外論擷華、譯叢、來稿、上諭、奏摺、商務、商情報告表、小說、辭林、口碑叢述、談瀛零拾、介紹新著、插圖等。插圖有時刊登滑稽畫和諷刺畫。辛亥年正月開始，每日隨報附送《滑稽時報》一大張，正面有滑稽談、笑話兩句、小說等內容，反面是廣告。《時報》根據新聞內容的重要與否，採取不同字號。初創時銷行頗暢。

1912 年冬將全部報館產業盤給黃伯惠後，《時報》開始著重社會新聞和體育新聞。1927 年夏首創我國套色印報。第一次世界大戰後，又增設實業、婦女、兒童、英文、圖畫、文藝等週刊。後期主筆為蔡行素。抗日戰爭時期，接受日佔領軍檢查，繼續在滬出版。1939 年 9 月 1 日停刊。

所刊圖畫是配合《時報》而作。欄目有：中外名人畫像、各國風景地圖、諷刺畫等。

《露西來畫報》，該刊在日本用中文印製發行，全部刊登 1905 年日俄戰爭照片。清政府欲借日寇之力驅逐沙俄，沙俄戰敗，日乘機佔領中東鐵路與大連旅順。戰爭期間日寇亂殺中國人民，將旅順居民除留 36 個收屍的中國人外，其餘全部殺光。戰時日寇殺掠東北平民無數，暴露了日寇慘無人道的本性，清政府對無力抗拒。畫報所刊照片宣揚日寇之殘忍與「武士道神威」。

　　《白話新民畫報》，清末上海出版，旬刊，有光紙石印，線裝。第二期起改爲四開大張，全年出三十二期。館址：上海四馬路望平街。約在 1905 年（光緒三十一年）間創刊。

　　《恒通館畫報》，1905 年間創刊，在上海出版，同年停刊。僅見 1905 年 5 月《大公報》的調查所記，此爲商辦報刊。

　　《不纏足畫報》，又名《不纏足話報》，1905 年（光緒三十一年）間創刊，在武昌出版，每期八頁，七分五釐一本，漢口黃陂街昌明公司發行所銷售。社址：大朝街不纏足會。該刊有通俗圖解，並附淺近文字說明。1909 年尚在出版。

　　《成都畫報》，據上海《彙報》1905 年（光緒三十一年）5 月 5 日（陰曆六月七日）所載「華字報紙補遺」一文中說：還有《成都畫報》《日俄大戰史》等，創刊期不詳。估計在 1905 年前後。

　　《時事畫報》（十日刊），發起人高卓廷，潘達微、高劍父、陳垣、何劍士編輯，1905 年（光緒三十一年）創刊於廣州。報館設在廣州十八甫六十九號。至 1910 年已出至總一三一期。主要刊繪畫，有時也刊照片，故石印和銅版並用，十二開，每期二十四頁。

圖 1-16　《時事畫報》第一期刊出的《畫報編輯部的工作實況素描圖》

圖 1-17　《時事畫報》第二期封面

圖 1-18　《時事畫報》刊出的《秋瑾女士像》

圖 1-19　1907 年《時事畫報》封面
（丁未年正月二十日出版一期的封面）

創刊號說：「（本報宗旨）：仿東西洋各畫報規則辦法，考物及記事，俱用圖畫。一以開通群智，振發精神為宗旨。（辦法）：本報不惜重資延聘美術專司繪事，凡一事一物描摹善狀，閱者可以徵實事而資考據，用上紙等黏釘成冊，洋式，十日一報。（內容）：約分兩部，圖書紀事為首，論事次之，論事中先諧後莊，雜文、談從、小說、謳歌（南音、粵謳）、劇本（班本）、詩界等附之，莊部論說、短評、旬日要事記（本省、各省、各國要聞）等附之，材料豐富，務使歷閱者之目。每月報費洋三角五仙。」因財力不支，至 1910 年停刊。後得林直勉資助，又在香港復刊，出了十多期。復刊後的編輯人為：潘達微、謝英伯，鄭侶泉、何劍士。

潘達微（1880～1929 年），早年參加同盟會，積極參加民主革命，創辦過《平民報》《震旦報》《時諧畫報》等。《時事畫報》是他在辛亥革命前辦的最後一個刊物。1927 年又在上海創辦《天鵬畫報》。他擅長國畫，精攝影，作品能超脫時俗，頗為後人所稱道。

1907 年第一期畫報闢十八個欄目。主要是鼓吹革命，反對清政府的反動統治和帝國主義的侵略。如《萬歲新國魂》《丙午廣東鐵路風潮和農工商遭風水之害》《以人殺人》《慘死》《勸銷土貨亡國大夫》《警警！黨獄將興》《丁未之外交史》《丙午廣東之民氣》《對於，僧人傳教問題》等等，1905 年反美運動中，畫報刊登了《華人受虐原因圖》《木屋圖》《廣東拒約公所圖》《歡迎馬、潘、夏出獄圖》等。1905 至 1910 年，革命黨人在各地多次舉行起義，畫報都

刊畫行文，表示支持。1909 年第十五期還刊秋瑾照片一張，以示紀念。畫報還常刊「時諧畫」諷刺醜化清廷官吏和帝國主義。如《龜抬美人圖》（四個烏龜抬著一個美國人），曾在省港引起強烈反響。

此外，還刊登地方風俗、小說、小品文、外國時事及歷史照片等。浙江省圖書館存有 1907 年 1 月至 11 月的一至三十一期。

《京師新銘畫報》，1906 年創刊，在北京出版。

《北京畫報》，1906 年（光緒三十二年）4 月（農曆五月二十三日）創刊。張展雲、孫展主辦，劉炳堂作畫，旬刊。在北京羊肉胡同「女報館」內。正頁刊時事畫，附頁刊北京風俗畫。第二、三期刊有《帝國主義凌辱華工》和《華工的苦難生活》等畫。文字通俗易懂。

《星期畫報》，1906 年（光緒三十二年）在北京創辦。

《科學畫報》，1906 年（光緒三十二年）在北京出版，有說 1907 年出版。

《生香館畫報》，1906 年（光緒三十二年）上海出版之石印畫報，同年停刊。

《醒世畫報》，天津最早出版的畫報。1906 年（光緒三十二年）（丙午）末創刊，溫霖主辦，每天出一小張，四幅圖畫，社址天津北門。取材街頭巷議、社會新聞。因揭露北洋軍閥段祺瑞行賄買官之醜聞，觸怒資助出刊者而停刊。1909 年北京又出一同名畫報。

圖 1-20　《醒世畫報》第二期封面

　　《林月報》，1906 年（光緒三十二年），陳蝶仙在杭州出有《林月報》，月出一期，十二期後遷上海，該刊闢有近事、名人逸事、偉績一欄，登載寫眞半頁廣告，須收費五元。

　　《賞奇畫報》（旬刊），1906 年（光緒三十二年）5 月 8 日（清光緒三十二年四月十五日）創刊。季毓、霸倫等編。該刊宗旨：以合於普通社會生活、風土人情，圖說互用，務令同群一律領解，灌輸新理，開闢性靈，非說不達，捨圖弗明——以奇述第一，彙報第二，增益智慧、實際第三，致戒謹言、修辭第四。常刊社會生活和風土人情的圖畫。館設廣東省城估衣街二十七號仁信西藥房後座三樓。其取名「賞心樂事，奇語警人」，故日：「賞奇」。該畫報之宗旨內容，在其《創刊釋例》中云：

　　　　「本報程度，以合於普通社會爲主，圖說互用，務令同群一律領解，灌輸新理，開闢性靈，非說不達，捨圖弗明，曲喻旁通，語奇義正，允毆睡魔，兼資譚柄，述奇第一。

　　　　「本報專紀旬日內時事，每月三冊，仍兼採各報精腴，令閱者手一報，而得各報之益，彙報第二。

　　　　「本報注重實業，如有新藝新學，實行發明，必爲登錄，以飼觀者，文人清談，祖尚元虛，無裨精義，徒益嵯吁，爲學愈遇，力求實際，聲光電化，增益智慧，實際第三。

　　　　「本報審愼立言，凡干涉閭閻政界，不輕闌人，名士結習，視無爲有，筆端輕薄，已傷忠厚，大言炎炎，貽厥咎怨，所以君子，致戒謹盲，修辭第四。」

　　圖有地理、風俗、時事、社會畫、寫生畫。編輯有季毓、霸倫、張克誠；朱錫昌、海仲。編輯季毓在《賞奇畫報緣起》一文中說到：

　　　　賞奇子惘然深思，慨然太息，仰瞻俯矚，橫覽六合，作而日：處二十世紀歐風亞雨之沓至，而欲以暗室一燈，普照前途者，其惟報乎！合五大洲黃白黑棕之逼處，而欲以因務象形，提撕民族者，其惟畫報乎！古者輶軒采風，播爲歌詠，而庠序學校，右史必兼以左圖，砭愚覺頑，蕢乎尚已……嗚呼國之強，強於民，民之強，強於智，人之云亡，幫國殄瘁，是猶夜行而去其燭也，此報導所以不光也。

　　　　雖然前事不忘後事之師，乃者萬國交通，列雄環伺，天演公例，

優劣競爭，憂時君子，大聲疾呼，貢言於天下，報界發達，茲維其時。然而天有十日，人有十壽，智者領之，愚者瞠然，況乎二萬萬方里，四百兆人眾，而蚩蚩者氓，不學參半，沒字碑之誚，夙有由來，半開化之言，要非苛論，令其各手一編，家喻戶曉，問迷途而求師曠，疇作指南，樂鐘鼓以享爰居，卿原好事，喚渡無梁，蔑以濟矣。

是故天有報乎？日月星辰，天之報也。地有報乎？嵩岳津梁，地之報也。在天垂象，在地成形，既婦孺其與知，詎解人之難索，爰乃搜羅軼事，媵以繪圖，東坡說鬼，無傷大雅之林，方朔主文，別抱寓言之隱。義近取乎通俗，何必詭激以鳴高，學切求乎實業，何必蹈虛而立說，賞識本自有真，奇而不詭於正，茫茫大陸，芊芊神州，嗟我兄弟，邦人諸友，合大群，宏大願，有以覺世牖俗為心者乎，則茲編其前導之嚆矢矣，載書緣起，用弁簡端，其餘義例，另釋於左。

《革命留疤》，1906 年（光緒三十二年）。刊有重要史料。

《賣圖兒》，約在清末北京街頭出現。

1902 年彭仲翼在北京創辦《啟蒙畫報》，是北京首次出現以圖文為主的畫報，甚為報史學家推崇，公正詳實的評論已見過多篇。近見長白山人（筆名）真名綺雲，清末民初為多家畫報作畫，人尊為著名畫師。綺雲寫一篇《北京報界小史》歷數北京報刊出版四十年的歷史。畫報方面錄列了《啟蒙畫報》和《京報》附送畫報（日出一張半），邵飄萍等主編，綺雲先生寫的有兩人自採寫、自繪圖、自製版、自印（鉛印）、自己或派人到大街鬧市、胡同叫賣人稱之為「賣圖兒」，實為簡單的社會新聞紙。銷售很好，還能養活兩人。所刊圖畫被史家認定為是中國「早期社會新聞圖畫」。

《新聞報》，總題目為《新聞報館畫報目錄》倉山歸主敘。惜迄未見此「目錄」。

《啟民愛國報》，政治諷刺畫風起。那時的畫圖畫報，針對社會不良風氣、政治弊端叢生，予以諷刺，讀者樂見。

《家師新銘畫報》，在北京出版。1906 年（光緒三十二年）創刊。

《丙午星期畫報》，1906 年（光緒三十二年）出版，上海時事報館編印。

《人鏡畫報》，天津人鏡報社編印，1906 年（光緒三十二年）1 月出版，

出一至二十四期，週刊。主要內容：圖畫、論說、譚叢、中外新聞、科學小說等。主編人溫子英，是天津出版最早的畫報。也有記載爲 1907 年 6 月 22 日出版。

《開通畫報》，主筆英明軒，1906 年（光緒三十二年）創刊，京師弓弦胡同開通畫報館出版，京師官書局石印，十六開，每期八頁十六面，土白紙，封面、封底爲紅色。每期售銅元七枚。1906 年 9 月 11 日出第四期，1907 年 3 月 9 日出第二十六期，按出版的時間和期次計算爲半月刊。上爲文下爲圖，形式與《點石齋畫報》頗相似。

第四期《本館忠告》說：「買報的主兒眞不少……可見得北京城的人……文明進步，實在可賀。」可是，「究竟瞧這開通畫報的主兒少……。這是因爲本報的資本少，不能遍貼九城。在報館門前貼了一份，又被頑童撕去，甚至於上歲數的也跟著瞎起哄，說什麼報館裏有洋人，又有什麼二毛子的。惟望趕快普興教育，省得（老的少的）破壞公益」。該報仍然出版了很久。第八期《本館同人啓》說：「我等同人因爲一時熱血上攻，才竭力的出此畫報，現在蒙中外各處屢屢稱讚購求，非我等所料，今登廣告，特謝閱本報之文明君子。……有開愚故事，特別感化社會之演說，惟望寫文寄信本館，必能說明圖畫，以擴充耳目。」

第二期內容有：《巡長破迷》（破除迷信）《請看溺愛子弟的害處》《商戰》（日商雇人在街上分送牙粉，招攬生意，畫報提醒中國商部注意）《上海絲廠女工痛打工頭》（反對兩女工被拘留）《闊大爺養蟈蟈》（諷刺畫）等。

《圖畫日報》，上海四馬路，環球社編印，日刊，每月訂費 11 元。1906 年（光緒三十二年）9 月創刊。社刊定有收費則例：

送《上海繁華夢》初、二、三壹部，一月訂洋 1 元，郵費在內，歐美加倍，日本加半。每期刊出資料廣告費：全頁一期 24 元，連刊二、三期，每期收 1.8 日元，第 4～7 期，每次收 14 元，半頁減半。廣告費收的夠多的。又徵訂《十日小說》五期，定於每月二十出版，全書 64 頁，又加精細銅版二頁。封面刊出《海軍提督薩鎮冰軍門肖像》，每冊收洋 1 角。

環球社設司職人員（總部），下設分部。著述部有：普玉、雨、蔣景緘等十人；繪畫部有：式爲、韜方女史、井原太郎等九人；調查部有：鳴鳳、爲蘭、勒蘭克三人；攝影部有：雲蒸、福田三島二人，總計二十四人，共中有三個日本人。一個畫報社能養活這許多人嗎，可能是兼職或投搞人員，列入

採、編行列，以壯聲勢。現見到的 60～89 期。《圖畫日報》總目，例有十幾個欄目：一，大陸之景物；二，上海之建築；三，世界著名歷史畫；四，社會小說（續上海繁華夢）；五，偵探小說（羅施福）；六，世界戲劇；七，上海社會之現象；八，營業寫眞；九，新智識之雜貨店；十，外埠新畫；十一，外埠新聞畫等十六個之多。1910 年 3 月 1 日歸環球社圖畫日報館老茂記接辦。同年 3 月 11 日將編輯及發行所遷入「輿論時事報館」。此刊明爲中、日合辦，實爲自辦。

《圖畫日報》第一號一份，宣統元年七月初一出版，環球社印行。按報學日報第三期卷首所翻印之民呼報館案一圖，其源出於此報。

圖 1-21 　《圖畫日報》第 238 號封面

《醒俗畫報》，天津鼓樓東廣東會館醒俗畫報館編，1906 年（光緒三十二年）創刊，1908 年三月初十日已出第六十七期。繪畫石印。

《醒華日報畫刊》，1907 年（光緒三十三年）在天津出版，常刊時事繪畫。天津歷史博物館有存。

《滑稽魂》（畫報），1907 年（光緒三十三年）在廣州出版。據光緒三十三年九月十五日《時事畫報》二十四期載：「請看特別畫報滑稽魂出世告白：

本報全主詼諧，以極嬉笑形容爲宗旨。內容全部繪圖，淺譬曲喻，或肖事摹形，無不涉筆成趣，誠近世畫報界別樹一幟，閱者想亦以先睹爲快也。月逢星期日出版，每冊三十文，準本月念一日出版，省代理十八甫存安。」

《時事畫報》（旬刊），上海時事報館編印。1907 年（光緒三十三年）1月至 11 月出一至三十一期，1907 年冬至 1909 年春出一至三十六期，1909 年 1 月至 11 月出新一至二十八期，1910 年出新一至四期。常刊各地新聞、名人畫像、小說筆記等。此刊又名《時事報館畫報》。

圖 1-22　　《時事畫報》刊出的《時事新報》附張
（刊有執政府與公使團合影）

《神州五日畫報》，1907 年（光緒三十三年）4 月創刊，上海出版，對開一張，上下二頁四方格，每格內刊一畫，至三、四畫。北京圖書館存五至五十一期，一至四期已佚。主要內容：諷刺畫、風俗畫、上海新聞、各地新聞、國外新聞、女界偉人等。作畫者爲馬星馳、劉霖（又名甘臣）。

主要內容爲諷刺「立憲」、揭發貪官污吏。也刊國內外要聞、上海社會新聞和風俗畫等。例如。第九期第一頁之右，刊《張園爲五省賑捐開彩》；此頁之左有三畫：一爲《柳農之價值》，二爲《上海之風俗》，三爲《錢塘觀潮》。九期第二頁之右有二畫：一爲《美人試驗空中飛行器》，二爲《凼會之希望》。第二張畫寓意頗深：畫師將國會畫在尖刀山之頂，國會之下畫了

九把尖刀，喻意尖刀就是一種災難，如外侮、內患、疾疫、雹災、蝗災、風災、旱災、水災等。這就是說，人民處於深重災難之中，召開國會有什麼希望？

《新世紀》（週刊），新世紀書局編印，1907 年（光緒三十三年）6 月至 1910 年 5 月在巴黎刊行，運回國內發售，有記載說，出至一二一期。此刊又名《巴黎新世紀》。1947 年 5 月，上海世界出版社曾將 1907 年出版的一至一百期複印。1907 年，張靜江、李煜瀛（眞民）、吳敬恒（燃）等在巴黎發刊《新世紀報》，專門提倡無政府主義，《新世紀》（週刊）係《新世紀報》之副產品。

《民呼畫報》（月刊），1907 年（光緒三十三年）7 月創刊，上海環球畫報社出版，月出十二頁，經摺裝，有十二個欄目。刊出的繪畫有：大陸景物、國內外新聞、上海建築、世界名人介紹等。1909 年仍在刊行。有一種說法，此刊係中、日合辦，它與于右任 1909 年 3 月 26 日創辦的《民呼日報圖畫》不是一碼事。《民呼日報圖畫》詳見後錄。

《世界》，姚惠編，1907 年（光緒三十三年）秋在巴黎創刊，世界出版社出版，法國沙娥發行。共出二期，大八開本。世界出版社還出版《近世界六十名人》畫傳一冊，內刊馬克思、達爾文等名人肖像，都用銅版和道林紙印刷，大部分運回中國發售。

第一期內容爲：一、《世界各殊之景物》（包括英、美、法等國議會大廳，法國巴黎、英國倫敦的景色，埃及的名勝古蹟等）。二、《世界眞理之科學》（包括達爾文肖像、動植物分類圖、郝智爾簡歷、解剖比較的繪圖等）。三、《世界最近之現象》（刊登大量國內外時事照片，包括俄國議會、俄國首相府被炸、歐洲社會風氣、全法國教會分離、英國婦女參政之要求、女子職業之翻新、萬國女權會、上海女子天足會、中國之新軍、出洋調查專使、南非洲之華工等）。

第二期述刊登了許多富有歷史意義的照片和圖畫。如外國鴉片煙船停泊在黃浦江的圖片。《世界》畫報第二期在中國首次刊出馬克思的肖像，尤其難得。宣統元年（1909 年）三月二十六日上海《民呼日報》聲稱；如在該報出版第三天訂閱，就送六十名人之畫像一張，該報出版一月內訂閱全年者，「特送六十名人」一冊（原價二元）。因此這本有馬克思肖像的畫報在國內流傳很廣，一些歷史較久的圖書館都有珍藏。

圖 1-23　　《世界》第一期封面（1907 年在巴黎出版）

圖 1-24　　《世界》第一期刊出的《女子天足會》照片

圖 1-25　　《世界》第二期刊出的《淮北饑荒》照片

圖 1-26　1907 年《世界》刊出的馬克思像

圖 1-27　1907 年《世界》刊出的《在南非華工》系列照片

　　《日新畫報》，1907 年（光緒三十三年）11 月 6 日創刊，北京出版，日新報新學堂陳某主辦。

　　《圖畫新聞》，1907 年（光緒三十三年）創刊於上海，多半根據各地奇談怪聞繪製，每月彙集一卷，1908 至 1910 年，已集成一至二十卷。

圖 1-28　《圖畫新聞》
刊出的《女工哄於新署》

圖 1-29　《圖畫新聞》
刊出的《銷毀煙具》

　　《吳友如畫寶》，吳友如繪，上海壁園同人編輯，有畫一千二百幅，分成十二目，每目一集，八開本（方形），石印，裝幀精美。畫目有古今人物、古今百美，海上百豔、中外百獸，海上叢談、山海誌奇、古今談叢、風俗誌、花卉等。魯迅先生在《上海文藝之一瞥》中寫道，「前幾年又翻印了，叫做《吳友如畫寶》。而影響到後來也實在利害，小說上的繡像不必說了，就是在教科書的插畫上，也常常看見所畫的孩子大抵是歪戴帽，斜視眼，滿臉橫肉，一副流氓氣。」魯迅先生在《朝花夕拾》裏這樣說：「吳友如畫的，最細巧，也最能引動人。但他於歷史畫其實是不大相宜的，他久居上海的租界，耳濡目染，最擅長的倒在作『惡鴇虐妓』，『流氓拆梢』一類的時事畫，那真是勃勃

有生氣，令人在紙上看出上海的洋場來。」

《戊申全年畫報》，1907 年（光緒三十三年）上海時事報館編印，二十四開，石印，日出一份。1908 年將之彙集成十二個篇目，分訂四十冊。十二個篇目分別是：

羅敷怨（二冊）、偶像奇聞（二冊）、奇聞（二冊）、初等毛筆劃（一冊）、鋼筆畫（一冊）、寓意畫（二冊）、工界偉人（一冊）、小說合壁（一冊）、壁血巾（二冊）、高等畫苑（二冊）、動物圖（二冊）。還有圖畫新聞（二十冊）。刊中寫道：「《圖畫新聞》專繪各省可驚、可喜、可諷、可勸之時事。言者無罪，聞者足戒。

圖 1-30　《戊申全年畫報》封面　　　圖 1-31　《戊申全年畫報》內頁

《時事新報》，晚清時期出版時間較長的報紙之一。原名《時事報》，1907年 12 月 6 日（光緒三十三年十一月初一）創刊。在上海出版。1909 年（宣統元年）該報與《輿論月報》合併為《輿論時事報》。1911 年 5 月 18 日（宣統三年四月二十日）改名為《時事新報》。主持人汪仲閣。每日出版兩張，售洋二分。該報改革版面，每月底將要聞摘印一冊，凡預定報紙一月以上者均予

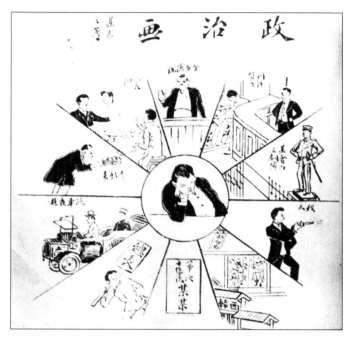

圖 1-32　《時事新報》刊出的《某君之夢》

圖 1-33　《時事新報》刊出的滑稽畫《為妻拍照》

奉贈；發行所為上海山東路望平街，社址在新垃圾橋北首。主要欄目有譯
論、論說、海外通函、特別紀事、地方時事、本地時事、來件、專件、來函
等。1911 年 6 月 25 日（宣統三年五月二十九日）起，又增出星期畫報，隨報

取資。後來《時事新報》成爲進步黨的機關報,梁啓超 1928 年多出售給張竹平、汪英賓等人,與《大陸報》、太晚通訊社組成四社聯合公司。1935 年又轉爲孔祥熙財團的喉舌。抗戰期間曾遷重慶出版,號數續前。1945 年 9 月 27 日上海版復刊,1947 年改出晚刊。1949 年 5 月 7 日出至第 1478 號後停刊。

　　《時事報圖畫雜俎》,上海時事報館編輯出版,八開二頁,大清紀年與西曆紀年並用。內容有國內社會奇聞、西洋科學知識、花鳥等。1908 年有十二個合訂本,以天干地支編次。1909 年一至八月有八個合訂本。正月初四日出四百號,十五日出四百○九號,二十九日出四百二十五號,據此可知爲日刊。一年以三百六十五天計,創刊期爲 1907 年(光緒三十三年)11 月底或 12 月初。1908 年 11 月 26 日刊出《秋瑾墓圖》,這在當時,是觸犯清廷禁忌的。

圖 1-34　1908 年 11 月 26 日《時事報圖畫雜俎》(第 369 期刊出的《秋瑾墓》)　　圖 1-35　《時事報圖畫雜俎》(刊出的《珠江浩劫圖:場中攝影》)

　　《雙日畫報》,1907 年(清光緒三十三年)創刊於汕頭。館設存心善堂後座,係繼《潮聲旬報》而起者,爲潮汕有畫報之始。是模仿上海《點石齋畫

報》風格，以石版印行，專用潮語紀載新聞及常識文藝等，社長兼總編輯曾杏村，編輯有吳子壽、鄭唯一、許唯心、吳夢林、林國英等，均潮汕一時之名彥，以梗直敢言著稱，故銷數達二千餘份。公元1808年清帝載湉（光緒皇帝）歿，該報登載爲西太后毒斃，曾杏村被捕入獄，後經省港輿論界聲援，經一年之久，始獲釋。該報亦因之而停刊。2008年11月，北京電視臺報導：經驗證「確是被毒死的」。

《時諧畫報》（旬刊），1907年（清光緒三十三年）10月創刊，駐省總代理處十八甫六雅齋內。三十二開十八頁（摺頁）橫釘洋式。有光紙石印。美術同人有崔芹、伍德彝、傅壽嶷、馮如春、梁於渭、尹爟、容祖椿、葛璞、譚泉、陳韶、高麟、陳鑑、程景宜、崔岐、李熙、衛漢夫、潘達微、劉鸞翔、羅清、鄭萇、何劍士。其宗旨是：「一紙風行，最益閱報者，字字之熱情，覘社會之進步。其圖畫爲首，文字次之。」茲舉其第二期目錄及短評一則如下，以見其性質內容。

粵人警警圖（題詞：內患外患，恁不糜爛，嗚呼廣東之命運，民力幾何？易聚易散，繪此圖成，擲筆三歎）

粵人拒捕案圖

江浙路要事繪圖（續蘇浙鐵路拒約近事記）

苛例觀由（時事畫）

北江之義和團圖（時事畫）

塌樓巨劫圖（時事畫）

《時諧畫報》之圖畫，係時事畫及政治諷刺畫，文字部分內容有實業、小說、文類、談屑、劇本，匯電、彙報（外省、各國）、廣告。

其短評《警警蘇浙拒款與粵垣力爭西江緝捕權》一文：「世界進化，冊民智日開，人知自衛，而抵抗外侮之力，亦益膨漲，此前途一好消息也。吾國近日大事記中，其重要問題有二：一曰蘇浙鐵路力拒借款，一曰粵垣力爭西江緝捕權。之二者其受害同：三省人士奔走號駭，冀圖挽救，其逞恐迫切，若芒在躬者，亦無不同。埃及以外債亡國，況借款築路，譬猶飲鴆止渴，流弊何可勝道。至若緝捕之權，屬諸外人，使兵力所及，肆行蹂躪，則是惡弟子之囂頑，而授力鄰人，使殘賤同族也。大怪事，大怪事。「故今者樞府亦知民氣不可壓抑，清議不可磨滅，於是覆拒款之電，則曰：路不作押，權應在我，對於緝捕權者，則曰：堅持自辦，緝捕兵輪改歸稅司管帶。抑知路不作

押，其取償於路外權利者正多。權歸稅司，稅司獨非外人耶？唯唯與阿相去幾何？吾特表同情於熱血救國諸君，吾更拭目以觀所謂立憲政府！」從撰稿人、美術同人及該刊的內容看，其宗旨與《時事畫報》相同。

《時事報》，1907 年（光緒三十三年）12 月 5 日（光緒三十三年十一月初一）創刊，在上海出版。1909 年與《輿論日報》合併爲《輿論時事報》。1911年 5 月 17（宣統三年四月十九日）停刊。同年 6 月 18 日（四月二十日）更名爲《時事新報》。每日新聞二大張，圖畫一大張。社址是上海新垃圾橋北首，發行所在四馬路望平街。其欄目有：電傳宮門抄、上諭論說、微言、專電、緊要時事、中央時事、各省時事、本埠時事、本埠商情、來件、雜事等。又一說，1907 年 12 月 9 日（光緒三十三年十一月初五）創刊，此爲陽曆、農曆換算所致。

《時事報館畫報》，1908 年（光緒三十四年）創刊，在上海出版，旬刊。詳見《時事畫報》（上海）條。

《當日畫報》，1908 年（光緒三十四年）在北京出版，英銘軒繪圖、編輯。刊京師新聞，時事漫畫、燈謎等。

《蒙學畫報》（半月刊），1908 年（光緒三十四年）創刊，中華學會編。在上海出版。內容以蒙童教育爲主。

《北京白話圖畫日報》，1908 年（光緒三十四年）9 月創刊於北京。每期多刊諷刺時局的圖畫。其中有一幅《中國今竟復興海軍耶》，畫的是一艘兵艦壓在人的身上，諷刺清政府借興海軍之名，行欺壓、剝削人民之實。

《輿論日報》，1908 年（光緒三十四年）2 月 29 日在上海創刊，日刊，發行兩大張或三四張。1909 年與《時事報》合併稱爲《輿論時事報》，隨報附送「輿論時事報圖畫旬刊」。輿論時事報館所出之圖畫新聞，宣統元年五月，月各出一冊，也將 4、6 月合訂在內。

《社鏡畫報》（半月刊），石印，封面用有色紙，在上海出版，1908 年（光緒三十四年）6 至 7 月出一至四期。第一期爲六月朔日（初一）出版，有八個欄目。

第二期爲六月望日（十五）出版，亦爲八個欄目。如：《商品陳列所》《斯文掃地》《官場風流》《信鬼受害》《挾妓遊湖》等。

《輿論日報圖畫》，陳煒、陳子青繪圖，石印，1908 年（光緒三十四年）在上海出版。內容多爲社會新聞畫，並附寓言和諷刺畫。

圖 1-36　1908 年 6 月 8 日《社鏡畫報》第一期封面

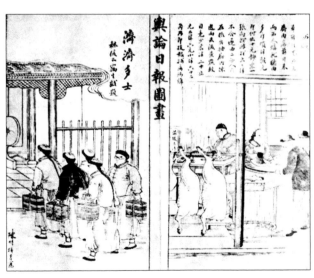

圖 1-37　1909 年《輿論日報圖畫》一期內容
（左刊《濟濟多士》，右刊《西賊》）

《淺說日日新聞畫報》，1908 年（光緒三十四年）創刊，姚淑雲、柳贊成、德澤臣作畫，王子英任經理。北京鐵老鸛廟路東淺說畫報社出版。內

容有諷刺文字、繪畫、寓言，社會新聞插畫。《淺說日日新聞畫報》至 1921
年出至四九四二期，看來出版期有十三年之久。十二開本，石印，每日六
頁。1911 年出至九四二期，1912 年 6 月 7 日出至一二四七期。圖畫占版面的
三分之二，文字占三分之一。主要刊時事畫，一事一畫，還刊寓言及小說，
後改稱《淺說畫報》。

圖 1-38　　《淺說畫報》（左圖為時畫《我們抱著這棵
大樹就可橫行天下》，右圖為《淺說畫報》封面）

圖 1-39　　《淺說畫報》刊出的《宗黨正法》

　　《神州國光集》，1908 年（光緒三十四年）8 月創辦，雙月刊。專門影印
歷代金石書畫及題跋的畫報。上海神州國光社出版，每期約 50 幅圖畫，以表

揚國光、提倡美術爲宗旨，出至 21 期後改名「神州大觀」，續出至 16 期後停刊。

《醒華》（五日刊），1908 年（光緒三十四年）4 月至 1912 年 5 月，共出一至五二六期。有的記載稱《醒華畫報》。

《時事畫報》（上海），原名《時事報館畫報》，1908 年（光緒三十四年）冬創刊。由上海時事報館印行，並隨報附送。有光紙石印，仿《點石齋畫報》筆法和形式。主要欄目有：名人畫像、各地新聞，並附刊小說、筆記。新聞如《禁煙善策》《誤疑偷芳賊爲盜》等。

《環球社圖畫日報》，1909 年《時事報》與《輿論日報》合併爲《輿論時事報》後，於 1909 年（宣統元年）11 月 27 日（宣統元年十月十五日）起，出版新一號，期數另起，並標有「輿論時事報圖畫新聞」字樣。1910 年起，改爲每日隨報附送一張，又改名爲《環球社圖畫日報》，期數又另起。此時主筆爲周隱庵，用連史紙印刷，每張標有日期，並無連續的編期號，每月裝訂二冊，另售價格爲銅元三枚。

主要欄目有：世界各地的風俗、物產、建築、人種、名人、景物、軍備、時事、本地時事、實業、國恥紀念、博物、小說畫、時局畫、滑稽畫、寄託畫、畫謎等。

《京師新聞畫報》，在北京出版。

《圖畫日報》，1909 年（宣統元年）創刊，環球社出版每冊十二對頁，先後兩年，共出三百數十冊。除新聞外，並例舉內容圖目。

第三期內容：《三人誇讚立憲》（宣傳應從辦教育、易風俗，興刑律做起）《有失官體》（批評清吏胡穿，混吃）《跑馬傷人》（婦女坐東洋車被撞翻，編者不責肇事者，反說婦女坐東洋車不雅觀）《上國民捐不要後悔》《南苑抄煙館》等。

第四期刊《路劫行人》；第五期刊《好霸道的教書匠》《饑民賣子奇聞》《圖財害命》等。

《醒世畫報》，1909 年（宣統元年）在北京創刊，每日一張。張鳳綱編輯，李菊儕作畫，主要刊社會新聞圖畫。1919 年，上海又出版開本很小的《醒世畫報》。

《新聞圖畫》，朱紫翔作畫，1909 年（宣統元年）在上海出版，刊有西人逞兇，姻妓爭毆等。

　　《輿論時事圖畫》，1909 年（宣統元年）4 月 26 日創刊，圖文並茂，十日集成一冊。（浙江省圖書館存）。

　　《時事報圖畫旬報》，上海時事報館編印，逢十出版，十六開，石印，經摺裝。1909 年（宣統元年）10 月 10 日創刊於上海，至 1910 年 9 月。

圖 1-40　《時事報圖畫旬報》第一冊

　　《輿論時事報圖畫新聞》，1909 年（宣統元年）12 月在上海創刊。日出十六開二頁四面。前為故事畫，後方國朝名人政績圖，再後為社會奇聞異事，以及名勝古蹟等。每畫之上都有短文。1909 年 1 月至 1910 年 12 月已出至十四卷。1910 年 5 月 30 日刊有《女工哄於新署》圖，文字為「楊樹浦女工張氏等數十擁至一公所喊控工頭日人打人，相率罷工」。同年 8 月 25 日刊有《輕便施肥器》圖等。

　　《圖畫新報》（時事圖畫雜俎之一），1909 年（宣統元年）1 月至 1920 年10 月刊行。同月改名《環球社圖畫日報》。

　　《圖畫新報》，1909 年（宣統元年）在汕頭創刊，是繼雙日畫報而刊行者，主持人為吳子壽，圖畫均出自名畫人王遜之手，仍用石版印行。善於冷嘲熱諷，一般貪官污吏咸嫉之，若眼中釘。

　　廣東省博物館藏宣統元年 4 月 16 日新聞紙 100 號之《圖畫新報》散張，

該報館設汕頭順昌街。星期日停印，星期一停派，日出一張紙。報價每月洋三角二分，零售每張洋一分半。

內容包括圖畫與文字兩部分，文字部分分論說、要電、譯件、廣東新聞、本國新聞、嶺東新聞、雜俎、談叢。圖畫部分有時事畫、漫畫、諷刺畫等，其新聞紙第 100 號有《踐踏同胞圖》《公理強權圖》《喪權辱國之特使圖》等。

《燕都時事畫報》（日刊），1909 年（宣統元年）5 月創刊於北京，每日一張。廣仁山、來壽臣等編。內容有北京新聞、名人演說、諷刺畫等。

《新世界畫冊》，上海新世界畫刊社編，十六開，石印。1909 年（宣統元年）出一至十五期（合訂一冊），有十三個欄目，潼關秋色，黃帝戰蚩尤，名家墨寶，猴園，紅樓慘劫，遊上海，敬祝新世界日日畫報萬歲，新聞，假票何來，鄉民拒盜，自願為娼，上海風俗，野鴛鴦。每圖都有短文評述。

《新世界日日畫報》，又刊有「敬祝新世界日日畫報萬歲」一語，料係此刊為新創。

《輿論時事報圖畫旬刊》，（隨報附送）。

《輿論時事報圖畫新聞》，為上海輿論時報的附刊，1909 年（宣統元年）11 月 27 日創刊，隨報附送，前半部刊每日故事，後半部刊「國朝各人政績圖」。用有光紙石印。

《環球社圖畫日報》，雖被人接辦，但在 1909 年（宣統元年）7 月初至 1910 年 8 月，仍以上海環球畫報社之名義主編「圖畫日報」，一共出了一至四百零四期。

1909 年《輿論日報》與《時事報》合併組成《時事報》，1910 年 2 月 26 日為《歸茂記》接辦了《環球社圖畫日報》。宣統二年正月開始收訂《戊申全年畫報》年出三十六冊，接受官方津貼，實為官買商家之名經辦。以《時事報》之名，出版了畫刊畫報多種，也是難於釐清的。

《正俗畫報》，1909 年（宣統元年）在北京創刊。

《通俗文字的畫報》，以便北方讀者閱覽。

《民呼日報圖畫》，此刊為于右任於 1909 年（宣統元年）5 月 15 日在上海創辦的《民呼日報》之附送品。每日繪四畫，並配文字對開一張，石印，日刊。發刊宗旨：「一、本報實行大聲疾呼為民請命之宗旨；二、本報全為全社上之事業所有辦法係完全股份不受官款不收外股故於內政外交皆力持正論

無所瞻徇；三、本報除第一日送閱外第二日特備福引卷一千張，如有至本社購報三份以上者均有贈彩，第三日除本報四大張外附送「世界六十名人畫像一張，出報一月內訂閱本報全年者送六十名人（冊價二元）一冊，半月者送書卷一紙（值洋一元）；四、本報爲提倡商務起見特送商學界登告白十日。」之所以提供這麼多優惠條件，以求增多訂戶，擴大發行量。因「豎三民」（三家報紙）都被查封，就改出「畫報」（呼、籲、立三家畫報）人稱「橫三民」，《民呼日報畫報》是第一家，擴大宣傳效果銷路很好，也只出了九十二天就被查封了，但又立即將《民呼日報畫報》命名爲「民吁日報畫報」出版，以開創新的道路。

《民呼日報圖畫》內容：1909 年爲己酉，就以己酉的年月日編序。右、左兩頁，各分上爲文，下爲圖，3 月 26 頁右上刊「小說畫」短小說，「療瘡」（無我起草『繭』店澗詞）作畫者未署名，右下刊「窮則呼天」、「官肥民瘦」二幅畫作。左上刊「勢不兩立」，左下刊「風景畫」一幅。

3 月 27 日右上刊「小說畫」，右下刊「營弁官賦，大鬧劇場」，左上刊「群魔世界」、「一鳴驚人」，左下刊「危哉租界之爲人父者」，還刊遠處風光畫，畫的是西湖。還有無題畫、故事畫（幾十字短文）、小說畫文字較長，有二三百字之多，具體圖文有，反帝瓜分中國、反日侵略、巡警官欺民、辱罵

圖 1-41　《民呼日報》刊出的漫畫
（左爲《官肥民瘦》，右爲《窮則呼天》）

圖 1-42　《民呼日報圖畫》刊出的《日人行兇》

圖 1-43　《民呼日報圖畫》刊出的《遊歷官之笑柄》

清官吏。4 月 30 日合訂一冊，5 月 29 日合訂一冊，1 月 1 日至 1 月 28 日合訂一冊。最後為畫師錢病鶴畫「賣畫助賑」：「紅紱女史賣畫扇，助賑甘肅旱災。」此一畫報缺損甚多，缺少資料，不能詳述。

　　《時事報圖畫新聞》，上海時報館編印，逢十出版，十六開石印，1909 年（宣統元年）1 月 10 日創刊於上海，1910 年 9 月仍在刊行。

　　《神州日報》，1909 年（宣統元年）1 月至 1911 年 7 月，《神州日報》曾出版多種畫報，惜無完本，且名稱、刊期多次變更，現就所見資料著錄如下：

　　一、《神州畫報》（雙日刊）。十六開，三頁三面六畫，石印，馬星馳、劉霖作畫。現見有 1909 年 6 月 11 日至 1910 年 1 月 11 日各期的殘本。

　　二、《神州畫報》（日刊）。仍爲十六開，1910 年 1 月 9 日至 7 月 14 日刊行，合訂爲六本。七月四日刊有《吾不如老農圖》。

　　三、《神州日報畫報》。1910 年 1 月至 5 月，合訂爲一至九冊。

　　四、《神州雜俎》。1910 年 4 月 21 日至 7 月 11 日刊行。前頁爲圖，繪忠孝節義人物；後頁爲文，解說人物故事。

　　五、《神州日報》。未冠畫報之名，1910 年 6 月初一至初四各一張，每張兩頁，兩頁都爲圖。

圖 1-44　《神州日報》主編馬星馳
創作的《皖省丁漕之暗無天日》
（此圖揭露了清官吏對人民
巧取浮收、橫征暴斂的行爲）

圖 1-45　《神州畫報》
刊出的《送瘟神》

圖 1-46 《神州畫報》
刊出的《吾不如老農》

圖 1-47 《神州畫報》
刊出的《學生無行》

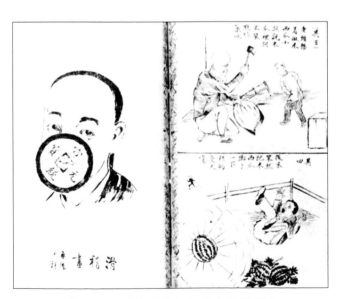

圖 1-48 《神州畫報》刊出的滑稽畫

圖 1-49　《神州畫報》內頁圖
（左刊《宜春民變圖》，右刊《官紳之故計》）

圖 1-50　《神州畫報》內頁圖和《饑民圖》

六、《神州畫刊》。每週第四日出版。

以上第二至第六種，出版時間重迭，名目各異，都是《神州日報》的附送品。存浙江省圖書館。

1909 年 6 月 11 日至 1910 年 1 月 11 日的《神州畫報》刊出近一千四百多張畫，從多方面揭露清政府的反動和殘暴。已出第十六冊（多期合訂成一冊）。每期圖文約十二頁至十五頁。第七期刊有名勝古蹟，上海百景，百美圖詠、社會習俗、偵探小說等。還刊廣告和警世劇。上海體操會義勇隊長被人打死，該報用圖文連續報導，戲劇界又編成新劇上演。

　　《圖畫日報》，上海環球畫報社編，石印。1909 年（宣統元年）7 月初創刊，至 1919 年 8 月已出至四〇四期。主要刊載國際時事、社會奇聞、上海風俗的繪畫與文字，也刊古舊小說。

　　該畫報曾在《時事報圖畫旬報》第十四冊、第十六冊刊出廣告，說環球畫報社編成《新茶花》劇四十節，「並用攝影器，臨時攝影得新茶花之真相三節」；又將新舞臺之建築及新舞臺全體伶人拍了照片，後編印成一本五十頁的《世界新劇之——新茶花》。這說明當時的環球畫報社已擁有攝影機，並用之於拍攝劇照（江蘇省圖書館存有二至四零四號，浙江省圖書館存有二十至三四五號）。先前所錄《圖畫日報》與這裡所錄的《圖畫日報》以及《環球圖畫日報》均係一家，但刊出日期和內容有異，故分別錄之。

　　《啓智畫報》，四川保路同志會、立憲派團體主辦，爲四川保路同志會的機關報。辛亥革命前夕出版。

　　《通俗畫報》，成都通俗報社編，十開，一頁二面，土紙，石印。1909 年（宣統元年）7 月 15 日創刊，每月朔（初一）望（十五）合集成冊。至 10 月 15 日已出第七冊。第二冊的欄目有：修身畫、歷史畫、風景畫、諷刺畫、風俗畫、時事畫、新器畫、毛筆劃、調查畫等。第三冊又增加成都之新動物畫、迷信畫、名入畫等。此刊延續出版到民國元年，6 月 30 日出第二號，8 月 17 日出第四十三號，改爲二頁四面。第一頁刊文字新聞，次刊時事、寓

圖 1-51　《通俗畫報》第三號

意、風俗、諷刺繪畫。1912 年 8 月 14 日第四十一號刊出《有毛辮的遭殃》圖，畫的是強剪行人辮子。

《醒世畫報》，又名《北京醒世畫報》，1909 年（宣統元年）10 月創刊，北京出版，通俗畫報，編輯鳳綱，總理韓九爲，繪圖李菊儕，印刷魏根福。每日出版，銅元 1 枚。內容社會新聞較多，諷刺畫較少。1919 年上海又出一同名圖畫報，月刊。

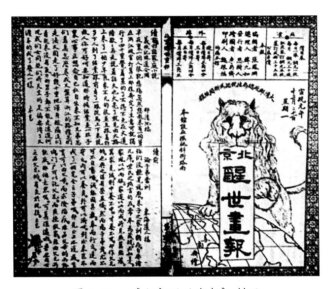

圖 1-52　《北京醒世畫報》封面

圖 1-53　《北京醒世畫報》內頁

　　《白話報畫報》，1909 年（宣統元年）創刊，杭州出版，有光紙石印，線裝。刊內名作，《浙江白話報畫報》。

　　《白話圖畫日報》，1909 年（宣統元年）創刊，北京出版的通俗畫報。

　　《神州日報附送畫報》，現見有 1909 年（宣統元年）6 月 11 日至 1910 年 3 月 13 日（正月初九）殘存本，合訂成冊（6 開本），每期 3 頁 6 圖，因裝線蓋住了每頁下角的編次號，不知出的是多少期，而可見到的只有「神州日報附送畫報」八字，看來合訂本比較連貫。

　　《神州日報》為同盟會會員于右任先生於 1907 年之前在上海創辦。早年孫中山提出驅逐韃虜，恢復中華的革命宗旨，稍後明確提出：推翻滿清，建立民國。于右任先生在辛亥革命前後，除《神州日報》長期出版外，又創辦了《民呼日報》《民吁日報》《民立日報》，人稱橫三民。這四種報刊，都鼓吹革命，先後被封，查封一個，又改新名出一個，這幾種報刊，都出有畫報、附送畫報，附刊等，較有名的是「民呼日報畫報」、「民吁日報畫報」、「民主畫報」，《神州日報》本報，下面就這四種報刊，分列簡介為下：

　　前文已簡介過，以「神州日報」為各的畫報有、五日刊、雙日刊、日刊、雜俎，畫刊達六種之多，近又發現以「神州日報附送畫報」為名的殘本，其內容為下：

　　畫師仍為馬星馳，劉霖（又名甘臣），圖為 16 開版面，一面一圖，上為標題，並有二三十或四五十字題解，切中所繪得物要害，畫亦揭示社會醜惡景象。

　　為《官場之話劇》分期連載二十多幅《寧古塔俄隊日多》滿族之發祥地被俄軍侵犯（跨頁）；《報載耳之可憐》畫報另作一畫，西警強割清官之耳。

　　近日發現《神州日報附送畫報》，它的出刊期是 1909 年 6 月至 1910 年 1 月 13 日與《神州日報》出刊期 1910 年六期相近。

　　《新聞圖畫》，朱紫翔作畫，1909 年在上海出版，刊有西人逞兇之內容。

　　《輿論時事圖畫》，1909 年 4 月 26 日創刊，圖文並茂，十日集成一冊。羅敷怨（二冊）、偶像奇聞（二冊）、奇聞（二冊）、初等毛筆劃（一冊）、鋼筆畫（一冊）、寓意畫（二冊）、工界偉人（一冊）、小說合壁（一冊）、壁血巾（二冊）、高等畫苑（二冊）、動物圖（二冊）。還有圖畫新聞（二十冊）。刊中寫道：「《圖畫新聞》專繪各省可驚、可喜、可諷、可勸之時事。言者無罪，聞者足戒。

　　《彤管清芬錄》（畫報），輿論時事報編，1910 年（宣統二年）1 月至 8
月刊行。畫報分兩目，前目為彤管清芬錄，後目為海外廳談。一事一畫，有
文字解說。8 月 16 日刊出《永久不滅之光學》圖一幅。浙江省圖書館有存。

　　《申報圖畫》，上海申報館編，1910 年（宣統二年）1 月在上海刊行。（北
京圖書館存有正月初四、五、七至十日各期）。

　　該刊的具體內容，例如第九期第一頁之右，刊《張園為五省救賑災捐款
開彩》；此頁之左有三畫：一為《柳農之價值》，二為《上海之風俗》，三為《錢
塘觀潮》。九期第二頁之右有二畫：一為《美人試驗空中飛行器》，二為《囯
會之希望》。第二張畫寓意頗深：畫師將國會畫在尖刀山之頂，國會之下畫了
九把尖刀，喻意尖刀就是一種災難，如外侮、內患、疾疫、雹災、蝗災、風
災、旱災、水災等。這就是說，人民處於深重災難之中，召開國會還能有什
麼希望呢？

圖 1-54　《申報圖畫》內頁
（左刊本埠新聞《禁止影戲》，右刊外埠新聞《縣令卸任之怪劇》）

　　《小說畫報》（月刊），1910 年（宣統二年）1 月至 6 月出一至六期。1917
年，包天笑在上海亦以《小說畫報》為名，出版了文多圖少的同名刊物。浙
江省圖書館有存。

　　1917 年（民國六年）上海文明書局有光紙石印線裝本，包天笑主編。內
容以文為主。圖畫為輔，無甚可取；惟創刊號例言：「小說以白話為正宗，本
雜誌全用白話體，取其雅俗共賞，凡閨秀學生商界工人無不咸宜。」在「鴛
鴦蝴蝶派」濫調盛行之際，獨豎異幟，殊屬難能。當時尚有包氏主編的小說

大觀（季刊），惲鐵樵主編的小說月報（月刊），姚鵷鄒主編的春聲（月刊），蔣箸超主編的民權素（月刊），都還能保持原來風格，不受「鴛鴦蝴蝶派」監調之沾染。

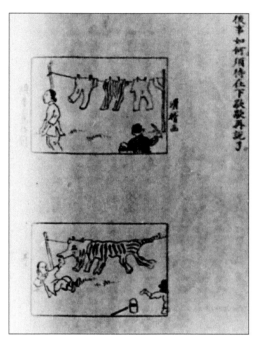

圖 1-55　《小說畫報》第一期內頁
（上有文字「後事如何須待在下歇歇再說了」）

　　《平民畫報》，李是男等編，1910 年（宣統二年）在美國舊金山出版。
　　《自由鏡》，此刊為輿論時速報圖畫之一。1910 年 1 月 26 日至 4 月 14 日出一至七十張。5 月 20 日出第二十七張，6 月 25 日出第三十三張，十六開。每期前部刊繪畫，後部載蔣景緘著的章回小說《自由鏡》（江蘇省圖書館存）。
　　《天鐸報》，清末資產階級革命派創辦的報紙。1910 年（宣統二年）3 月 11 日（宣統二年二月初一）創刊，上海天鐸報社出版。1923 年停刊。湯壽潛創辦。經理陳訓正，主筆先後由汪允祥、李懷霜、戴天仇擔任，陳布雷、柳亞子等也曾在該報撰文。館設上海四馬路望平街。第一號出刊四大張，以後多為大小共三張。該報除日報外，兼出畫刊一種，隨報附送。
　　該報宣稱其宗旨是：「促進憲政，推究外情、提倡實業、宣達民隱。」欄目有：社論、時評、專件、譯電、專電、小說、文苑、來稿等。武昌起義後

響應革命。因堅持反袁立場，在「二次革命」爆發後，1913 年被淞滬警察廳查禁。

《上海雜誌》，1910 年（宣統二年）12 月創刊，上海集成圖書公司編印。內容係「敘述上海時事，以圖畫爲主，文字爲輔」，共印 6 卷。

《民立畫報》，在《民吁日報圖畫》被查封後，又立即創辦民立畫報（日刊），此刊爲于右任、宋教仁等於 1910 年（宣統二年）10 月 11 日在上海創刊的《民立報》之附送品。現見畫報有 1911 年 1 月至 8 月的（間有缺）版本。《民立報》日銷兩萬多份；畫報隨之附送，也銷兩萬多份。四川省、浙扛省圖書館分別存有 1911 年 1 月至 8 月的畫報殘本。

畫報爲十開，石印。每日出甲、乙、丙三頁，每頁二面，每面都爲一畫，經常作畫的有張聿光、錢病鶴、汪綺雲等，還刊署名或不署名的外稿。

在《官場之活劇》大標題下，從六月初至八月初，陸續刊出二十一畫。如：《革黨之風聲鶴唳》《清吏念金剛經》《清吏身藏煙泡被搜出》等。後來，又以「可」字打頭，刊出十一畫，大力揭露帝國主義的暴行。如：《可氣》，畫俄人在廬山行兇，毆打農民；《可痛》，畫清政府與日本簽訂出賣國家利權的條約；《可悲》，畫留日學生，反對日本侵佔安奉鐵路，發起抵制日貨運動等。對清廷搞僞立憲，畫報也作了揭露。如：《諮議局前之怪現象》，《議員抱屈》，《中國憲政之前途》等。關於各地天災人禍的報導也不少。如災民賣一個兩歲的孩子，僅得六串錢，湖北災民丟下妻兒外逃的慘狀；乞丐也上國民捐，每日須繳五文錢等。

圖 1-56　《民立畫報》刊出的《男扮女裝之革命黨》

圖 1-57 《民立畫報》刊出的《議員之真相》
（左有文字「桶內不准小便」）

圖 1-58 《民立畫報》刊出的
《新內閣與舊軍機人權勢力比例之圖表稿》

圖 1-59 《民立畫報》刊出的《飯桶列隊而行》
（當時的貪官飯桶之多可見一斑）

圖 1-60　《民立畫報》刊出的《白山黑水誰氏土》

圖 1-61　《民立畫報》刊出的《男扮女裝之革黨》

圖 1-62　《民立畫報》刊出的《廣東日來因革黨起事》

　　畫報積極宣傳革命排滿，揭露清吏腐朽無能。四月初七刊《虎邱山上之弔桶》，諷刺清吏都是飯桶。四月十日刊《歸化同知之腐敗》，畫山西一地方官吏出門，前呼後擁。四月初三刊《警兵嫖妓》《旗兵敲詐》等。

　　畫報反對清廷搞的僞立憲。四月初一刊《同春閣新設法政講勻所》，畫三青年在京師一妓院宣講憲法，四月初八刊《嚇走議員之怪劇》，畫的是松江縣娘子軍大鬧自治公所，議員落荒而逃；四月十日刊《議員之眞相》，畫議員都是飯桶，甚至是小便桶等。

　　辛亥三月二十九，革命黨人在廣州起義被清兵鎮壓的消息傳到上海後，畫報藉此大力宣傳革命。如，四月十六日刊《四處檢查行人》，畫廣州起義之後，草木皆兵，清政府到處搜捕革命黨。畫報以客觀報導的手法，既造革命聲勢，且教革命黨人提高警惕！此外還刊《方從賢痛哭神州》《白山黑水誰氏土》《禁止輿論》《有強權、無公理》等圖畫。

　　對於社會上的醜惡現象，如和尚偷情，天災人禍等，也經常刊畫揭露。此外還長期連載鄭正秋的戲評和抨擊時弊的小說《粉墨登場之雜貨店》等。

　　還刊「禁止輿論」漫畫，畫中的人嘴被強封；外人掠奪東北資源罪行，還刊「瓜分中國」在中國地圖上，站著五隻熊虎等動物。

　　《震旦日報》，《震旦日報》出有畫刊，石印圖畫。1911 年（宣統三年）2月創刊與廣州。發起人有康仲犖、梁愼餘、陳援庵。

　　《北洋旬日畫報》，1911 年（宣統三年）3月創刊，似在天津出版，每月三冊，浙江白話新報社寄售。

　　《小說圖畫報》，晚清在上海出版，阿英所編《晚清戲曲小說目》有提及。具體出版信息不祥。

　　《珠江》，清末出版。廣州文物雜誌也爲此說，還有寫《珠江畫報》的，詳情待考。

　　《近事畫報》，1911 年（宣統三年）10 月 15 日創刊，在上海出版，該報在 10 月初已爲號外出版。還可見到 1911 年 10 月 11 日「近事畫報」原件。

　　《滬報新聞畫》，晚清新聞畫刊，在上海出版，刊期不詳。主要內容；有書評和諷刺清政府官吏寓言與畫作。

　　《民吁日報小說畫》，十六開，有光紙石印。己酉十月初一出版。

　　小說定爲「甲字」

　　己酉十月初一甲字第一號。又爲「董不全」（一）蛟西顚出生，一面爲

文，一面爲繪畫，綺雲作畫；己酉初二甲字第二號，文爲「董不全」（續）綺雲作畫，己酉十月初三甲字第三號，文爲「鎮江之水，災待賑」。民脂民膏。己酉十月初四甲字第四號，文爲「滑稽畫」治逸作，己酉十月初五甲字第五號，文爲社會小說《城隍小會》（一），己酉十月初六甲字第六號，文爲社會小說《城隍小會》（二），己酉十月初七甲字第七號，文爲社會小說《城隍小會》（三），皆爲萬預撰，靜山作畫。以上《民吁日報小說畫》十月初一至初七所刊圖文內摘記。定爲己酉年「甲」字頭 1～7 的序列。

《民吁日報新聞畫》定「乙」字頭，刊一至七天圖文內容：

『乙』字一號十月初一日　活話劇之六（上）

夫人下女子軍令，令學生表演體操邑令之而舉，退職大會狎妓。

『乙』字二號十月初二日　活話劇之六（下），錢病鶴作畫

鋪鎮江之水災，號召各界捐款救濟，綺雲作畫

『乙』字三號十月初三日　浴堂大起風波，綺雲作畫

打旗換牛之大睹，靜作畫

『乙』字四號十月初四日　丁優生之新官吏

小竊通東文，綺雲作畫

『乙』字五號十月初五日　與官方要丈夫

『乙』字六號十月初六日　猛獸食人，廣東之凌虐婢女

尚有四月十六日「遊人之笑柄，刊四圖。十七日「四人行兇」。

『乙』字七號十月初七日　菲學生（老師打學生）錢病鶴作畫，龜歟官歟？

以上共爲 14 圖文。

「民吁日報滑稽畫」丙字打頭（一）文圖。鳴崗，張聿光等作畫。亦爲 7 頁 14 圖文。

「民吁日報雜事畫」「丁」字打頭一至七圖文。14 畫。繪作爲國際人物，花鳥、山水等。以上甲乙丙丁四字頭，每家七天，每天圖文二幅，總計有五六十幅之多。加上正刊，揭露官府罪惡，醜行，眾人聲討，因之觸怒官府，刊行九十多天又被查封。于右任又立即創辦「民立畫報」更爲猛烈地抨擊行

將滅亡的官府。以上全爲「民吁日報」之附送品。

《小說圖畫報》，清末出版。具體出版信息不祥。

《新聞畫報》，清末在杭州出版，16 開，石印。繪社會廳風異俗、戲劇等，見過一冊。封面貼有銅版印刷的蘇州姑娘頭像。封面交替使用藍、紅，黑諸色印刷。江蘇省圖書館存有十七至八十四期。

《民辛畫報》（日刊），1911 年（宣統三年）4 月出版。6 月 29 日刊天津婦女召開《天津失城紀念》大會，英懷清、呂幼才等在會上發表演講，號召婦女發奮自強。與會者不下萬人，會場秩序井然。閏六月六日刊載諷刺紅頂花翎（清官吏）拜女巫圖。還刊姦殺新聞、力主禁煙等。

《天荒畫報》，潘達微編，辛亥革命以後出版。

《珠江畫報》，清末廣州出版，見《廣東文物》。1911 年（宣統三年），週刊。

《平民畫報》，1911 年（宣統三年）7 月 16 日（清宣統三年六月二十一日）創刊，每月三冊，逢一出版。編輯兼發行鄧警亞；印刷徐景，撰述謬平民、馮百礪、尹笛雲，畫師有何劍士、鄭侶泉、馮潤芝、譚雲波、李耀屏、潘達微。書記乃名書法家楊倫西，篆刻家胡漢秋擔任繕寫。發行所廣東省城第八甫。內容圖文並茂。文字部分有論說、詞苑、雜文、小說、龍舟歌、粵謳。

此畫報爲辛亥革命前革命黨人的機關刊物之一。茲舉辛亥八月初一出版第八期目錄，以概見其內容。一、焚攻督署圖：三月二十九日革命黨人攻打兩廣總督署。二、七十二墳秋草遍，更無人表漢將軍圖。三月二十九日起義犧牲烈士溫生才之頭隨子彈飛去，鄭家森之頭竟將帽頂子來接圖（諷刺畫）。三、三月二十九日紀念圖（諷刺畫）。題詞：是日也，革黨起，革黨死，官場震驚，防兵擾民，民不聊生。四、放腳圖，家庭紛爭圖（社會畫）五、營勇姦殺圖（時事畫）六、女偵探圖、防民之口圖（諷刺漫畫）。

《圖畫報》，上海圖畫報館編，經摺裝，爲一長條（高一尺，闊三寸半）。創刊號封面刊有銅版婦女半身像。1911 年（宣統三年）6 月至 8 月出一至一〇八期。內容有：中外風光畫，舊小說故事畫，新劇畫，故事畫，新聞畫，言情小說畫，最後爲雜組。第十五、十六、二十五期封面貼有銅版印刷的蘇州姑娘頭像。封面交替使用蘭、紅、黑諸色印刷（江蘇省圖書館有十七至八十四期）。

 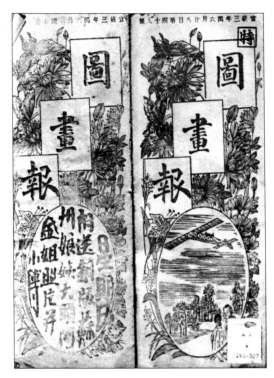

圖 1-63　　《圖畫報》
宣統三年六月初十日第一號

圖 1-64　　《圖畫報》第四十九號

　　《圖畫災民錄》，《戲劇報》印行，每冊五十錢，1911 年（宣統三年）8
月（宣統三年潤六月下浣）上海華洋義賑會編印。每冊五十錢，「隨圖畫日報」
附送。編輯江澤犀、著述王蘊登、圖畫陸鼎炬。上海復旦藏有原件。

　　《時事新報》，該刊未掛畫報之名，實則為《時事新報》之附送畫刊，五
彩精印，隨《時事新報》贈閱。《時事新報》前身為 1907 年 12 月 5 日在上海
創刊的《時事報》和 1908 年 2 月 29 日創刊的《輿論日報》。前者主編是汪劍
秋，後者主編是狄葆豐。兩報於 1909 年合併，定名為《輿論時事報》。1911
年 5 月 18 日改名《時事新報》，由汪詒年任經理，由著名出版家張元濟、高
夢旦等籌組創辦。清末時，是資產階級改良派報紙，宣傳立憲政治。辛亥革
命後，成為進步黨的報紙，隨後又轉為研究系的喉舌，是與中國資產階級右
翼黨團關係密切的私營報紙，內容主要是世界大事及科學知識。

　　現見畫報有民國元年六月初旬至八月初旬五十餘日之殘頁。日出對開一
張，分為四個方格，有滑稽畫、新聞畫、政治畫、諷世畫、家庭畫，格言
畫、懸賞畫和小說等。土紙石印。

圖 1-65　《時事新報》報頭

作畫的有：陸步雲，虞聰昭。投稿的有：師尙、鳳竹等。

滑稽畫欄之畫多爲陸步雲所作，先期占版面四分之一，每日八、九畫，少時亦有三、四畫，多半描繪當時社會生活。六月十九日刊《離婚畫》三張：六月五日至二十四日刊《電燈惡劇畫》十多張，譴責電燈忽明忽滅。

諷世畫欄，六月十六日刊《香煙之所以暢銷也》，畫的靑年男女都吸煙，七月一日刊畫四張：一爲中國留日學生愛娶日妻，二爲中國女子開會抵制；三爲中國留日學生開會維護日籍妻子，四爲中國女子只好進養老堂。

政治畫欄，六月二十三日刊《掌舵者醒醒》，示意船隻將傾，影射國勢危急；七月十六日畫同盟會員沈、解二君鬥毆，打得頭破血流，互不相讓，須由姚會長斷曲直。意在醜化同盟會員。

新聞畫欄，六月十八日刊《廣東大蛇》；六月二十一日刊《鄉民入南昌城被強行剪去辮子》，七月七日刊《雲南一女三眼》等。

家庭畫欄，每次刊二三畫乃至八九畫，如《女權能否擴張》就有十畫。後以《女之一生》爲題，刊畫四十四張，從出生到老婚娶生子，都一一畫出。

　　小說欄，長期刊載《閨秀之秘密日記》，圖文各半，圖爲陸步雲作，文章作者未署名。

　　《天鐸附送畫報》，《天鐸報》及兩種附送畫報，按創刊先後列出。因時間不同，刊出內容也不同。

圖 1-66　　《天鐸附送畫報》刊出的《砧上肉》
（1912 年 7 月 8 日第 68 期刊出）

　　《天鐸附送畫報》（之一），上海《天鐸報》之附送品。《天鐸報》於辛亥革命前夕 1911 年創刊，李懷霜、戴季陶主編，柳亞子等助編，內容積極反袁。1912（民國元年）年出此畫報，八開，石印。1912 年 5 月開始出日刊，每日四面，每面一畫至三四畫，閉幕式附短文。六月十六日出第三十二號，至八月初七日出第八十五號。

　　揭露袁世凱搞共和的繪畫有：六月二十四日刊《一手共和》，圖示各色人物都在一人手掌之中；七月二十八日刊畫三幅：一爲袁記共和已被內訌、外交、暴動所困；二爲袁記《中華民國》已成任人宰割的砧上肉；三爲參議院之茶話會，圖示一群黑鼠在一大貓俯視之下聚會，六月十八日刊《民國現狀》，圖示民國孤立在一片大水之中。

　　畫報還揭露袁記政權不顧民命，哄騙窮苦老百姓上國民捐。六月二十日刊《和尚赤心救國》，和尚受騙變賣珠寶上捐；六月二十二日刊《青樓愛國》，妓女也上國民捐：六月二十四日刊《傭婦羞爲亡國奴》，畫一老傭婦

被騙，將血汗錢送上去國民捐。六月十七日刊《因饑斃命》，描繪蘇州米價每擔十一元，一婦斷炊三日，先毒殺十餘歲幼女，而後自己懸樑自盡，狀至慘。

對於袁政權下的社會醜聞，也常諷刺揭露。六月二十六日刊《千金難買護花鈴》，畫河南司令袁克成，派兵保護妓院；六月十九日刊《淫僧之惡貫滿盈》，說一和尚在禪房藏嬌，事敗露，和尚被人哄出山門。

《天鐸附送畫報》（之二），天鐸報館編印，霜痕、滌煩、一塵等作畫，10開，石印，每期4頁4畫。1911年（宣統三年）創刊，創刊後至1912年6月15日已刊行至32期，8月7日刊行至85期。茲按各期內容錄述如下：

1912年6月15日第32期第一幅爲「滿眼哀鴻」，文字說：「近來米價騰貴，幾至斗米千錢，以致強乞劫食時有所聞。賞祊村有小麥數畝，現屆成熟，昨日突來饑民荷鋤負袋，盡行刈割，迨至佃戶張念一聞信趕到，則已割去四畝，念一見其人眾，亦無可如何……」，畫的是饑民在溪畔麥田割麥。

1912年6月17日第34期第三幅「因饑畢命」，說是蘇州米價每擔11元，囤戶居奇不售，貧民難以爲生，一婦斷炊三日，先毒殺十餘歲幼女，而後懸樑以殉。

第35期畫有「議員弔斃工人之駭聞」，40期畫有「一落千丈之民黨」，41期畫有「傭戶羞爲亡國婦」，還有「徐醒主筆之冤獄」，說是徐州「徐醒報」開罪民政廳長，官廳將主筆拿去，欲置之死地。驚呼「民國言論自由前途危矣」。59期畫有武昌「德人槍斃華人」，61期畫有「警長無行」。從標題和畫的內容來看，這家畫報，用畫揭露了民國元年間的社會眞相。

《新報畫報》（週刊），1911年創刊，爪哇巴達維亞新報編印，至1937年已出至1018期，1935年新報創刊25週年時，曾出過特刊。

二、民國南京臨時政府時期的圖像及圖像新聞出版（1911.10～1912.4）

《民權畫報》，此刊係1912年創刊於上海的《民權報》之附送品。戴天仇（季陶）、何海鳴主編，周浩發行。12開，日出6頁12面，每面有畫一至四幅。現在僅見民國元年4月19日至6月29日各期（間有缺）殘頁。

畫報分新聞、滑稽、戲評、小說四個欄目。它的一個明顯特點是積極反袁。此外，山光水色、奇花異草，古典美人也是這個畫報的常用題材。

　　畫報宣稱：「自延大畫家錢病鶴，汪綺雲任畫事。」但鉅章、寄萍、署超等也常向該報投寄畫稿。

　　新聞欄的時事畫和滑稽欄的時事諷刺畫，多爲抨擊袁世凱的反動醜惡言行畫。

　　5月17日刊新聞畫《共和國中一怪物》，指的就是袁世凱。同日，又刊滑稽畫三幅：一爲《魑魅魍魎》四個虛筆字，隨又利用這四個虛筆的空道，填上「今日北京」四個黑字，意即當時的北京，已成魔鬼世界；二爲《民國流血眞相》，畫一人頭，有「袁記」二字，意即民國人頭落地都是袁世凱製造的；三爲《吾不欲觀之矣》，畫一人頭，有「參政」二字，意即袁式的參政，不値一顧。同日第二面刊《圓木折摧》圖一幅，畫一枯木夭折，旁寫「嗚呼，袁、段『不祥之肇也』」幾個大字。當時袁世凱與段祺瑞勾結在一起的。

　　5月30日刊《五畜共和》，畫了猿、熊、麀、兔、狐五隻動物。不言而喻，猿指袁世凱、熊指熊希齡、麀指章宗祥等賣國賊。袁世凱竊奪民國大權以後，搜括民脂民膏，無所不用其極。

　　5月31日刊《中流砥柱》。諷刺國民捐越來越高，5月28日刊《青樓愛國》，畫南京四妓女也捐淚錢三十元，6月17日刊《敬告各界同胞、快快助國民捐，不然就像朝、印、越、波一樣亡國》，以此哄騙老百姓上捐。戲評欄，常刊鄭正秋寫的戲評文章。小說欄，登載徐枕亞的記事小說《三雲碑》、韓嘯虎的記事小說《羅娘小史》、李定夷的義烈小說《鵑娘血》等。

　　《大共和畫報》，《大共和畫報》是《大共和日報》的附贈品。

　　《大共和日報》1月4日創刊，先是中華民國聯合會的機關報，後成爲共和黨一進步黨的機關報。該報由章太炎創辦並自任社長兼總編輯，章在該報上發表了許多文章，極力攻擊孫中山、黃興和南京臨時政府，同是迎合袁世凱，引起社會上的許多議論和同盟會會員對他的不滿。1915年6月30日停刊。附贈《大共和畫報》畫報爲1914年創刊，一面爲畫，一面爲文。常刊新劇畫、小說畫、雜記畫、名人字畫和傳記材料等。

　　《太平洋報》，4月1日創刊於上海。是同盟會方面於民國成立後在上海創辦的第一張大型日報，總編葉楚傖。宣傳資產階級民主政治，反對袁世凱封建專權，並發表了許多南社社員的詩作。

　　《震旦民報》，4月15日創刊於漢口，由共進會會員、鄂軍都督府軍務司長張振武出資創辦，張樾任總經理，宛思演任總編輯。開始時曾和民社方面

關係密切，後因張振武與孫武之間發生尖銳矛盾，乃轉向同盟會，發表過不少指責黎元洪的文章。其副刊上登載的《床下英雄傳》《新空城計傳奇》等長篇連載小說，均屬譏諷黎元洪之作。1912 年 8 月，張振武被黎元洪、袁世凱誘殺於北京後，該報言論更趨激烈，不久被黎元洪取締。

三、民國袁世凱政府時期的圖像及圖像新聞出版（1912.4～1916.6）

　　《亞東新報》，宋教仁籌劃創辦，1912 年 5 月上旬正式出版。仇鼇任社長，易象任總編輯，使用文言文。經常發表宋教仁以「桃源漁父」筆名寫的政論文章，鼓吹政黨政治，很受社會重視。

　　《民強畫報》，5 月 28 日創刊，同年 10 月 22 日已出 147 期，每日二頁，16 開，上文下圖，主要刊奇聞異事和諷刺畫，也刊小說。

　　《亞細亞日報》，6 月 1 日創刊，薛大可主持，黃獨、劉少珊為主筆，樊增祥、易實甫等任撰述，日出 3 大張。該報屬於袁世凱的御用報紙，曾極力詆毀以孫中山為代表的革命黨人。袁世凱陰謀復辟帝制時，該報曾發表大量鼓吹帝制的文章以及擁戴袁世凱復辟的勸進文牘、函電，為袁復辟帝制大造輿論。1916 年 3 月袁世凱被迫宣布取消帝制後，這份聲名掃地的報紙於 9 月底停刊。1915 年 9 月 10 日，《亞細亞日報》還創刊上海版，公然宣布「以贊助帝制運動為宗旨」，結果兩次挨了炸彈，附近商店及房東都要求其搬家。1916 年 3 月，該報因找不到館舍被迫停刊。

　　《中華民報》，1912 年 7 月創刊，以「擁護共和，防止專制復活」為宗旨，是同盟會系統中反袁態度最堅決的報紙，創辦人是鄧家彥。

　　《民國新聞》，7 月 25 日創刊，由呂志伊、吳敬恒（稚暉）等發起創辦，呂志伊任總編輯，邵元沖任總主筆，發表了許多擁護共和政體的文章，亦以言論激烈而名噪一時。該報與同在上海出版的《民權報》《中華民報》均以言論激烈而著稱，和民國成立前于右任創辦的「豎三民」報可以相提並論，因而又被合稱為「橫三民」報。

　　《庸言》，12 月創刊，梁啓超主編，是一份以政論為主的理論性半月刊（1914 年第 2 卷以後改為月刊）。內容分建言、譯述、藝林、僉載四大部。在表面上，該刊雖然也刊登一些擁護共和及民國的文字，但實際上仍然是站在原來君主立憲的立場上，反對民主，反對共和。雖然有關君主立憲的陳詞濫調在民國已無市場，但由於梁啓超個人在輿論界享有很高的聲望，發行量很

快就達 10000 份，後來又增至 15000 份，成爲當時發行量最大的期刊之一。
1914 年 6 月停刊。

《少年中國》，週刊。黃遠生、藍公武、張君勱等人創辦。以「主持政論公理、以廓清腐穢，而養國家元氣」爲宗旨。基本態度擁袁，但又敢於批評時政，揭露黑幕，頗受讀者歡迎。

《大革命寫眞畫》，上海商務印書館編，民國元年出版，略小於 16 開，橫本，銅版道林紙印，已知出 1 至 15 集，每集照片 40 張左右，用中、英文說明。刊武昌起義、各地革命軍戰鬥、清軍投降、清吏逃亡以及孫中山的革命活動等，共約 600 張照片，是極爲珍貴的歷史資料。至今仍爲報刊、展覽會複製使用。

圖 1-67　《大革命寫眞畫》第二集

《眞相畫報》（旬刊），1912 年 6 月創刊，在上海出版，高奇峰主編。至1913 年 2 月 21 日出第 16 期，3 月出第 17 期即終刊。16 開本。多刊革命黨人的英勇事蹟、時事新聞照片等。辛亥革命前，高奇峰曾同潘達微編過民主革命的繪畫畫報。民元以後，鑒於舊勢力仍然頑固強大，又編《眞相畫報》，繼續鼓吹革命。「內有民族歷史意義之照像甚多，繪畫亦多可稱之作。」

《時報館附送畫報》，1912 年 10 月已出 88 張（期），12 開，石印。多繪中外社會奇聞，也刊諷刺時弊的漫畫。

《經緯畫報》，1912 年已出至第 15 冊。經緯畫報館編。

《民國新聞》，1912 年已出至第 15 期，3 月出第 21～24 期。

圖1-68　《眞相畫報》第一期封面
（主題是畫家在繪「眞相畫」）

圖1-69　《眞相畫報》第二期封面
（主題是攝影家在照「眞相畫」）

圖1-70　《眞相畫報》第十六期封面

《大共和星期畫報》，16 開，經摺裝。1912 年（民國二年）11 月創刊，同年 12 月已出至第六期，1913 年 1 月至 10 月出第 7 期至第 44 期。

圖 1-71　《大共和星期畫報》刊出的《木蘭從軍歸》

《平民畫報》，1912 年創刊於廣州。據 1912 年《時事畫報》所登《廣州平民日報添拓股份告白》云：「本報創刊於庚戌九月，為內地第一革命機關日報，以提倡大舉暗殺為目的，發揮人道大同為宗旨，閱者僅百，風行內外，識者稱為五嶺以南思想界之一開新紀元。辛亥春間，因事停版，由潘達微、鄧慕韓等接續辦理，無何而有三月二十九之影響，滿賊張鳴歧、王秉恩捕黨人嚴密，益以本報社員有殯葬七十二烈士於黃花崗之舉，又適值盧叔風案發生，遂勒令本社不許再行出版。然本報一面與之抗爭，一面另刊畫報（即《平民畫報》），以傳播吾人所持之主義，其後八月一日，日報改名《齊民》（至光復後改回『平民』），重張旗鼓，時值川路風潮激烈，武漢舉義，本報鼓吹益力，滿賊張鳴歧嫉甚，曾將本報記者深夜下之獄。九月十九日粵省見復，兵不刃血，本報同人奔走其間，有勞瘁焉。孫中山先生任總統，本報宣揚大義，不遺餘力，給以優等旌義狀，同人竊深自愧，益用加勉，勵乃精神，擴充報務，期造幸福於人類，煽美德為世風，爰己其實，以造宏達。」

《人鏡畫報》（旬刊），1913 年 4 月 15 日創刊於廣州，王筱彭編，吳撫躬發行，繪畫石印（1907 年，天津亦出過《人鏡畫報》1～24 期）。

《民呼畫報》，約在 1914 至 1915 年在廣州發行，繪畫為石印。

《中華兒童畫報》，1914 年創刊，上海中華書局編印。

《福幼報》，1914 年上海創刊，廣學會出版，月刊。1936 年在出版至 23

卷後改爲半月刊，宗旨與《成童畫報》相同。此刊原爲 1888 年創刊的《成童畫報》。改刊後的內容爲培養兒童德性、增長知識的故事及圖畫，適於 10 至 15 歲兒童閱讀。第 23 卷 1 期，除刊載童話、小說、常識、寓言、傳記、歌曲外，封面爲三色版的《歡迎新年》，照片有《花開日記》《黃河風景》，圖畫有《各國的禮儀》等。全年出 24 期，訂費僅 8 角。福幼、成童二報，前有簡介。

《湘漢新聞》，1914 年創刊，長沙出版，民元忙亂，「天聲報」同年改名「天民報」，發行畫報若干期。主編者久海安，殆長沙有畫報之始。後總編去職，徐君禪任總編輯，年底因故被封。改名《天民報》後，始出畫報若干期。

《兵士雜誌》，1914 年 4 月浙江都督朱瑞爲培育部下軍事知識，出版《兵士雜誌》，每期附有世界名人、風景、戰地寫眞及我國在法軍人肖像，製版印刷非常精美。

《寅報畫報》，1914 年 5 月出一冊，杭州寅報社編印。寅即甲寅，爲西曆 1914 年。

《京師教育畫報》，1914 年 8 月創刊，1916 年出至第 191 期，北京勸學總處編印。

《大共和畫報》（日刊），此刊爲《大共和日報》之附送品。《大共和日報》是民初共和黨以後改組爲進步黨的機關報，發表過許多攻擊孫中山、黃興的文章。所出《大共和畫報》，1914 年（民國四年）創刊，1915 年冬仍在刊行。炯炯編輯，12 開，大共和日報社出版。日報於 1915 年停刊，畫報多出了幾個月。畫報一面爲畫，一面爲文。常刊新劇畫、小說畫、雜記畫、名人字畫和傳記材料等。

《誠報》，英國倫敦編印出版，1916 至 1919 年間刊行，運至上海發售，國內幾家圖書館收藏的多爲 2 至 66 期（間亦有缺），可能因未全部運來中國，此報又名《誠報半月刊》。

畫報版面有兩全張報紙之大，爲道林紙印製，所刊照片尺寸大的有 20 多寸、小的也有 10 寸左右，爲版幅最大的畫報。內容主要刊載英、法、意、美等國之武力及第一次世界大戰之戰況照片。中國也是參戰國，也曾刊載過中國軍隊的照片。1917 年 9 月 17 日第 30 期刊出華工在法國慶賀新年遊藝活動照片多幅。

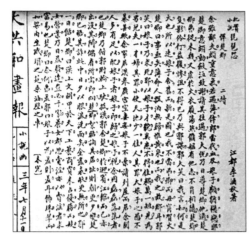

圖 1-72　《大共和畫報》封面

圖 1-73　《大共和畫報》內頁

圖 1-74　《誠報》第二號第一版
（1916 年 7 月 28 日在倫敦出版）

　　《小說畫報》，1916 年創刊，上海文明書局出版，每月兩冊，有光紙石印線裝，以文為主，包天笑編，記述畫古今中外名人豔事。

　　在此期間，畫報出版行業從無到有，從小到大，逐漸形成特有的一種圖像文化景觀。另外，出版的畫報除以上介紹的刊物之外，有些只聞其名，不見其面。詳情待考的還有《中國畫報》《滬報新聞畫刊》《恒通館畫報》《小說新報畫刊》《正風畫報》《小說圖畫報》《白話圖畫日報》《書畫公會報》《新世界日日報》《圖畫旬報》《生香館畫報》《星期畫報》《森益畫報》等幾十種畫報。

結語

　　在當代中國社會，圖像新聞報導「時事」、傳播「新知」的形式已成為新聞傳播媒體廣為採用的一種有效手段——平面媒體有「新聞攝影報導」，電視媒體有「電視新聞報導」，網絡媒體有「圖片報導」、「視頻報導」。可以說，圖像新聞的形式已佔據了當代媒體的半壁江山。在中國圖像新聞業的發展初期，圖像新聞卻經歷了一段極為艱難和屈辱的時期。

　　民國建立前後社會的急劇動盪為「圖像新聞」提供了「用武之地」，一時間各種以「時事畫」為名出版的「圖畫日報」以及「畫報」、「畫冊」達 118 種[1]。由中國畫師採用西方透視畫手法而作的「時事畫」，畫面構成緊湊，線條遒勁簡潔，場景、人物都很生動，令國人眼界大開。這種「時事畫」的形式很快風靡全國，有力地推動了中國近代報刊出版業的發展。但是這些「圖畫」報刊中的「時事畫」都還不能算是現代意義上的圖像新聞。新聞史學家戈公振先生對此有過確切的描述：「我國報紙之有圖畫，其初純為曆象、生物、汽機、風景之類，鏤以銅版，其費至巨。石印既行，始有繪畫時事者，如《點石齋畫報》《飛影閣畫報》《書畫譜報》等是。」[2]隨著西方石印技術的引入，「開始有關於時事新聞的畫報出世」，「圖像新聞」就像拓片一樣，拓印著中國近代社會的歷史事實，痕跡性地保存了清末民初中國社會形態的碎片，勾勒出了清末民初中國人的文化臉譜。

　　考察圖像新聞業在這一時期興起的契機，最重要的是兩個方面。一是在

1　據彭永祥在《中國近代畫報簡介》（載《辛亥革命時期期刊介紹》第四集，人民出版社，1986 年版）一文中介紹，從 1840 年至 1919 年間，在中國內地及港澳地區出版的畫報類刊物達 118 種。根據筆者目前掌握的研究資料來看，其數量遠遠不止這些。

2　戈公振：《中國報學史》，中國新聞出版社，1985 年版，第 202 頁。

還沒有電影紀錄片、電視磁帶記錄的清末民初的幾十年間，成熟的圖像新聞生產技術記錄了社會日常生活的小事和許多翻天覆地的大事，滿足了人們瞭解「新知」、關注「時事」的願望，使得這種傳播新聞的形態得到迅速的發展。二是物質文明推動了社會文化的發展，印刷技術的進步成爲決定圖像新聞樣態的根本原因。

　　清末民初的圖像新聞「原境重構」這一時期的社會圖景，一幅連著一幅，一景疊著一景，爲我們打開描繪著清末民初社會百態的風俗畫卷，從這些展現的圖像新聞中，閱盡人間百態、看遍春秋冬夏。其視覺內容的豐富程度、繪畫視角形式的不斷變換又如同給我們放映一部清末民初的紀錄片，令人身臨其境，感同身受。研究這一時期的圖像新聞業，無異於拼貼一張清末民初中國的社會臉譜，「還原」清末民初社會生活的形態，展現一幅清末民初的風俗畫長卷，極具思想史、文化史和人類學等方面的學術價值。

（本章第四節的資料取得彭永祥、季芬的授權，
同意使用《中國畫報畫刊》的部分內容）

第二章　民國北京政府時期的圖像新聞業

　　1916～1927 年間中國圖像新聞業的形態有三種，一是在報紙或畫刊上刊登或以照相帖冊形式傳播的攝影新聞；二是在報紙或畫刊上發表的漫畫新聞；三是開始萌芽緩慢發展的電影新聞。所以對這一時期圖像新聞業的研究，我們主要針對「新聞攝影」、「新聞漫畫」與「新聞電影」三個方面進行介紹；對該時期出版的具有當時圖像新聞傳播形式代表性的攝影附刊和畫報畫刊進行梳理；在個案研究上，以 1925 年在北京創辦的《世界畫報》為例，通過對這份代表性畫報刊登的圖像新聞進行研究分析，可以大體描繪出這個階段中國圖像新聞的傳播形式和社會形態。

第一節　民國北京政府時期的新聞攝影

　　1919 年的「五四運動」，不僅給中國帶來了民主與科學，也給新聞攝影帶來了發展的契機。作為新聞報導的一種形式，採用攝影的手段，進行形象直觀、通俗易懂的圖像報導，顯然是人們喜聞樂見的。此時中國新聞攝影事業有了顯著的進步，出現了一些新事物，比如報刊上新聞攝影作品的不斷湧現，專業新聞攝影機構誕生以及新聞攝影記者的出現等。

一、報刊上的新聞照片

　　新聞照片作為現代報紙版面的一個重要的組成部分，是二十世紀五十年代中期以來的普遍現象。而最初大量使用照片的，不是報紙，而是專業畫

報。報紙上最初刊登的新聞照片，多是照相館拍攝的人像和某些事件的偶然記錄。

　　1916 至 1927 年間，民眾關心國事，渴望目睹時局改變的心情迫切。因為畫報週期性較長侷限，多數報紙在這個時期內加強了對新聞照片的使用，許多反映自然災害、戰爭、人民的苦難、帝國主義的入侵和其他重大歷史事件的照片都是通過報紙的出版才讓民眾在第一時間瞭解。這些新聞照片在當時具有重要的新聞價值，如今仍具有歷史文獻價值。

　　在這 12 年間，我們能在報紙上看到自辛亥革命後發生的各個重大事件，如 1919 年的「五四」運動；1922 年中國共產黨領導的安源路礦工人大罷工；1923 年的京漢鐵路「二七」大罷工；1925 年孫中山逝世；上海「五卅慘案」；廣州沙基慘案；1926 年北京「三‧一八」慘案等，都有「新聞照片」的實錄。

　　「五四」運動時期出版的報紙，往往將文字報導和攝影照片一起刊登，如 5 月 7 日上海召開國民大會，在 8 日出版的《新申報》《時報》上，都將大會實況，用文字詳細報導，並用攝影詳加記錄，兩者配合，一起刊出。5 月 30 日《時報》刊出賣國賊曹汝霖住宅被焚毀的照片四張，配合文字說明一起刊出。當時的報紙上還有與「五四」運動相關的其他照片，如《上海工人大示威》《5 月 31 日上海學生舉行郭欽光烈士追悼大會》《罷市後的上海南京路》《6 月 3 日上海罷市中的閘北寶山路》等。

　　這場以大學生為主的愛國運動也得到了中國照相業的支持。上海照相業職工就以休業、罷市來聲援。1919 年 5 月 9 日上海《新申報》刊登了一則大字廣告：「上海英大馬路西首雲南路口，中華照相館今日休業一天。」下邊說明休業原因：「對於近日外交表示決心，對於北京學界表示敬意，對於今日國恥表示不忘。」其次，利用照相複印通告，如上海徐家匯有一位從事照相之何某，自己擬就一種通告，用照相複製成數十張，分發各商店，通告中寫道：「軍警也是國民，為什麼要保護買過則？」「不達目的，不納賦稅！」「青島即便歸還，密約不取消還是亡國。」再次，利用照相業的有利條件，他們走出店堂，到馬路上拍攝 6 月 3 日上海全市罷工的紀實照片，洗印後廣為宣傳出售。根據海上閒人編，1916 年 6 月公義社出版的《上海罷市實錄》中的「罷市之軼聞」記載：上海「大馬路某照相館，曾將此次罷市狀況，分段拍攝十二張，印成毛光照片發售，每張售洋一角五分，購者紛紛

不絕云。」[1]

　　反映「五四」運動人物活動的照片，是五四時期新聞攝影的精華所在。如 1920 年 3 月，毛澤東在上海，爲聯絡新民學會與少年中國學會的感情，溝通兩會會員的革命意志，曾借霞飛路的松社開了聯歡會，還照了一張十二寸的大相片以作紀念。

　　最早在我國舉起反帝反封建大旗，宣傳民主革命思想的刊物《新青年》，也很重視新聞照片的刊登。《新青年》（原名《青年雜誌》）由陳獨秀創辦並主編。從它創刊起，封面上就採用外國名人照片。第 6 期封面採用了我國飛行員譚根的肖像（譚根是華僑，在美國自製飛機曾參加萬國飛機製造大會，以後回國籌建航空學校，爲祖國培養人才）。自 1916 年 9 月第二卷，封面不再採用照片，但刊物內的文章常配有照相插圖。1920 年 5 月 1 日，《新青年》出版了「五一國際勞動節紀念號」，刊登了大量的新聞照片，達 33 張，配合《上海勞動狀況》調查報告一文，刊出的照片有《年老的小工中途休息狀況》《年幼的小工行路吃力狀況》等。

　　此外，1918 年在上海創刊的《勞動》刊物，在該年的 6 月 20 日就刊登過上海市小販、人力車夫罷市的新聞照片，在《上海小販暴動攝影——五月一日》標題下，登載的照片有《小販搗毀工部分署後英美防守之圖》《小販結隊示威印捕據隘攔阻》《小販在虹口菜場集議及武裝馬巡之偵查》，這些都是較早反映我國工人運動的新聞圖片。

　　中國共產黨成立後，爲了宣傳黨的主張，報導革命鬥爭，在上海創辦《嚮導》週刊。從 1922 年 9 月 13 日到 1927 年 7 月 18 日止，該刊以眞實、準確的具體形象，再現了當時的重大鬥爭場景，發揮它應有的戰鬥作用。在《嚮導》週刊上，集中出現的圖片報導共有兩次，一次是震動世界的「五卅慘案」，一次是英帝國主義造成的「萬縣慘案」。

　　1925 年的五卅慘案，激起了中國人民的反帝怒潮，揭開了大革命風暴的序幕。五卅慘案發生後，6 月 6 日出版的第 117 期《嚮導》發表了慘案中兩次流血事件的新聞照片，即日本帝國主義槍殺工人顧正紅的《被日人殺死之顧正紅》，英帝國主義槍殺五卅遊行群眾的《南京路屠殺中之犧牲者》，緊密配合了《中國共產黨爲反抗帝國主義野蠻殘暴的大屠殺告全國民眾書》，以及

1　上海攝影家協會編：《上海攝影史》，上海：上海人民美術出版社，1992 年，第 42 頁。

《帝國主義屠殺上海市民之經過》等文章，用嚴酷的事實去喚醒包括民族資產階級在內的各階層人民。

1926 年 9 月，英帝國主義又製造炮轟萬縣，死亡 5000 人的「九五」大慘案。

圖 2-1　《嚮導》刊登的萬縣慘案照片之一

圖 2-2　《嚮導》刊登的萬縣慘案照片之二

《嚮導》週刊於當年 10 月 10 日出版的第 173 和 174 兩期合刊「萬縣九五慘案特刊」中集中報導了萬縣慘案的經過，並於卷首用三頁多的篇幅發表了 8 幅照片。內容有《東較場擊斃居民四人拍照》《民國十五年九月慘案英國

兵輪用大炮轟擊雞公嶺炸斷二百餘年之黃花樹受傷軍民廿八人斃命十六人》《慘斃同胞雪恥會成立大會》《萬縣九五慘案發生前英兵艦柯克捷夫將大炮衣卸衣實彈對準縣城預備轟擊之狀。八月卅號拍》等。其中八月三十號拍的這張照片說明在慘案發生前，拍攝者就已記錄下了這一場面，更從側面反映了英帝國主義的狼子野心。

對於「五卅慘案」的報導，除《嚮導》外，其他的報紙也都有新聞照片的刊登。6月2日，十家報紙同時登載了徵求五卅慘案中死傷者之照片及簡略的啓事。隨後，在各報陸續登載了徵求五卅慘案中死傷者之照片及簡略的啓事，各報陸續登載了犧牲者和各地抗議示威遊行的照片。如《時報》在6月3日登載了五卅慘案中5名慘死者的遺像。6月4日登載了6月3日群眾示威大會的攝影報導。一直到6月28日，它的幾期星期畫刊主要都是報導五卅慘案專題照片的。如上海市民大會、黃浦江中示威的外艦、各地對南京路慘案的抗議。

國共合作時期，中國共產黨與中國國民黨實行合作共同領導人民進行反帝反封建的革命。這一時期的攝影照片多以紀實性的題材爲主，主要揭露帝國主義侵華暴行，喚醒民眾的愛國意識，促進民族民主革命的進程。如1926年國民黨創辦的《你們運動》週刊，封面刊登廖仲愷慘遭暗殺的照片。1927年2月《人民》週刊第44頁照片專欄刊登「帝國主義準備屠殺上海工人市民武裝干涉中國革命的眞相」之照片，這是一組優秀的新聞圖片，而且編輯手段也非常專業，採用專版報導的形式，將七幅現場照片橫跨兩頁展示，占該期報刊篇幅的一半。

1927年第一次國內革命戰爭失敗，新聞照片主要來自中國共產黨領導的革命根據地，題材大都反映國民黨對紅色革命地區的圍攻和中華民族反抗日本帝國主義的侵略。這一時期中國新聞攝影事業開始走上探索之路，出現了不少優秀的新聞攝影家。他們爲了國家和人民利益不畏艱難，不怕犧牲，爲後人留下了一批有研究價值的新聞圖片，在中國新聞攝影史上留下了不可抹滅的功績。

二、新聞攝影機構的建立

新聞通訊社這種組織形式，起始於十九世紀30年代，到二十世紀初才被介紹到中國。中國人自辦的通訊社，已知最早的是1904年在廣州創立的「中

興通訊社」。1909 年 11 月 3 日，上海《民吁報》發表社論：《今日創設通信部之不可緩》，主張立即創設通信部，即通訊社，採訪國際新聞，以改變革命黨人在國際宣傳上的被動局面。

1919 年爆發的五四愛國運動，激發了人們關心時局、參加愛國鬥爭的熱情，湧現出一批憂國憂民，面向群眾的新聞攝影的愛好者。當時各報館還沒有專職攝影記者，新聞時事照片大部分由照相業人員或業餘攝影者提供。當時報刊發表的照片，一般不署姓名，不署供稿單位，至今難以考察，只有個別的例外，如上海《時報》刊登的一幅《國民大會遠望》會場全景照片，注明「張松亭君捐贈」；刊登的上海城廂、英租界、法租界、南市罷市情況的照片，注明「皆寶記攝」；刊登的一幅《全國學生聯合會各省代表攝影》，署名「中華照相館攝」。寶記和中華兩個照相館，是當時上海兩家兼營新聞攝影圖片的著名照相館。

五四運動期間，報刊採用照片的數量迅速增加。後來畫報盛行，報館多設編輯之職，僅一、二人而已，有的編輯在編務之外兼攝一些照片，而設專職攝影人員者屈指可數，畫報所需照片基本上依靠外來稿件。在報紙方面亦有類似情形。報刊所需照片，僅依靠照相館供給，已不能滿足需要，於是專門供應新聞照片的攝影機構便應運而生。

20 年代初期，我國第一家新聞攝影機構「中央寫眞通訊社」在北京創立。戈公振在 1926 年的《中國報學史》一書中說：「數年前，北京曾有人組織『中央寫眞通訊社』，每月平均送稿八次，每月取費十元，其材料頗合報紙之用。」這家通訊社成立的年代大約是在「五四運動」爆發之後，因爲在 1920 年 1 月 4 日出版的《北京大學學生週報》上已經刊有中央寫眞通訊社的廣告，並且說：「如蒙惠顧，請與本週刊廣告科主幹褚保衡君接洽」。褚保衡是北京大學的學生，從這段記載可以斷定，這家通訊社是由北大學生發起和建立的。褚保衡後來拍過許多新聞照片，編過畫報，是二三十年代新聞攝影界的活躍人物之一。中央寫眞通訊社的活動也多限於學界。1921 年 6 月 9 日出版的上海《時報》，曾刊出該社提供的題爲《北京學界之大請願》的一組照片，有全景、中景和特寫鏡頭。每幅照片均附有詳細的文字說明，其中一幅是這樣說的：「北京中小學以上男女學生數百人，於本月三日舉行大規模之鞏固教育運動，向國務院作最後之請願，遂演成教育界之慘劇。此圖係各校代表在天安門雨中之會議。」這次教育界的「索薪」運動是由北京大學進步教授馬

敍倫等領導的。6 月 3 日北京上萬名教職員和學生向總統徐世昌請願，走在遊行隊伍最前面的馬敍倫，被軍警用槍柄猛擊，頭部受重傷。這組照片就是記錄這一事件的，馬敍倫受傷住院的照片也刊登在同一天的《時報》上。

中央寫眞通訊社的照片質量很好，也很及時，正如它自己所說的「消息靈通，眞相明析」。但是由於當時多數報館缺乏照相製版設備，訂購者只有少數幾家，不久，這家通訊社就停辦了。

此後，在上海又出現了一個「攝影通訊社」，其章程規定，照片稿分爲時事、裝飾、風俗、風景、名人、藝術六類，每一類又分甲、乙、丙三個等級，照片按級論價。其中時事照片的訂價爲甲級 5 元，乙級 3 元，丙級 1 元。在六類攝影圖片中，甲級和乙級以時事照片的價格爲最高，這可能與新聞照片攝製不易和意義重要有關。這家通訊社只擬定了章程，因經費不足，一直沒有發稿。

二十年代後期活躍於上海的新聞攝影機構爲「中國攝影學會新聞部」。該會發起人林澤蒼談到新聞部設立沿革時說：「中國攝影學會因鑒新聞照片之重要，預料將爲各報競爭之焦點，且能攝有新聞價值之照片者又寥寥無幾，故特增設新聞部，廣聘國內外攝影記者，專採新聞照片，供給本埠及國外各種報紙及雜誌之用。」

中國攝影學會新聞部大約成立於 1927 年，部址設在南京路 20 號，同年開始發稿。除向國內及國外的報紙和雜誌提供「國內緊要新聞照片」外，還代收學會會員的照片，負責轉送給各種報刊。據中國攝影學會會刊《攝影畫報》1928 年 7 月 2 日的報導，北平會員國振裕、天津會員周誦先拍的新聞照片，經中國攝影學會新聞部分送國外、本埠日報以及《東方雜誌》《良友》畫報等刊物，均已採用。新聞部爲擴充業務，曾登啓事招聘本埠特約攝影記者三十餘人，爲加強這一工作，特請褚保衡、林雪懷二人駐會辦公。該部還向社會提供攝影服務，如用戶發現「緊要新聞」，可電話通知新聞部，該部當即派員前往該地進行拍攝。

申時電訊社是影響很大的一個私營通訊社，1924 年成立於上海，由《申報》經理張竹平創辦，社址設在《申報》館內，創辦之初業務由《申報》《時事新報》編輯、記者利用業餘時間進行，稿件分電訊社和郵訊兩種。

二十年代後期活動的攝影機構，還有 1928 年胡伯翔、陳萬里、張秀珍等攝影愛好者在上海發起的「中華攝影學社」（簡稱華社）、首都攝影社和濟

南像傳攝影社，像傳攝影社發稿較少，首都社到 30 年代還在繼續供給新聞照片。

外國人插足中國新聞界爲時已久，各大通訊社在中國都有派駐機構，上世紀二十年代，由外國人在中國創辦的攝影通訊社——萬國新聞通訊社，向國內外提供關於中國的新聞照片，在當時的中國新聞界有一定的影響。《良友》畫報創刊初期，就採用萬國新聞社提供的時事照片。據《良友》畫報第 3 期披露：「本報圖畫照片材料，多蒙萬國新聞通訊社供給，此後關於萬國時事照片全由該社負責採集，除在大陸報登刊外，只在本報發表。」萬國新聞社活動時間較長，直到「七·七」事變前夕還在發稿，攝影記者有美國人范濟時（Ariel L. Varges）和黃海升、雷榮基等人。

我國早期的新聞攝影機構活動範圍大都比較小，僅限於供給本埠或本地區的時事照片，只有少數單位有派駐記者或臨時派員赴外地採訪。這些民間團體，一般人員都很少，組織鬆散，資金短缺，常常入不敷出；加之時局動盪，生活沒有保障，其中多數維持不了多久就自生自滅了。但是他們所做的貢獻，保存下來的大量時事照片，已經成爲上個世紀二三十年代的重要歷史文獻。

三、攝影記者的出現

我國以拍攝新聞照片爲職業的攝影記者，到二十世紀 20 年代初才出現。北京中央寫眞通訊社是最早設置專職攝影人員的新聞機構。攝影記者作爲一種新的職業，它是從我國第一個新聞攝影機構——中央寫眞通訊社開始的。

20 年代初，《時報》主筆戈公振，一直潛心於新聞史料的搜集與研究，對新聞界情況相當熟悉。在他撰寫的《中國報學史》一書中說：直到 1926 年我國報館還沒有從事新聞攝影的專門人才，所以多與照相館合作。

1926 年 2 月出版的《良友》第一期中縫刊出：「本刊擬招請攝影記者每埠一人，尊任攝取有關新聞性質之各種照片……」報刊的「攝影記者」之名，可能以此爲最早。招聘啓事甫出，吸引了十幾個著名的攝影者應聘上海、南京的大照相館和攝影社。1926 年，馬相伯主編的上海《天民報圖畫附刊》刊登啓事，以現金徵求照片，招聘「特約攝影記者」，國內外攝影人員均可應徵，但須寄最近新聞照片兩次，合格者則下聘書，酬金從豐。特約記者多爲兼職，它可以接受報紙的採訪任務，供給照片，但它不同於報館的專職攝影

記者，不能隨時領受攝影採訪任務，不能保證新聞照片的時效性。因而，有的報紙就開始在報館內增設專職的攝影人員。1926 年前後，北伐軍總政治部開始設隨軍攝影員一職。

1927 年，《時報》設照相室並刊出署名「時報唐僧攝影」的照片，1928年又聘請郎靜山、蔡仁抱爲「攝影記者」，這兩位算是中國新聞攝影界較早的新聞記者之一。郎靜山回憶起這段經歷時說，當時他們到處拍照，每天都可拍各類新聞照片一二百幅，報紙刊用僅三五幅而已。早在 1927 年初，《時報》就建立起照相室，由唐僧（唐靜元）主持其事，此後，在《圖畫時報》上不斷刊出署名「時報唐僧攝影」的照片，因此唐靜元可能是《時報》實際上最早的攝影記者。上海其他報紙如《申報》《新聞報》等也配備了專職新聞攝影人員。

20 年代後期，報紙上刊登由攝影記者拍攝的新聞照片主要爲重大歷史事件新聞和重要任務照片，新聞性較強，畫面清晰。1927 年，蔣介石、汪精衛發動反革命政變，屠殺中國共產黨員，許多新聞工作者和攝影記者被迫害，新聞攝影事業受到影響，停滯不前。

當時的報刊，攝影記者很少，卻擔負著繁重的任務。如上海《時代畫報》只有一個專職記者，8 開本的畫報，每期出 30 頁左右，其中 30%～40%的攝影圖片，由自己的攝影記者拍攝。當時的新聞照片，大多爲名人肖像與合影，即使是現場攝影，也多半是擺好姿勢拍照，這與當時攝影技術發展水平有關，同時也是人們對新聞攝影的特點認識不足。幾乎所有現場攝影，具有動作性鏡頭的照片很少。如國民黨第二屆執行委員會第四次全會召開時，中央委員何香凝、陳果夫等人，都不願意照相，看到照相機鏡頭，故意轉過頭去躲開；由於攝影記者的耐心和才智，才捕捉到何、陳的鏡頭，而他們本人尚未察覺。這是我國 20 年代「抓拍」攝影的一例，這比德國沙樂門創造「堪的」攝影早好幾年。可惜在中國，這種「抓拍」，並未上升爲理論或在實踐中形成一種自覺的行動，只不過是在不得已的情況下，偶而用之的拍攝手段。

有時攝影記者爲了得到比較重要的照片，不得不冒著生命危險去拍攝。1928 年國民革命軍北伐到山東，日本帝國主義在濟南製造了「五三慘案」。萬國新聞通訊社記者王小亭，在濟南受到日軍的監視，但他不顧個人安危，拍攝了許多有關日軍暴行的新聞照片，其中有被日寇慘殺的我國同胞的屍體，

共 10 餘幅，這是一組難得的且及其珍貴的歷史鏡頭，後來這組照片刊登在
《良友》畫報上。

第二節　民國北京政府時期的新聞漫畫

　　漫畫古而有之，但漫畫新聞是伴隨著新聞報刊的誕生發展而來的。

　　新聞漫畫區別於報刊上的幽默漫畫，是以漫畫形式對最新發生的事件進行
報導或評論。這種形式的漫畫亦被稱為時畫、時事漫畫、政治諷刺畫等等。

　　清末至辛亥革命時期，是中國新聞漫畫興起和逐漸普及，並且走向成熟
的階段。多數新聞漫畫緊密結合當時社會上發生的重大事件，在報導新聞事
實的同時，融入了反帝反封建的主流中，無論是思想上還是藝術形式上都取
得了一定的成就。

　　1916 年至 1927 年間，尤其是在「五四運動」前後，「民主」與「科學」
逐漸深入人心，西方的文化和先進的科學技術成果不斷為我引進和借鑒，這
一時期的新聞漫畫無論在印刷質量還是發表數量上，都有較為明顯的上升，
這也從另一方面鼓勵了漫畫家的創作活動。

一、1916～1919 年間的新聞漫畫

　　1918 年 9 月 1 日，沈泊塵創辦了中國一本專門的漫畫刊物《上海潑克》，
這極大地提高了新聞漫畫的藝術獨立屬性，也為中國漫畫事業做出了開創性
的貢獻。

　　《上海潑克》係月刊，沈學明為圖畫兼會計主任、沈學仁為經理兼編輯
主任、沈學廉為印刷兼廣告主任。每月 1 號出版 1 期，16 開本，封面和封底
為彩版印製，其餘都是黑白印刷。此刊中絕大多數作品都出自沈泊塵之手，
他的漫畫始終圍繞著當時創刊時提出的三大責任「警惕南北當局，使之同心
協力以建設一強固統一之政府；為國家爭光榮，務使歐美人民盡知我中國人
立國之精神；調和新舊，針砭末俗」[1]而創作。從這這裡可以不難看出，沈氏
兄弟有一種強烈的愛國心、國際視野和社會責任感。

　　在《上海潑克》的創刊號內頁上，沈泊塵所作的《南北之爭》是一幅反
映軍閥混戰原因和後果的新聞漫畫，具有強烈的批判色彩。《南北之爭》的畫

1　《本報之責任》，《上海潑克》第 1 期，1918 年 9 月 1 日。

面上，一南一北兩個軍閥正在刀來槍往，廝殺正酣，被他們踩在腳下的是帽子上寫有「中華」二字、身上寫有「人民」二字的慘遭踐躪叫苦不迭的中國老百姓。興，百姓苦，亡，百姓苦，軍閥爭鬥民無寧日，百姓痛苦有增無減。那麼，怎樣才能挖掉百姓的「苦」根呢？沈泊塵當然在當時還沒有找到答案，卻已經一針見血地通過漫畫暴露出南北軍閥踏著「人民」的身體進行混戰而損害人民利益的罪行，揭示封建軍閥統治階級與勞動人民利益的根本對立，其敢於反映百姓的苦難，爲人民鼓與呼的精神，是難能可貴。

圖 2-3　沈泊塵《南北之爭》（1918 年 9 月 1 日）

　　「五四運動」前後這一時期，值得一提的是著名漫畫家馬星馳（1873～1934）創作的新聞漫畫。作爲一個曾追隨孫中山進行民主革命，對中華民國具有深厚感情的漫畫家，馬星馳在「五四運動」爆發後，迅速通過畫筆表達對時局的看法，用漫畫報導和評論新聞。「五四運動」期間他發表的「作品更顯鋒利」[1]，很多漫畫在當時對凝聚和引導社會輿論發生過積極而有效的作用。

　　1918 年 12 月 15 日，馬星馳在上海的《新聞報》上發表《妨礙和平之枝節》，畫面主體爲「和平」二字，但這二字卻被周圍一些蔓生的枝條所纏繞，

1　畢克官：《過去的智慧——漫畫點評 1909～1938》，山東畫報出版社，1998 年版，第 12 頁。

從右往左看，變成為「權利私心」，藉以諷刺南北議和會議實際上就是在這種充斥著「私心」和「權利」的爭奪中展開的，顯然這些權利的「私心」恰恰是實現和平的最大絆腳石；後於 1918 年 12 月 31 日在此報發表《我國民應盡之天職》，畫面上，兩列人員圍坐開會，談判桌上，寫有「南北議和」四字，表明為南北政府之間的談判。而談判室的屏風後面，一人站立，身穿寫有「國民」的長袍，正睜大眼睛，伸長脖頸，往裏探視，其眼光所到之處，寫有「監視」二字。這則新聞漫畫意在呼籲國民對南北和談加以監督；還有《此之謂人民代表》，此漫畫揭露了北洋軍閥於 1918 年 5 月間搞的國會選舉的內幕和實質；「五四運動」爆發前夕的 1919 年 2 月，《新聞報》刊登馬星馳的《玩弄於股掌之上》，畫面上一個身穿和服、腳登木屐的傢伙，滿面堆笑地把一個中國人抱在手裏，並一面嘴裏叫著「公道待遇」，另一面暗地裏把腳伸進了中國山東。那個中國人渾然不覺，雙手搭在日本人的肩上表示親熱，一副懵懂無知的樣子。顯然這是對以段祺瑞為首的當時北洋軍閥政府中的親日派，被人「玩弄於鼓掌之上」而不自知，可憐復又可悲的真實寫照。

圖 2-4　馬星馳《玩弄於股掌之上》（1919 年 2 月）

　　這一時期，與馬星馳齊名的還有著名漫畫家錢病鶴（1879～1944 年）。錢病鶴，浙江人，歷任上海諸報圖畫主筆，先後在上海《民權畫報》《民生畫報》《民國日報》和《申報》上發表漫畫作品。其漫畫大多反映當時的社會現實，對喚起民眾反帝救國和促使清王朝覆滅起到了推進作用。他 1913 年創作了長達百幅的組畫《老猿百態》，矛頭直指袁世凱，曾產生很大影響，為此險遭拘捕。此後，他又發表了大量抨擊軍閥割據的作品，成為民國初年極富代表性

的漫畫家之一，也是當時最多產的漫畫家之一。錢病鶴在「五四運動」前後，在新聞漫畫創作方面筆耕不輟，其作品三天兩頭在《申報》《民國日報》等重要報刊上與讀者見面，很多重大新聞事件都在他的新聞漫畫中有所反映，對當時國人認識社會和啟迪思想提供了直觀的表達方式。

　　比較有名的新聞漫畫如《快把害蟲一個一個捉出來》（1917 年 6 月 14 日《民國日報》），將「民國」比作一個大樹，幹粗而不健壯，原來是有很多很多的害蟲隱藏在大樹中，在齧咬危害它，使之垂垂欲斃。顯然，這些害蟲就是一個一個大大小小的軍閥、前清餘孽、革命投機分子。這幅新聞漫畫將孫中山等護法義軍畫成一隻啄木鳥，正在將這些「害蟲」一個一個地捉出來，以便讓「民國」這棵大樹健康成長。還有《解放》（1920 年 3 月 21 日《申報》副刊《自由談》），畫面上，一位青年婦女的手正指向「解放」二字，意思是要求解放。而在她的前面卻橫互著 3 幅圖，象徵著三種社會勢力，一位戴著瓜皮小帽的遺老斥責說「豈有此理！」，另一位滿腦子陳舊思想的紳士對其要求則大感不解而質疑：「此聲也胡為乎來哉？」畫面中另一個穿著頗為入時的青年人則半不屑半推脫地說：「我不懂這個道理。」

圖 2-5　錢病鶴《快把害蟲一個一個捉出來》
（1917 年 6 月 14 日）

此外，這個時期丁悚（1891～1972）的新聞漫畫創作也非常活躍，推出了一大批有影響的新聞漫畫佳作。如用來評價當時舉國關注的南北議和的《燭影搖紅》（1919 年 3 月 3 日）《心殷救國之上海》（1919 年 3 月 20 日的《神州日報》）；反映當時教育經費短缺、教育發展停滯不前的《何能發展》（1919 年 9 月 28 日《神州日報》）；諷刺民國時期所宣揚的民主政治、人人平等的理念，實質上只是一句空話的《嗚呼民治》（1919 年 10 月 13 日的《神州日報》）；反映「五四」時期學生運動遭到軍警鎮壓的《勢不兩立》（1919 年 10 月 19 日的《神州日報》）等。

另有一漫畫家但杜宇（1896～1972），名繩武，字杜宇，是清朝末年第一個批註《聊齋誌異》的貴州但明倫的曾孫。但杜宇家世原本殷實，至他這一代，家道中落。1916 年，年輕的但杜宇攜母來上海謀生。因其自幼喜愛繪畫，爲解決生活難題，他苦學半載並具備了一定的繪畫功力，時常給滬上的報刊作畫投稿。但杜宇的《國恥畫譜》是他漫畫創作的心血結晶，是「五四運動」時期值得重視的個人漫畫專集，也是我國最早的一本漫畫家個人畫

圖 2-6　但杜宇《嗚呼魯民，嗚呼聖地》（約 1919 年）

集。《國恥畫譜》為石印，三十二開本，由上海民權出版部出版。這本漫畫集充分顯示了但杜宇在漫畫創作方面的藝術才能，尤其他創作的時事漫畫集中體現了他在「五四運動」時期的政治態度和愛國熱情。如揭露日本帝國主義侵略的新聞漫畫《嗚呼魯民，嗚呼聖地》，畫面中的山東人，被日本太陽旗製成的枷鎖鐐銬鎖得動彈不得，形象地揭露了日本帝國主義對我國山東地區的控制；另有揭露反動軍閥和親日派與日本帝國主義勾結的賣國罪行的，如《引鬼入門》，畫裏「親日派」（露出一幅低眉垂目的害羞表情）打開大門讓日本帝國主義（骷髏鬼魅形象）進來，將「親日派」的罪惡勾當和醜惡嘴臉，表現得淋漓盡致；還有讚揚中國人民的反帝愛國鬥爭的，如《死在眼前》，畫了一個大錘砸向日本帝國主義，錘上寫著「抵制」二字。《鉗制》畫了一隻大手握住大鉗子夾住了日本帝國主義。《飛沙走石，猛不可當》畫有各種寫有「抵制」、「餓殺」字樣的巨石，正猛砸到日本帝國主義的頭上等。

二、1919～1924 年間的新聞漫畫

「五四」運動之後，漫畫家沈伯塵和但杜宇，一個因病去世，一個轉業從事電影，當時唯一的漫畫刊物《上海潑克》也因主編的逝世而終刊。1919 年至 1924 年間，尤其是 1920 年 8 月至 1924 年 10 月，在中國歷史上一般稱之為直系軍閥統治時期。此時的中國，軍閥割據、國家散裂、生靈塗炭。在漫畫新聞的創作上，表現出相對寂寞的徵象。一是新聞媒體上相對活躍的還是馬星馳、錢病鶴、丁悚等幾個在清末民初就已經成名的新聞漫畫家，漫畫新聞的主題和內容，甚至視覺敘述，與「五四」時期相比併沒有太多的突破；二是「五四」時期媒體對新聞漫畫的熱情已漸漸冷卻，如《益世報》《大公報》《申報》等主流報紙的版面上，新聞漫畫的蹤影似乎不約而同地消失了。

但這一時期國內革命形勢發展迅速，又是一個極不平凡的年代。首先 1920 年在上海成立了第一個共產主義小組，接著 1921 年中國共產黨成立，宣傳馬克思主義的刊物《嚮導》《新青年》《中國青年》等先後創刊。中國共產黨成立後，中國社會面貌發生了巨大而深刻的變化，中國人民的反帝、反封建的民主革命在中國共產黨人的領導下蓬蓬勃勃地開展起來，中國工人階級的力量不斷壯大，1922 年爆發了香港海員大罷工，1923 年京漢鐵路工人爆發了「二七」大罷工等。很多工農群眾組織在這一時期重視利用漫畫進行革命宣傳，這些漫畫作品同時配合了革命的需要，發揮了漫畫武器的反帝、反封建的戰

鬥作用。

　　像上海總工會的《工人畫報》；廣東省港罷工委員會的《罷工畫報》《工人之路》；湖南省總工會的《工人畫報》《苦力》；湖北省總工會的《工人畫報》等都大量刊登漫畫配合革命宣傳。這些畫報多是採用單頁多圖的形式，既可以張貼，又可以當做傳單散發。這些畫報上的作品，絕大多數都是新聞漫畫，主要內容是揭露帝國主義和反動軍閥的罪行，如《帝國主義和軍閥原形寫真》，畫面主要反映了「屠殺京漢路工人」的吳佩孚與「有錢有勢的美國人」相互勾結狼狽為奸的罪惡關係，吳佩服的醜惡嘴臉在這幅漫畫作品裏顯露無疑。更多的漫畫作品則反映了工人鬥爭的要求和決心，如廣東《罷工畫報》的《截留糧食，帝國主義沒有東西吃！》還用上了「全世界無產階級聯合起來的」大標語；湖南《工人畫報》的《上海和大連日本工廠工人罷工》描繪了這兩個地方的工人正高舉「罷工」的大鐵錘砸向日本帝國主義的頭上等等。這些漫畫新聞都在歌頌中國工人的力量，表現了中國工人與帝國主義和反動軍閥鬥爭的決心，以及在中國共產黨領導下覺悟的中國工人階級對本階級力量的信心和自豪。

圖 2-7　玄生《帝國主義和軍閥原形寫真》（1925 年）

此外，這一時期在內容和藝術上可圈可點的新聞漫畫，還有如反映實現真正「民治」艱難的《要想真正的民治的實現，非打破目前障礙不可》（1922年4月4日的《申報》）、反對英國政府提議的國際共管中國的《共管第一步》（1924年2月1日的《小說世界》第5卷第5期）、揭露帝國主義者在中國扶持軍閥所包藏著的禍心《內亂之源》（1924年7月的《圖畫世界》）等等。

三、1924～1927 年的新聞漫畫

1924年至1927年，一場以推翻帝國主義在華勢力和打倒北洋軍閥為目標的革命運動，似滾滾洪流席捲中國大地，人們通常把這一時期稱為「大革命」或「國民革命」時期。在這期間，1925年爆發了「五卅運動」，帝國主義者為掩蓋真相，對上海新聞界施加了強大的壓力，「上海各報館聽了工部局的命令，連許多事實都不敢登載。即至現在大馬路兩次慘殺，上海各報仍是沒有一點熱烈的批評，連國民黨的機關報——《民國日報》也是這樣。」《申報》《益世報》等知名媒體，由於受到租界壓力，沒有刊載相關的漫畫新聞，不過上海、香港等地出現了一批直接參加戰鬥的漫畫新聞傳單，而且出版了專門性的《罷工畫報》，隨後《東方雜誌》以及北京《晨報》等知名報刊，也積極投入了戰鬥，發表了大量的漫畫新聞，在輿論動員、推動運動發展方面起到了一定的作用。如荻聖的《對於五卅案件列強之嫌疑》、乙未生的《文明人的假面揭破了》、張光宇的《望求老丈把冤伸》等；後期還有一些紀念五卅運動的新聞漫畫，如《他們的血不是枉流了的呵！》、豐子愷的《矢志》、王之英的《一手難掩天下目》等。

時代在孕育著新生的力量，曾一度不大活躍的中國漫畫界，經過短時間的準備，終於在1925年前後，出現了豐子愷和黃文農兩位代表性的漫畫家。作為文學研究會會員的豐子愷，在鄭振鐸等人的支持下，貢獻了《子愷漫畫》一書，並將中國對漫畫的稱法進行了統一。黃文農是《東方雜誌》和《勁報》的作者，專於政治諷刺漫畫。他們兩人，各以嶄新的姿態和成批的作品出現在廣大讀者面前，這也標誌著中國漫畫又進入了一個嶄新的時期。

隨著工人運動的復興，農民運動也逐步開展起來。1926年，毛澤東在廣州舉辦第六期農民運動講習班時，開設了「革命畫」課程。當時，革命畫成為農村發動群眾的有力武器，起到了開路先鋒的作用，許多地方的農民協會紛紛創辦報刊進行革命宣傳，比如廣東省的《犁頭週刊》，湖南省的《鐮刀畫報》，江西省的有《農民畫報》。「革命畫」紛紛在這些報刊上登臺亮相，不少

「革命畫」帶有新聞漫畫的性質。《我們的過去、我們的現在、我們的將來》便是其中的典型代表。這幅極具革命性的新聞漫畫發表在 1926 年 8 月的《犁頭週刊》第 12 期上，作者爲黃焯華。這其實是一幅組畫，由 3 個單元組成，第一單元爲「我們的過去」，控訴了帝國主義、軍閥和官僚、買辦、大地主、土豪、劣紳壓迫工農群眾的罪行；第二單元爲「我們的現在」，反映了工農群眾掀起反壓迫、反剝削的革命風暴；第三單元爲「我們的將來」，憧憬著推翻壓迫和剝削之後，「我們」揚眉吐氣地建立起的美好未來。

　　1926 年 7 月 9 日，在「打倒列強，除軍閥」的雄壯口號中，北伐戰爭正式開始了。革命歌曲總是伴隨著革命運動而唱響，這首《打倒列強，除軍閥》被收集在 1927 年出版的《革命歌聲》一書裏，還配上了具有新聞性的插圖漫畫《鋤列強，倒軍閥，滅盡世上壓迫人！》。雖然作者不詳，但畫中簡練概括的視覺構圖和鏗鏘有力的口號，卻給我們留下了深刻的印象和對那段革命歲月的歷史回憶。

圖 2-8　黃焯華《我們的過去、我們的現在、我們的將來》（1926 年 8 月）

圖 2-9　《鋤列強，倒軍閥，滅盡世上壓迫人！》（1927 年）

1927 年 4 月 12 日，蔣介石發動的「四・一二」反革命政變是大革命從高潮走向失敗的轉折點，轟轟烈烈的北伐革命被斷送了。蔣介石建立所謂的「國民政府」，自然也少不了新聞漫畫作者的「關注」。如孫之俊的《中美》表達了作者對蔣介石和宋美齡這樁婚姻的理解，巧妙截取兩人名字中的各一個字組成，甚爲機巧，意在言外地說明蔣介石政府正在向「美」國投誠。

圖 2-10　孫之俊《中美》（1927 年 12 月 25 日）

第三節　民國北京政府時期的新聞紀錄電影

電影是近代科學技術發展的產物。雖然中國早從宋代起，即距今七八百年前，已有利用光和影的原理製作的皮影戲，隨後也出現於西方國家。但是，只有當西方近代攝影術的發明、膠片的問世，照明燈、攝影機、放映機等機械製造以及洗印技術的發展後，才可能使電影技術逐步形成實用價值。1894年美國人湯姆斯・愛迪生（Thomas Edison）製作的「電影鏡」和 1895 年法國路易・盧米埃爾兄弟（Lumière Frères）的「活動電影鏡」的出現，完成了最初稱作「活動影戲」的電影。

1896 年，電影在其誕生後的第二年便出現在上海街頭。很長一段時間內，電影被人們視爲「新奇的玩意」，有名曰「影戲」。1905 年，中國人拍攝了第一部電影，名叫《定軍山》，只有幾個片段，採用紀錄片的形式，記錄了

20 世紀初中國京劇藝術的精粹。也就是說，在中國，電影一開始就是作為紀錄現實社會生活的一種技術手段，同時和中國傳統文化相結合，直到二十世紀 20 年代中期才出現「新聞影片」這一說法。

圖 2-11　1905 年中國第一部紀錄電影《定軍山》劇照

　　中國電影經過了一段蹣跚學步的萌芽期後，隨著民族資本紛紛投資電影業，20 年代獲得了較大發展。儘管這種發展是混亂、艱難甚至畸形的，但這個時期建立的大量電影製片公司促進了新聞電影的發展，新聞紀錄片的數量顯著增加，內容更加豐富。蘇聯紀錄電影工作者來華拍片打破了帝國主義列強在中國拍片的格局，並促使中國電影工作者開始更加關注新聞紀錄電影，人類學紀錄片也在這個時期初現端倪。

一、新聞紀錄電影的拍攝機構

　　作為資產階級新文化重要代表之一的商務印書館是較早關注新聞電影的機構。商務印書館在 1918 年設立了活動影戲部，攝製五類影片：時事片、風

景片、教育片、古劇片和新劇片，其中前 4 類均可歸入紀錄電影的範疇。新聞片如《歐戰祝勝遊行》《東方六大學運動會》《第五次遠東運動會》等，均是關於新聞事件的報導；風景片如《上海龍華》《浙江潮》《普陀風景》《北京名勝》，是介紹祖國的風景名勝；教育片如《女子體育觀》《盲童教育》，具有健康而嚴肅的教育內容；古劇片如《春香鬧學》《天女散花》《琵琶記》等等，記錄了京劇名家梅蘭芳和周信芳的舞臺藝術片段。1926 年，商務印書館影戲部改組爲國光影片公司，原因是董事會考慮到影戲部「所製各片，難免有與教育本旨稍忤，另組公司，可以免去外界詰責」[1]，國光影片公司拍片活動一直持續到 1927 年，此後便無聲無息了。

圖 2-12　商務印書館活動影像部（佚名攝）

　　「五四」新文化運動後，中國電影事業逐漸發展起來，一批電影製片廠相繼建立。除拍攝故事片、風景片外，新聞紀錄片以及各地黨政要人的私人生活及生平介紹的影片也成爲電影公司拍攝的重點。

　　1919 年，張季直、盧壽聯等幾位民族資本家集資興辦了專營電影的公司——中國影片製造股份有限公司，辦事處設在上海仁記路百代公司內。除了滑稽片《飯桶》，該公司拍攝的均爲紀錄片，包括戲曲片、新聞片、風景片。其中拍攝的新聞電影有《周扶九大出喪》《張季直先生的風采》《聖約翰與南洋球賽》《南京警政》等，這些影片均攝於 1921 年，總體來說沒有引起當時

―――――――――――――――――――

1　程季華主編：《中國電影發展史》（1），中國電影出版社，1981 年，第 40 頁。

人們的很大關注。但它拍攝於 1923 年的新聞電影《國民外交遊行大會》卻受到民眾的廣泛歡迎。該片記錄了 1923 年 3 月 25 日上海工商學各界為反對日本拒絕廢除 21 條和拒絕歸還旅順、大連而舉行的 5 萬人遊行示威的情況。該公司在拍完此片後即宣告停業。

自 1921 年起，電影公司如雨後春筍般地建立起來，而且這些公司往往是從拍攝新聞電影開始的。20 年代，約有 20 多家公司拍過 100 多部新聞紀錄電影。與以前相比，不僅影片數量有所增加，而且許多影片已不止是對旅途風光或新奇景觀的掃描，還將鏡頭對準重大社會事件，使新聞紀錄電影擺脫了卑微的依附地位，獲得了社會上層人士的關注。這個時期，拍攝新聞紀錄電影最多的幾家影片公司分別是明星影片公司、長城畫片公司、民新影片公司、友聯影片公司、香港的滿天紅影片公司等。

明星影片公司成立於 1922 年 3 月，由張石川、鄭正秋、周劍雲、鄭鷓鴣、任矜蘋等發起，創辦於上海，是時間跨度最長的電影公司。初期攝製滑稽短片，1923 年冬，拍攝《孤兒救祖記》後，開始攝製長故事片，堅持「教化社會」的宗旨和電影與民族文化傳統結合的藝術主張。在拍攝故事片外，新聞紀錄電影也是其致力方向，拍攝了如《滬太首途汽車大遊行》《愛國、冬夜兩校運動會》《徐國梁出殯》等新聞紀錄影片。

20 年代初，旅美青年梅雪儔、黎錫勳等在美國紐約創辦了長城畫片公司。他們不滿於 1920 年紐約放映的辱華電影《紅燈照》《初生》等，對中國人吸食鴉片、嫖妓、女人纏足等事件進行惡意誇大，故決意自行拍攝電影，宣傳中國的歷史文化。1922 年，長城畫片公司首先在紐約拍攝了介紹中國民族服裝和中國民間武術的《中國的服裝》和《中國的武術》兩部新聞紀錄電影，用電影的手段宣揚中國的傳統文化。

民新影片公司前身是 1921 年由黎民偉、黎海山、黎北海等人籌組的民新製造影畫片有限公司，1923 年在香港正式成立民新影片公司，由黎海山任經理，黎民偉任副經理，以拍攝新聞紀錄電影為主。1926 年，該公司遷往上海，建立廠地，除攝製影片外，還承辦代理拍片、沖洗、染色和放映等業務，並開辦民新影戲專門學校，培養人才。民新公司對新聞影片製作態度比較嚴肅，其創始人兼攝影師的黎民偉，在當時整個電影業遠離社會現實的情況，拍攝了大量的新聞紀錄影片，尤其是關於孫中山先生的革命活動影像。

友聯影片公司成立於 1925 年 4 月的上海，創辦人有陳鏗然等人，地址起

初設在霞飛路，後來遷至寶山路，攝影場設在江灣路東體育會路。該公司攝製的第一部影片爲《秋扇怨》。1925 年 6 月 27 日，友聯公司創辦人陳鏗然和攝影師劉亮褌等，拍攝了反帝愛國運動的新聞紀錄影片《五卅滬潮》（片長 3 本，郭超文攝影，徐碧波編寫字幕說明）在南市共和影戲院上映。連同 7 月 7 日共映出 6 場，這些票房收入全部用來救濟罷工工人。後來此片遭到租界當局的禁映。

　　1925 年 6 月，香港爆發了支持上海「五卅運動」的大罷工，剛萌芽的香港電影發展被迫中止了一段時間，滿天紅影片公司是大罷工後成立的首批電影公司。1926 年，滿天紅影片公司拍攝的新聞紀錄影片《滿天紅時事展》，就將鏡頭對準香港和廣州地區的罷工情況，這部影片由 14 段新聞短片組成，內容包括廣州群眾對香港罷工工人的支持，「沙基慘案」後廣州工人情況，省港罷工委員會的人員及工作情況，罷工工人在廣州受到的安置和照顧，群眾前往職工總會慰問罷工工友等。

二、外國人在華拍攝的新聞紀錄影片

　　最早在中國放映電影的是外國人。1896 年 8 月 11 日，上海《申報》副刊上刊登了上海徐園的「又一村」放映「西洋影戲」的廣告，這是在中國最初放映電影的消息。1897 年 7 月，美國電影放映商雍松（James Ricalton）來到上海，先後在天花茶園、奇園、同慶茶園等處放映電影。1898 年 5 月 20 日，上海《趣報》發表《徐園紀遊敘》記述了在徐園放映電影的情況，文中提及的節目有《足踏行車》《倒行跟頭》《酒家沽飯》《廣道馳車》……從這些題名不難看出，「西洋影戲」主要是靠演映一些獵奇景象招攬觀眾。而最早拍攝有關中國的新聞影片的也是外國人。除了記載的除法國人外，最早尚有 1896 年美國繆托斯柯甫公司拍攝的《李鴻章在紐約》，內容有李鴻章在格倫特墓前和李鴻章乘車經過第四號街和百老匯。接著，美國湯姆生・A・愛迪生的攝影師於 1896 年來到中國，在香港、澳門拍攝街景、碼頭、總督府及商團活動，又到上海拍攝街景及上海警察，到廣州拍攝廣州碼頭、河景，及載人汽車等。[1] 此後一些重大的事件都有外國人來華進行拍攝。

　　早期來華拍電影的外國人幾乎全部來自資本主義國家，1925 年與 1927 年先後有兩個來自蘇聯的電影攝製組，他們的到來改變了這種狀況，他們在中

1　程季華主編：《中國電影發展史》（1），中國電影出版社，1981 年，第 8～12 頁。

國拍攝了兩部新聞紀錄片：《偉大的飛行與中國國內戰爭》（1925）和《上海
紀事‧1927》。前一部影片是蘇聯在西歐放映的第一部新聞紀錄片，它將 1925
年中國反帝鬥爭及廣州革命政府的情況第一次介紹到世界。影片導演是 B‧
A‧史涅伊吉洛夫，攝影師布留姆，影片還記錄了蘇聯自製飛機考察隊首次從
莫斯科途經蒙古到中國的飛行。據導演後來的回憶文章《1925 年我是怎樣在
中國拍攝電影的》記述，1925 年 7、8 月間，正是「五卅運動」之後，全國掀
起反帝高潮的時候，他們要拍攝現代中國和中國人民蓬勃高漲的人民革命運
動的材料，以告訴蘇聯和世界人民關於中國的真實情況，只是借飛機飛行作
爲線索而已。這部影片製成後不僅在蘇聯上映，而且在歐洲以《東方之光》
爲名映出，取得了國際社會的廣泛關注。後一部影片《上海紀事》，導演爲雅
科夫‧布奧里赫，該片記錄了「四‧一二」前後的上海，一方面是冒險家的
樂園，一方面是工農的貧困；一方面是工人武裝起義的勝利，一方面又有蔣
介石叛變後的屠殺，形成鮮明的對比，震撼人心。這是一部思想性、藝術性
俱佳的影片，爲舊中國和中國人民革命鬥爭保留下了難得的珍貴資料。這兩
部影片都具有「形象化政論」的強烈感染力。拍攝這樣的影片也顯示了蘇聯
對中國革命的同情與中國人民的友誼。

圖 2-13　《東方之光》（《偉大的飛行與中國國內戰爭》）

20 年代，先後有近 20 家影片公司拍攝新聞電影，有的公司是爲拍攝一部
影片而成立的。影片中，有紀錄知名人物活動的，如《孫傳芳》《盧香亭》《吳

佩孚》《馮玉祥》等，有紀錄事件的，如《濟南慘案》《張作霖慘案》等。此外，這個時期人類學紀錄片在中國也初現端倪。1926 年冬天，瑞典探險家斯文·赫定帶來一支包括德國和丹麥人在內的探險隊來到中國，吸收了五名中國學者和四名中國學生組成中國西北科學考察團，從 1927 年開始對中國西北部進行科學考察活動，這項活動歷時八載，於 1935 年結束。在此期間，科學考察團拍攝了大量關於西北地區的活動影像資料。《世界畫報》曾製作特刊「西北科學考察團」，刊發了大量的照片介紹赫定一行在西北地區的所見所聞。另有瑞典考古學家 J·G·安特生也在 20 年代來到中國，利用電影記錄了自己在中國北方和西北部的所見所聞，對塞外風土人情、文物考古、民居、服飾等都有所反映。

三、中國人自行拍攝的新聞紀錄影片

中國人較早拍攝的新聞紀錄電影是《武漢戰爭》與《上海戰爭》。前者拍攝於 1911 年，記錄了辛亥革命時期武昌起義的一些場面。當時，遍歷歐洲各國的著名雜技幻術家朱連奎正在武漢演出，他與一家名為「美利」公司的洋商合作，設法到前線實地拍片，記錄了武昌新軍起義後的幾次重大戰鬥，如 10 月 2 日武昌起義新軍佔領漢口、漢陽的戰鬥；10 月 27 日起義軍與滿清王朝的軍隊在漢口大智門東站進行的激烈爭奪戰；11 月 16 日起義軍自漢陽反攻；二次光復漢口的戰鬥。這些影像素材被帶到上海洗印和剪輯，12 月 1 日在上海南京路謀得利戲園朱連奎表演雜技節目時同場映出。由於這部電影迅速將武昌起義這個具有重大歷史意義的事件獻映在觀眾面前，故影片很受觀眾的歡迎，雖然票價達高達 6 元錢，但是觀看這場影戲和演出的人仍然很多。1913 年，在亞細亞影戲公司工作的中國導演和攝影師拍攝的新聞紀錄影片《上海戰爭》，主要記錄了上海各界軍民參加「二次革命」的場面。1912 年元旦民國成立，袁世凱竊取革命果實就任臨時大總統，實行對外賣國對內專制的反動政策，引起廣大群眾和國民黨的強烈反對。1913 年 7 月，江西都督李烈鈞發出通電，聲討袁世凱並組織討袁軍，得到南方各省的積極響應，這次討袁行動稱為「二次革命」。在討袁過程中，上海爆發了革命軍圍攻南市高昌廟製造局和吳淞炮臺的軍事行動，一些傾向革命的戲劇工作者以及文明戲演員也積極參與其中。因為涉及了一些戲劇工作者，亞細亞影戲公司派人拍攝了這次軍事行動。1913 年 9 月 29 日開始，新聞紀錄電影《上海戰爭》在上海新新舞臺連映數日，被稱為「空前絕後的活動影戲」。

「五四運動」後，隨著民資資本紛紛投資電影業，中國電影獲得了初步的發展，尤其是中國人自行拍攝的反映重大事件的新聞紀錄電影，對於民族電影事業的發展起到了不可忽視的奠基作用。據 1927 年 1 月 30 日出版的《中華影業年鑒》統計，1925 年前後成立的影片公司有 179 家，其中上海 142 家，香港 6 家，九龍 1 家，設在美國的有 4 家，其餘 20 多家分布在包括臺灣省在內的中國 10 多個大中城市。與以往不同的是，這些影片公司絕大多數是由中國人自己出資創辦的。雖然有些公司只是曇花一現甚至徒有其名，但是總體上來說，這個時期中國人自己生產的影片數量大大超過從前。許多公司成立之後首先拍攝新聞紀錄電影，據不完全統計，20 年代中國大約有 20 多家影片公司拍過超過 100 部的新聞紀錄電影。

而在這些影片公司中則以民新影片公司對 20 年代中國新聞紀錄電影的貢獻最為突出。

民新影片公司創始人黎民偉可謂中國新聞紀錄電影史上第一個重要人物。此前，曾經在《莊子試妻》（香港第一部影片）中飾演莊子之妻的黎民偉與攝影師羅永祥一起扛著笨重的器材奔赴前線，留下了許多珍貴的歷史影像鏡頭。與當時大多數把電影當作娛樂或賺錢工具的電影商人不同，黎民偉認為電影不僅能供人娛樂，而且能移風易俗、輔助教育、改良社會，明確提出了「電影救國」的口號，並在當時中國電影業遠離中國社會現實的情況下，拍攝了大量反映孫中山革命活動的新聞紀錄影片。

圖 2-14　黎民偉（1893～1953）

　　黎民偉（1892～1953），原籍廣東新會，華僑子弟，自幼喜愛攝影。1911年春的廣州黃花崗起義，激起他的愛國熱情。他在香港參加了孫中山領導的中國革命同盟會，此後一直追隨孫中山先生。1921年5月5日，孫中山在廣州就任非常大總統，黎民偉隨即拍攝了新聞紀錄影片《孫中山就任大總統》。1923年，黎民偉在香港成立民心製造畫片有限公司，後改為民新影片有限公司，開始在香港拍攝新聞紀錄影片，如球賽、龍舟賽，警察會操等。1924年1月，中國國民黨在廣州召開第一次全國代表大會期間，黎民偉把攝影棚建在廣州西關多寶坊，在廣州革命政府成立前後，親自擔任攝影師拍攝了有關的新聞紀錄影片。1925年，民新影片公司從香港前往上海，黎民偉相繼拍攝了《孫中山為滇軍幹部學校舉行開幕禮》《孫中山先生北上》《孫大元帥檢閱廣東全省警衛軍武裝警察及商團》《孫大元帥出巡廣東北江記》《廖仲愷先生為廣東兵工廠青年工人學校開幕》等新聞紀錄電影。1925年3月12日晨，國民革命領袖孫中山的心臟停止跳動，追隨他多年的黎民偉用鏡頭記錄下了偉人逝世的曠世悲痛，以兩部新聞紀錄影片《孫中山先生出殯及追悼之典禮》和《孫中山先生陵墓奠基記》昭示民眾。孫中山為他題寫的「天下為公」，後被鐫刻在南京中山陵，成為中國電影人永遠的驕傲。

　　1927年，黎民偉將過去拍攝的有關孫中山和北伐戰爭的新聞紀錄影片編成90分鐘的大型文獻紀錄片《國民革命軍海陸空大戰記》，主要內容包括：孫中山和蘇聯鮑羅廷與加倫將軍在廣州檢閱軍隊、韶關誓師、孫中山發表演說以及北伐戰爭中的幾次戰役。值得一提的是，影片中有黎民偉親自在炮火中拍攝的共達惠州城、在飛機上拍攝的戰場全景等珍貴鏡頭。本片在當時被譽為「黎民偉五年心血的結晶，為有系統、有聲色的真實革命史」。

　　黎民偉是中國第一位長時間致力於新聞紀錄電影的攝製者，也是中國新聞紀錄電影史上早期的第一個重要人物，其為中國革命這一重要的歷史階段以及為民主主義革命的先行者孫中山先生紀錄下的這些史料價值難以估量。1947年，黎民偉又利用這些材料重新剪輯了一部《勳業千秋》（別名《建國史的一頁》）的新聞紀錄電影，更為完備與精練地敘述了孫中山先生在中國民主革命中的歷史功勳，以及受人愛戴之情形。

　　鑒於孫中山及其領導的北伐戰爭在當時產生的重要影響，還有一些影片公司為此也拍攝了相關的新聞紀錄影片，如長城畫片公司的《孫中山陵墓奠基記》（1926）；大中華百合影片公司的《北伐完成記》（1927）《總理奉安》

（1927）；民生影片公司的《北伐大戰史》（1927）；新奇影片公司的《革命軍北伐記》（1927）；三民影片公司的《革命軍戰史》（1927）；上海影戲公司的《上海光復記》（1927）《總理奉安紀念》（1929）等。

此外，20年代中國人拍攝的新聞紀錄影片的內容也比較豐富。除了北伐戰爭，還有反映1925年「五卅」反帝愛國運動的新聞紀錄片《上海五卅市民大會》以及反映當時其他重大社會事件的新聞紀錄片，如1922年，明星公司在成立的當年拍攝的《滬太長途汽車遊行大會》《愛國東亞兩校運動會》《徐國梁出殯》《江蘇童子軍聯合會》《萬國商團會操》；復旦影片公司的《上海光復記》（1927）《濟南慘案》（1928）《張作霖慘案》（1928）；民新影片公司還拍攝了《世界婦女節》（1924）《追悼伍廷芳博士及國葬禮》（1924）《廣東全省運動會》（1925）；還有記錄知名人士活動的影片，如《孫傳芳》《盧香亭》《吳佩孚》《馮玉祥》《張學良》等。

第四節　民國北京政府時期的圖像新聞出版

在這個時期內，由於當時印刷技術的限制，報紙上發表的直接採用攝影印刷技術的新聞照片很少，能完整保存到現在的相關資料更少，無法進行有效的圖像新聞出版的統計分析，故對於報紙上刊登的少量新聞圖像和以照相帖冊形式發表的新聞圖像我們只做粗略介紹。這些圖像出版的方式有的是報紙攝影副刊上刊登的新聞圖像，有的是畫報畫刊等雜誌上出版的新聞圖像，還有一些是由專門的畫冊、貼冊或寫真集（攝影集）公開出版發行的新聞圖像。

一、報紙攝影附刊的興起

上世紀20年代，是中國報紙攝影附刊興起的年代，國內主要城市有影響的主流報紙，大多創辦了攝影副刊，影響比較大的有以下6種。

表2-1　20世紀20年代中國報紙比較重要的攝影副刊

序號	報紙名稱	攝影副刊	創刊時間	出版城市
1	《時報》	《圖畫時報》	1920年6月9日	上海
2	《京報》	《圖畫週刊》	1924年12月26日	北平
3	《世界日報》	《世界畫報》	1925年12月10日	北平

4	《晨報》	《星期畫報》	1925 年 1 月	北平
5	《天民報》	《圖畫副刊》	1926 年 8 月 28 日	上海
6	《中央日報》	《中央畫刊》	1926 年	南京

《圖畫時報》，1920 年 6 月 9 日在上海創刊，8 開，週刊，1935 年 10 月 13 日停刊，共出 1072 期。著名報人戈公振擔任畫報編輯，《圖畫時報》結束了中國畫報的「石印時代」開啓了「銅版時代」，以中國第一份報紙攝影附刊的身份掀開了中國畫報史上嶄新的一頁，被譽爲「中國現代攝影第一畫刊」。

《圖畫時報》在創刊號中稱：「世界愈進步，事愈繁瑣；有非言語所能形容者，必籍圖畫以明之。夫象有鼎，由風有圖。彰善闡惡，由來已久。今國民敝錮，政教未及清明，本刊將繼文學之未逮，一一揭而出之，盡畫窮形，俾舉世有所觀感，此其本旨也。若夫提倡美術，增進閱者之興趣，又其餘事耳。」編者不僅闡明了創刊的目的，更強調了攝影圖片「彰善闡惡」的作用。

《圖畫時報》以刊登新聞照片爲主，兼刊美術攝影作品。如 1927 年 345 期刊出「匯山」拍的上海總工會活動照片，347 期刊出歡迎北伐軍照片，371 期刊出慶祝北伐軍勝利照片等。

《圖畫週刊》，1924 年 12 月 26 日，作爲邵飄萍在北京創辦的《京報》的副刊問世，邵飄萍擔任社長兼主編，初期由馮武越擔任編輯兼攝影，初期爲 16 開 2 張，週刊，逢週五出版，隨《京報》附送。

《圖畫週刊》以攝影圖片爲主，創刊時爲普通新聞紙，圖片質量不高。從第 10 期開始，改用洋宣紙彩印，圖片非常精美，並採用黑、藍雙色套印，時而加入紅色，形成三色套印，自稱「此種印刷術爲時報《圖畫週刊》所未有，開今日國中畫報之新紀元」。但可惜的是，畫報只出版了 11 期便宣告停刊。馮武越離開京報後便在天津創刊了著名的《北洋畫報》。

《世界畫報》（後文將詳細介紹，此處不再贅述）。

《星期畫報》，北京晨報社編，1925 年 1 月至 1928 年 6 月出 1 至 136 期，4 開 4 版。版面欄目分爲美術、風景、時事、風俗、諷刺、遊戲、雜篇，但不是每期都有以上全部欄目。雖有時事欄目，但時事照片極少見，只在 1928 年 3 月 4 日刊出《廣州暴動》照片一張，其他多爲書畫、印章、古文物、戲照、體育等方面的圖片。

圖 2-15　《圖畫週刊》封面

《圖畫副刊》，是上海《天民報》的攝影副刊，於 1926 年 8 月 28 日出版。這是《圖畫時報》之後上海報紙攝影附刊的第一個響應者，而它更大的創舉則是刊出啟事，以現金徵求照片，並招聘「特約攝影記者」，這大概是最早出現「攝影記者」名稱的文字記載。

二、攝影畫報的蜂起

在這 12 年間，據不完全統計，中國出版的畫報畫刊大約有 200 餘種，通過多方考證可以確定名稱的有 80 種左右[1]，其中大多數畫報都刊登了或多或少的新聞圖像。因為當時不管什麼性質的畫刊，刊登圖像新聞都是一種最「時髦」的做法，既能吸引讀者，又能表明編輯部很新潮。在剛剛歷經新文化運動洗禮的社會背景下，文化界、知識界及社會各界對新聞「新」的接受達到了前所未有的熱度，畫刊使用新聞圖像不但是給讀者傳遞一種事實信息，還標示著雜誌的一種文化品位。但是，目前能找到的完整的或通過其他資料能佐證的當時的「新聞圖像」畫報畫刊只有 40 多種，其中還有一部分需要進一步挖掘研究資料以確定其出版年代和畫刊性質。

---

1 根據彭永祥編著、季芬校勘的《中國書報劃刊：1872～1949》一書所做的統計。

　　這一時期的畫報畫刊，刊期並無統一，各有設定，如《天津晶報》《全運畫報》等爲一日刊，《商報畫刊》等爲二日刊，《上海畫報》《北洋畫報》《北京畫報》《駱駝畫報》《中華畫報》等爲三日刊，《孔雀畫報》《大亞畫報》《紫葡萄》等爲五日刊，《攝影畫報》《華北畫報》《環球畫報》《漢口畫報》等爲週刊，《青春旬報》等爲旬刊，《北京畫報》《婦人畫報》《時代》《兒童畫報》等爲半月刊，《良友》《明星》《美術生活》《文華》等爲月刊，《體育世界》等爲季刊，其中以週刊、月刊數量最多，三日看、旬刊、半月刊次之，其他刊期的較少。上述畫報大多以攝影圖片爲主，其他圖像包括漫畫、書畫、雕塑作品等在內，攝影圖片中又有不少屬於新聞攝影。這個時期內，創刊最早的是《誠報》，影響較大的有《上海畫報》《攝影畫報》《良友》畫報和《北洋畫報》。

　　《誠報》，創刊於 1916 年 7 月 9 日，正值第一次世界大戰期，這是一個專門報導歐洲戰爭的中文半月刊，在倫敦印刷，運回中國發行，內容主要是戰爭期間英、法、意、美等國的參戰情形，也有少量中國人在歐洲活動的情況。每期都用道林紙膠版精印，對開兩大張，8 版。該刊一反過去的辦報傳統，不登文稿，專刊攝影圖片。每版刊用照片 1 至 6 幅，特大照片橫跨兩個版，中文說明簡短扼要，全靠一幅畫面形象地闡明戰事情況。因爲面向中國受眾，所以在選用圖片上，注重與中國有關的題材，如《中國學生遊西歐戰地》《在法國從事軍事工作之華人》《中國與德奧宣戰》《華兵進入天津法租界領而有之》等，共約 30 餘幅。這些新聞照片給中國讀者留下深刻印象，受到國人歡迎。《誠報》於 1919 年 2 月 5 日停刊，出版 66 期。

　　《醒世畫報》，上海醒世畫報社編印出版，開本很小。1919 年 3 月出第 2 期，此期欄目有：歐戰、文明結婚、時事（南北議和）、收煙葉、戲劇（武家坡）、滑稽、長生不死、小說畫等。1909 年，北京的經鳳綱等曾編印過《醒世畫報》，兩份畫報名稱一樣，但不是一家。

　　《畫報》，1919 年 9 月至 12 月出 202 至 203 號（間有缺），1920 年 1 月出 234 號。四川省圖書館收藏。

　　《中國畫報》，1920 年 9 月 4 日出第 10 期，常刊劇照、電影片段及評論，也刊風光和歷史照片。

　　《申報畫報》，申報圖畫增刊編輯部編，上海申報館出版，週刊，1920 年至 1922 年間刊行。之後又出《申報圖畫特刊》。

　　《中日美術》，中日美術協會編，上海出版，月刊。1922 年 9 月出 1 卷 4
期。

　　《神州吉光集》，錢病鶴編繪，上海書畫會出版並發行。1922 年 10 月至
1924 年 11 月出 1 至 7 集。主要刊載古今書畫印章。

　　《兒童畫報》，1922 年創刊，上海商務印書館出版，半月刊，彩印。1931
年停刊，1932 年 10 月復刊。爲小學生讀物。

　　《安源罷工勝利週年紀念冊》，1923 年工人俱樂部編印出版，是我國最早
的一本反映工人鬥爭的攝影集（前文已介紹，此處不再贅述）。

　　《京漢鐵路大罷工》系列照片，亦稱「二七大罷工」，是中國共產黨領導
的第一次全國工人罷工鬥爭的高潮。大罷工期間拍攝了很多新聞照片、影片
等，但經多次複印已模糊不清。

　　《圖畫世界》，北京圖畫世界社出版，月刊。1924 年 7 月至 8 月出 1 卷 1
至 2 期。此爲馮武越在北京首創的北方的銅版畫報。馮武越早年在廣州編印
畫報，後在北平編印畫報，以後又去天津主編《北洋畫報》。

　　《浙江戰事畫報》，1924 年 8 月刊行，嚴襟亞、胡憨珠編輯，上海共和書
局發行，石印。

　　《上海畫報》，1925 年 6 月 6 日創刊，畢倚虹任主編，後期由錢芥塵主
編，三日刊，每期四開四版，道林紙印刷。1932 年 12 月終刊。《上海畫報》是
上海早期畫報中出版期數最長的畫報，《全國中文期刊聯合目錄》記載其總共
爲 847 期。刊頭多仕女照，內刊時事新聞、劇照、書畫等，廣告占 1 版。主

圖 2-16　《上海畫報》創刊號

要內容爲時事新聞照片，以反對帝國主義侵略爲主。創刊伊始，正值五卅慘案發生，該刊刊登了慘案發生後《學生在華界沿途自由講演》《淒涼的南京路》《聖約翰大學學生罷課》等照片和畢倚虹自撰的《滬潮中我之歷險記》《約翰潮》等。該報重視社會新聞，刊登了有關軍閥《曹汝霖、陸宗輿之別墅》等並附以文字說。1928 年在德國舉辦的世界報紙博覽會上，曾展出此刊。

《三日畫報》，1925 年 8 月至 1927 年 3 月在上海刊行。

《孔雀畫報》，1925 年 8 月 28 日創刊，在上海出版，4 開 2 版，刊小說、劇照、風光、廣告。

《環球畫報》，1925 年 8 月創刊，周佛塵創辦，在上海出版，週刊，4 開 2 版。至同年 12 月出第 16 期。多刊新聞照片，「五卅」慘案照片刊出多張，還刊出仕女、劇照、名人像及廣告。

《小畫報》，1925 年在上海刊行。1934 年上海出《小畫》（半月刊）一種，爲文華四大雜誌之一。

《紫蘭畫報》，1925 年 9 月 12 日創刊，4 開 2 版。1926 年 1 月 5 日出至第 18 期。主要內容爲電影、戲劇宣傳。第 3 期 2 版刊出遜位的宣統皇帝照片一張。

《遊藝畫報》，1925 年 10 月 2 日創刊，4 開。1926 年 3 月 27 日出 55 期。刊電影、戲劇照片及風光、仕女照片，影劇廣告佔了畫報 2/3 的篇幅。

《聯益之友》，1925 年 8 月 1 日創刊，該畫報爲商界所辦，主編先爲路企業，後爲趙眼雲、鄭逸梅，上海聯益貿易公司印，半月刊，8 開。後改爲旬刊，至 1928 年 5 月出 76 期。多刊美術作品及字畫、風景、人物，時事照片也有刊出。

《紫葡萄》，1925 年 9 月 14 日創刊，五日刊，4 開 2 版，橫式。1926 年 2 月 13 日出第 25 期。創刊號周瘦鵑寫《開場白》：「……願我們畫報裏的文字，也像紫葡萄一般的滋味甜美，願我們畫報中的圖畫，也像紫葡萄一般的色彩鮮豔。」頭版刊仕女像外，全爲廣告，第 2 版刊電影明星、風光、繪畫等。風光方面有江南、北方、重慶和日本寄回的照片，很少刊載新聞照片。文字方面有輕鬆的雜記、時文、小說。1928 年德國舉辦世界報紙展覽會，此刊在會上展出。

《星期畫報》，1925 年 9 月 6 日創刊，總務主任葉飛、編輯主任嚴芙孫、

圖畫主任魏芸湄、營業主任吳鴻章、會計主任王曉湘，上海良友印刷公司代印，4 開 4 版。9 月 3 日出第 2 期，10 月 4 日出第 5 期。常刊新聞、風光、歷史、攝影作品、繪畫及影劇照，還刊雕塑、仕女、明星照片，廣告占版面的 1/4。

《西湖畫報》，1925 年 10 月創刊，上海西湖畫報社編印，對開 1 張。創刊號第 1 版刊頭爲仕女像 1 張，創刊祝詞 3 種，其餘爲廣告，第 2 版刊發刊詞，寫道：「在這個鬧烘烘的雙十佳節裏，我們千呼萬喚的《西湖畫報》竟呱呱落地了……我國子民處在這種外被強鄰騷擾、內受軍閥亂戰的局面之下。一年到頭，除了這強顏爲『歡』的國慶日外，大概有三百五十餘日，都是葬在愁苦裏。所以我們覺得我們歡歡喜喜的第一期，也只好在這強顏爲『歡』的『歡』聲當中，勉強地『歡』他一『歡』了。料必諸位也是『歡』迎的罷……」但在這一期並無揭露帝國主義和軍閥的文字與圖片，除刊風光、電影、繪畫外，言情小說就有三篇之多。

《攝影畫報》，1925 年創刊，林澤蒼編，上海中國攝影學會出版，週刊，初爲 4 開，後改 16 開，最後改爲 32 開。該刊是「全國首創唯一研究攝影之週刊」，每年出版 50 期。1937 年抗戰後停刊，共 13 卷 18 期。該刊刊名、開本版式和內容都經過多次改變，而以 32 開本的《攝影畫報》爲名刊行較久，各地圖書館收藏的，也以此爲多。先期以刊新聞照片和社會趣聞爲主，攝影技術及動態方面的文章不多，改爲 32 開本後，新聞照片和攝影方面的文章，各占篇幅參差不一，後期以文字居多。該刊對攝影方面的各種問題，都有所反映，尤其對二三十年代攝影界的活動記載較多。

《明星》，上海明星影片公司編印，半月刊。1925 年 11 月至 1928 年 1 月，出 1 至 28 期。1933 年 5 月至 1935 年 1 月，出至 2 卷 6 期。1935 年 4 月至 1937 年 7 月出新 1 至 8 卷，每卷 6 期。

《良友》，1926 年 2 月在上海創辦，先後有伍聯德、周瘦鵑、梁得所、馬國亮、張沅恒五任主編。1938 年遷香港出版，1939 年 2 月遷回上海，1941 年 9 月被日軍查封，1945 年一度復刊，後因股東意見分歧於 1945 年 10 月停刊。共出版 172 期和兩個特刊。

《良友》共載彩圖 400 餘幅，照片達 32000 餘張，詳細記錄了近現代中國社會的發展變遷、世界局勢的動盪不安、中國軍政學商各界之風雲人物、社會風貌、文化藝術、戲劇電影、古蹟名勝等，可謂是百科式大畫報。

圖 2-17　《良友》第一期封面

　　作為中國第一本大型綜合性畫報，《良友》特別注重用圖像新聞記錄中國
的歷史和社會生活，如第 5 期上登載紀念「五卅」一週年的《今年的五卅》，
配有血衣亭等照片；第 13 期（1927 年 3 月 30 日出版）《革命的血痕》刊有「黃
花崗四烈士墓」、「史堅如烈士紀念碑」、「廖仲愷烈士墓」、「朱執信烈士墓」
等。在《國民革命軍抵滬》一文中，有「革命軍將到上海時，與魯軍激戰兩
日夜之工界便衣敢死隊（匯山攝）」、「上海市民歡迎革命軍（2 幅，寶記攝）」、
「被繳械之魯軍（攝影學會林澤蒼攝）」，《國民政府先後到滬之要人》有蔣介
石、汪精衛、何應欽、白崇禧、李宗仁、孫科等人肖像。第 15 期（1927 年 5
月 30 日出版）有《上海五九紀念大會攝影》，這裡刊載了簽訂二十一條的袁
世凱等賣國賊和日本的主要人物的肖像。在《勞工神聖》一文中，有「五一
勞動節上海紀念大會盛況」、「五一巡行」（高舉「勞工神聖」橫幅）、「上海工
會糾察隊武裝操練」等照片。第 16 期有《五卅紀念》，內有「上海五卅慘案
紀念大會」，「五卅上海租界之戒嚴」、「五卅烈士喋血處」。《上海市民慶祝北
伐勝利大會》，內有「舞龍與提燈」、「公共體育場門前之熱鬧」「總商會之夜
景」。第 18 期有《第八屆遠東運動會舉行於上海（民國 16 年 8 月 27 日至 9

月 3 日）》。第 21 期有《蔣介石與宋美齡女士結婚儷影》;《共黨十年之蘇俄》
有「列寧遺像」、「列寧夫人近影」。第 26 期（1928 年 5 月 30 日）刊有《關於
濟南慘案》欄，詳細報導「濟南事件實況」「五三慘案經過」，並配有大量照
片，揭露日本帝國主義的暴行。

　　1926 年 11 月，《良友》專門出版了《孫中山先生紀念特刊》，用近 200 幅
照片，把孫中山從早期直到逝世的一生經歷，編印成專集，熱情歌頌孫先生
是「曠代俊傑，豐功偉績，震爍千古」，這是孫中山逝世後，第一本全面記錄
他革命一生的畫集。用照片來作傳記，這在中國也屬創舉。該紀念特刊出版
後立刻受到極大的歡迎，從國內到海外華僑爭相購買，一再重版，當時號稱
銷行近 10 萬冊，這在當時的中國是空前的。

　　《北洋畫報》，由馮武越在天津創辦，創刊號於 1926 年 7 月 7 日面世，
主編為吳秋塵。初期為週刊，後改為三日刊，最後定為每週二、四、六出

圖 2-18　《北洋畫報》封面

版，至抗日戰爭爆發後停刊，先後出版了 1587 期。內容包括時事、社會活動、人物、戲劇、電影、風景名勝及書畫等，以照片爲主，兼有文字，其宗旨在於「傳播時事、提倡藝術、灌輸知識」。

翻開《北洋畫報》，上世紀二三十年代社會生活的眾生百態鮮活地呈現在眼前。政客、軍閥、商賈、名媛、貴婦、名伶等照片、書畫、詩文，南北東西、古今中外，政治、軍事、經濟、文化，內容豐富多樣，形式輕鬆活潑，原汁原味地記錄了當時的社會風貌。圖像新聞以照片成組或單幅刊出，必要時也會採用「專頁」。

《北京畫報》，1926 年 10 月 1 日創刊，北京畫報社出版，社長寧南屏，經理趙松樵，編輯傅芸子、付惜華、姚君素、李靖宇等，攝影者耿幼山、於自玄、金簡齋、寧泳琴。此爲北京文藝界刊物，刊登內容有圖畫、國畫、諷刺與滑稽漫畫、風景攝影照片、名伶劇照、影界動態、文壇新訊、詩、書、畫、金石、各種小品文及短篇小說等。

《小朋友畫報》，1926 年創刊，上海中華書局編印，半月刊。1934 年至 1937 年出 1 至 69 期。

《大方》，創刊期約爲 1925 年 11 月，編輯兼發行人葉仲方，上海出版，五日刊。1926 年 1 月 15 日出第 11 期，2 月 5 日出第 15 期。刊電影、戲劇、畫家、仕女圖像、美術攝影作品及小說。

《杭州畫報》，1926 年 1 月出 1 至 5 期，週刊。多刊電影及戲照，照片多爲黃梅生、袁鳳祥拍攝。

《平面圖畫週刊》，1926 年 1 至 3 月出過 1 至 12 期，上海出版，8 開 2 版，每期刊 5 到 6 幅圖，多爲社會新聞、風俗、故事等。1932 年還有一種名爲《平報畫報》的刊物，內容不詳。

《藝觀畫報》，1926 年 2 至 3 月出 1 至 4 期，黃賓虹編，上海出版，刊金石書畫和墨蹟。

《太平洋畫報》，1926 年 6 月 10 日創刊，主編韓嘯虎，編輯舒捨予、秦儷範、顧明道，月刊，上海太平洋美術公司出版發行。1927 年 1 月改爲半月刊，出 4 至 6 期，16 開。存 1926 年第 1 卷第 1 期至 1927 年第 1 卷第 6 期。爲文藝刊物，其宗旨是宣傳藝術、介紹電影知識，以豐富受眾之生活。內容有電影明星、名伶介紹，書畫作品介紹，諷刺漫畫和小說連載等。該刊特色爲人物畫優美，文字典雅，並穿插有各地風景圖片。

　　《國民》，1927 年 5 月創刊，國民週刊社編，週刊。同年 8 月出至第 15 期。

　　《京津畫報》，1927 年刊行，三日刊，出 1 至 36 期。

　　《西廂畫報》，1927 年 9 月 3 日創刊，徐君伍、胡鏡容編，主要刊戲劇、電影照片，總體刊用照片很少。

　　《影戲畫報》，1927 年創刊於上海，8 開 4 版，旬刊。1927 年 8 月 25 日出第 7 期，9 月 25 日出第 10 期。主要介紹電影，每期刊照片七八張。文字部分內容爲影劇故事。

　　《精武畫報》，1927 年 8 月 15 日創刊於上海，半月刊，8 開本。9 月 15 日出 3 期，至 1928 年 10 月仍在刊行。主要刊載我國早期武術與學習武術的活動。曾有圖文詳介霍元甲的故事。

　　《十四軍政訓處畫報》，1927 年 7 月出第 1 期，十四軍政訓處編印。

　　《華北影報》，1927 年 5 月至 1931 年 10 月出 1 至 595 期，半週刊，北平眞光劇場編印。

　　《天鵬》，原名《天鵬畫報》，後又改爲《天鵬攝影雜誌》，1927 年創辦，黃天鵬主編，上海天鵬藝術會編印，月刊。1927 年 7 月至 1929 年 12 月間出版多卷，1929 年 12 月出完 3 卷 9 號終刊。

　　《天鵬》是一本攝影專業雜誌，以「排煩遣愁，消憂忘慮，養成優美人生觀，研究精美攝影術」爲宗旨，以刊載攝影藝術作品爲主，也刊登影星照片、山水風景及少量新聞照片和攝影技術文章。每期多則 40 幅，少則 20 幅。初期文章很少，後期逐漸增多，到第 7 號就刊文章 7 篇之多，使原來的普通攝影畫報變成「國內專門研究攝影之雜誌」，號稱「研究攝影，宣揚藝術」。當時，廣州的《攝影雜誌》和上海的《攝影學月報》都已相繼停刊，《天鵬》就成爲國內唯一的攝影雜誌。改版前出至 19 期，改名後卷號另起，1928 年出至 3 卷 1 號，1929 年 12 月出完 3 卷 9 號終刊。

　　《大亞畫報》，英文名爲「TAYA-PICTORIALNEWS.MOUKDEM」，1927 年已在瀋陽出版刊行，具體創刊時間不詳，社長沈叔遼，總編輯陳蕉影，五日刊，4 開 4 版，單色印刷。筆者見到的最早一期《大亞畫報》爲 1928 年 8 月 21 日發行的第 112 期，按照該刊五天的發行週期推算，創刊時間大致在 1927 年初。至 1934 年該刊出至第 340 期。

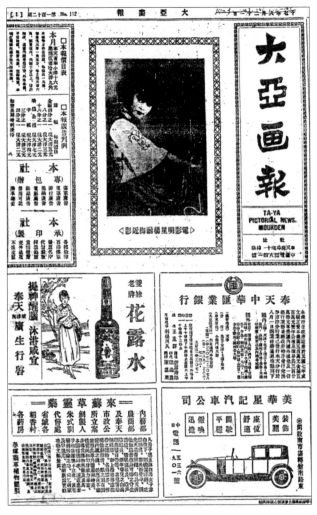

圖 2-19　目前可以見到的最早一期《大亞畫報》

　　《革命畫報》，1927 年 4 月 26 日在上海創刊，週報，8 開 4 面。畫報的
徵稿啓事強調了該刊圖像的內容和要求，「圖畫：分時事諷刺畫及照片兩種。
甲諷刺畫：須含有創造性及刺激性，而能鼓勵民眾，使民眾易於瞭解者，方
爲合格。乙照片：關於革命工作之時事攝影，革命運動之中心人物，及紀念
建築物等。」

　　如第 1 卷第 1 期第 3 頁刊有士騏創作的「擁護國民政府」、「實行三民主
義」、「狐假虎威，殘殺同胞」漫畫幾張，歡迎北伐軍勝利之蘇州女同志人
像一張；第 2 期刊「閘北工潮之一瞥」照片一張；第 3 期出「五一」專號，
刊圖 3 張，一爲英軍抵滬，一爲追悼會之場景，還有一張不明；第 5 期出

「國恥」專號，刊日軍在濟南殺我公使蔡公時照片；第 8 期出「五卅」專號；第 9 期刊有松濤拍攝的四川二十八軍軍長鄧錫侯以及二十八軍軍長的就職照，還刊出成都街景照、保路紀念塔照片；第 10 期第 2 頁刊廣州特約記者魯文輝拍攝的「廣州五卅紀念會參與之軍警界」、「廣州五卅紀念遊行時之情形」照片各 1 張，第 3 頁刊本報青島特約記者梁瘦影拍攝的「日本帝國主義出兵華北之戰艦」、「日兵在青島登陸整隊時之攝影」各 1 張，由該報江陰特約記者季和華拍攝的「五月二日英美炮艦在攔門沙轟擊江陰之炮彈」照片一張。第 11 期，第 3 頁刊「上海六十萬民眾反對日本出兵之激昂」照片三張等。

三、其他圖像新聞出版物

除了報紙和畫報畫刊上刊登的新聞照片，還有一些對重大的新聞以照相帖冊的形式或寫眞集（攝影集）公開發行新聞照片，一些地方還出現了救國存亡的攝影展覽。

這個時期最早的寫眞集是《中華民國八年俘虜起居寫眞》，1919 年由「俘虜情報局」編印，8 開精裝本、上下兩冊，共刊出 240 餘幅。中國在「一戰」後期 1917 年 8 月 2 日正式對德國宣戰後，曾下令將駐在中國的同盟國官兵予以收容、關押。這部攝影集裏的新聞作品記錄了德、奧、匈俘虜在北京、南京、吉林、和龍江等地收容所中的生活情形。

1922 年日本被迫交還青島，當時青島的班鵬志拍攝了中國接受青島的實況，於 1924 年 4 月由商務印書館出版《接收青島紀念寫眞》攝影集。內收照片近 250 幅，其中除有 1922 年 11 月 30 日接收青島之警察抵青，海軍、陸軍抵青，日軍撤退等照片，還編入關於北京「五四運動」發展的過程，以及巴黎和會與華府會議的新聞照片。編者在「例言」中說：「本寫眞之照片，除巴黎和會、華府會議等文件係徵求國際寫眞通訊社外，其餘具係編者親歷其境實地攝取。」這可以說是中國最早的新聞攝影集了。

1923 年，由工人俱樂部編印出版的《安源罷工勝利週年紀念冊》，是我國最早的一本反映工人鬥爭的新聞攝影集。1922 年 9 月 14 日凌晨，安源路礦舉行了震撼全國的大罷工，在毛澤東、李立三、劉少奇的共同領導下，經過五天激烈鬥爭，罷工取得勝利。罷工期間有機構曾組織專人拍攝照片，之後在工人俱樂部展出，一週年後出版了該紀念冊。

圖 2-20　《安源罷工勝利週年紀念冊》登載的安源路礦工人消費合作社照片

　　1925 年，由胡愈之等人主持的《東方雜誌》第 22 卷 12 期刊出了《五卅事件臨時增刊》，登載了遇難者的肖像，肇事地點、上海租界戒嚴、各地示威運動等照片。第 13 期又登載了有關事件的 45 幅照片。這些照片有無辜犧牲群眾的慘狀，有帝國主義屠殺的物證，有英帝國主義繼續威脅我國和我國人民反帝鬥爭場面的實錄。由於照片製版清晰，現場氣氛濃厚眞實，非常激動人心。增刊和雜誌發行後，上海公共租界總巡捕房竟向會審公廨控告《東方雜誌》，誣指關於「五卅」事件的言論和照片「妨害治安」，先控訴編譯所長王雲五，後控訴發行所長郭梅生。經過三次開庭會審，會審公廨無理判決「被告交二百元保，一年內勿再發行同樣書籍。」可是，《東方雜誌》不屈不撓，拒絕會審公廨的無理判決，堅持出版發行，並在第 22 卷 15 期，刊登轉載外國報紙的《五卅慘案之眞相》照片 2 幅，以示抗爭。

　　這一時期還有陳萬里和他的《民十三之故宮》。1924 年，在國民革命浪潮的衝擊下，清朝末代皇帝溥儀被迫搬離故宮。這標誌著中國封建專制統治徹底地退出了歷史舞臺。攝影先驅陳萬里用鏡箱將這一極具意義的事件記錄了下來。1928 年，他將所拍攝的照片編輯成冊，題名為《民十三之故宮》。

第五節　個案研究：《世界畫報》

提及近代中國的《世界畫報》，多數人首先想到的是 1907 年由張靜江、吳稚暉、李石曾等人在巴黎創辦的《世界》[1]畫報。尤其在 2005 年，甘肅博樂拍賣公司將後者的一冊畫報拍賣底價定為 10 萬元人民幣，開創了中國期刊史上的最高拍賣價，也賺足了人們的眼球。相比較而言，與之同名的由北京世界日報社出版、跨越 11 個年頭的《世界畫報》卻鮮為人知，長期以來該畫報一直鮮有提及，更缺少研究。

一、《世界畫報》圖像新聞概況

《世界畫報》1925 年 4 月 1 日在北京創刊[2]，原作為《世界日報》的攝影附刊，係日報的一個版，至同年 10 月 1 日，《世界畫報》開始每週日單獨出版，4 開一張，共 4 版。畫報用膠版紙鉛印，主要以銅鋅版製圖（在此以前曾有短暫時期，仿照上海的《點石齋畫報》，用石印在日報內附出畫報 1 版）。《世界畫報》創刊時，報社社址已經從原先成舍我私人公寓內轉至宣武門內石駙馬大街甲 90 號。這所房屋原是袁世凱族人袁乃寬的產業，庭院相當寬敞。至此，《世界畫報》開始了其獨立刊物的漫漫之路。

談《世界畫報》，首先要介紹此畫報的創始人——中國近代著名報人成舍我先生（圖 2-21）以及他的三個「世界」報系。

1. 成舍我與三個「世界」報系

成舍我（1898～1991），本名成平，「舍我」為其筆名，出生於南京下關，祖籍湖南湘鄉。自 15 歲向安慶《民岩報》投稿開啟新聞工作生涯，直至辭世前在臺北創辦《臺灣立報》，成舍我致力於新聞行業長達 75 年，參與創辦媒體、刊物近 20 家，直接創辦達 12 家，是近代中國新聞史上創辦報紙最多的

---

1 《世界》畫報創刊於 1907 年 11 月，僅出兩期，存世稀罕，是中國最早的攝影畫報。每期刊載照片 100 幅左右，配有文字說明及其他專文。該刊由中國留法學生以「世界社」名義在法國巴黎編印出版。

2 北京曾在 1928 年 6 月到 1949 年 9 月被取消國都的身份。在這段時間，其名稱先在 1928 年 6 月被改為「北平」；「七七」事變後，於 1937 年 10 月又改回北京；抗戰結束後，於 1945 年 8 月再改稱北平。1949 年 9 月，中共又將北平改回北京，以之為首都。見孫洪權、趙家霈：《1928 年起北京（北平）名稱變更時間》，北京市檔案館編：《檔案與北京史國際學術討論會論文集》上冊，中國檔案出版社，2003 年，第 308～313 頁。

報人，也是集政治家與教育家於一身的知名學人，在中國新聞史上有極大影響和很高聲譽。

圖 2-21　成舍我（1898～1991）

　　1924 年 4 月，成舍我揣著身上僅有的 200 元大洋，獨立創辦了《世界晚報》；1925 年 2 月創辦《世界日報》，10 月創辦《世界畫報》。短短一年半時間，「晚」、「日」、「畫」三個「世界」誕生，成為中國第一個較有規模的報系，成舍我也成了中國報業史上第一位獨立主辦三份報紙的報人，被後人稱為「中國最早嘗試報團化經營的報人」（方漢奇、李矗編：《中國新聞學之最》）。

　　《世界晚報》《世界日報》《世界畫報》三報各具特色，相互補益，俱榮俱損。「世界」報系報齡長達 17 年（抗戰八年停刊，不計在內），在北京報業史上佔有相當重要的位置，在整個中國報業史上也不多見。

2.《世界畫報》出版概況

（1）畫報的形式與內容

　　《世界畫報》創刊於 1925 年的北京。那時，北京一些日報常出有單張道林紙的畫報，用銅鋅版刻印圖畫或者攝影照片，頗受當時民眾歡迎。《世界日報》初時沒有能力出單張，直到 1925 年 4 月 1 日，日報在第五版刊登啟示「增刊石印畫報一版」，於是，該報作為日報的畫刊刊行。此後每日一期，共刊出 168 期。版面安排多為一畫一文，畫一般為針砭時弊的諷刺畫，如「皆曰保境安民」，畫面上兩個軍閥對峙，腳下是「地盤」和「權利」；文為「俠情小說」、「懺情小說」等。畫與文印刷都較粗糙。《世界日報》刊出時，該畫刊還創造

了一種「漫畫新聞」的方式，如 146 期以《黃昏之秘密會議》《戶部街之怪狀》等 9 幅組畫，報導「女師大之慘劇」[1]。不過當時用的是石印技術，圖畫照片質量相當差。

半年後，《世界日報》營業情況稍好，《世界畫報》從日報中「獨立」出來。1925 年 10 月 1 日，《世界畫報》開始單張出版（凡是日報的訂戶隨報贈送畫報）。9 月底的 3 天裏，在日報第 5 版原來畫報的位置上，印上了整版套紅廣告，用以宣傳畫報的單張出版，並列舉兩大特色；畫報第一期出版後宣傳：「本畫報系中國唯一之大規模的美術刊物，照相及製版均有完美之設備，圖畫由美術名家執筆，用銅版、石印彩色精印。」這時的畫報，在內容和印刷上，是可以和其他畫報相媲美的。

《世界畫報》為 4 開單張，4 個版面。正如《世界畫報》取名「世界」一樣，畫報編輯面向全世界，全球意識一點不輸當下。該畫報內容除了反映國內軍事、政治、社會新聞圖像和書畫作品外，幾乎每一期都會刊登世界各地的攝影圖片，包括人文風情、風光照片、奇聞異事、名人照、影劇照等，內容涉及歐美各國的政治、經濟、科學、文化、社會等領域，常見的如美、英、法、日等西方大國，希臘、瑞士、埃及、土耳其、阿根廷、印度等國家的圖片，《世界畫報》都有刊登。

畫報追捧女性，每一期頭版上都會刊登一位女性照片（身份一般是政要夫人、知識女性、名媛、影星等），並將照片尺寸放大，作為該期的主推人物。畫報還在精挑細選的圖片上配上影評劇評、清末故事等「趣味文字」，再請漫畫家蔣漢澄（署名「HTC」）先生畫上一幅諷刺漫畫，使得畫報圖文並茂，相得益彰。

（2）《世界畫報》的編輯方針

《世界畫報》很好地遵從了成舍我辦報的一個重要思想，那就是：編輯至上，內容第一。這其中有兩層意思：報紙好看、可讀，才有人讀、有人買，報紙才能生存；而好看、可讀的報紙要有好記者去採訪、好編輯來編排。《世界畫報》先期由褚保衡主編，第 57 期改由林風眠主編，後期由薩空了、譚旦同主編。

《世界畫報》的主創人員除了攝影名家褚保衡、美術名家林風眠、著名

---

1 《成舍我與三個「世界」》，http://blog.sina.com.cn/s/blog_5c38a30101011129.html。

報人薩空了、美術家譚旦同外，號稱世界日報「三個半」的精英也經常參與
其中，這「三個半」即：掌控大局的社長成舍我，負責營銷的經理吳範寰，
負責照片拍攝和挑選的總編輯龔德柏，還有「半個」是兼職編輯張恨水。這
「三個半」，個個都是辦報高手。尤其是龔德柏，他早年留學日本，精通日語，
任過北京法政專科的講師，對於國際問題也頗有研究。他每日去東交民巷訪
問英、美、法等國使館，採訪國際新聞，在報界因敢言而被稱爲「龔大炮」。
龔德柏在日本駐華大使館中有不少舊識和朋友。日本人做事嚴謹，每天都將
各地動態和重大事件匯總於大使館，這正是龔德柏獲取信息的最佳方式。他
爲《世界畫報》提供了大量的獨家新聞與照片。此外，著名報人如張友漁、
馬彥祥、朱怡蓀、胡春冰、劉半農、張友鸞、萬梓梅、左笑鴻、成濟等，都
曾爲畫報添磚加瓦，貢獻自己的力量。

　　1929 年 1 月 1 日元旦《世界畫報》改版後，連續 2 期闢「編輯者言」一
欄，發表《畫報的油色》《十八年的新希望》兩文，強調了畫報的用色問題與
新聞材料的取捨運用，藉以闡明畫報編輯方針，供讀者斟酌。在這裡，《世界
畫報》提出來的關於「油色」、「材料」、「印刷」等主張，正是他們編輯方針
的一種體現。

　　（3）《世界畫報》出版發行狀況

　　《世界畫報》單張出版之初，隔日出一次，4 開大小。在其獨立出版後，
成舍我曾以「一塊錢三份報」爲口號，號召讀者直接訂閱。當時，畫報零售
每份 3 分（合銅元 8 枚），每月 4 角；日晚報訂戶，先閱 3 期，每月收費 3 角；
畫報除頭版外，其餘 3 版均刊登廣告。出售至 13 期後，於 11 月改爲週刊，週
日出版，零售未改。該刊出版發行初期零售數不多，一直未打開銷路，後來
此刊就成了日報訂戶的贈送品。晚報爲優待直接訂戶，每星期日也附贈《世
界畫報》，可是晚報讀者的習慣是零購，這個優待對畫報的發行也沒有發生多
大幫助。

　　最初，《世界畫報》還出過合訂本，長期在版面中縫刊登啓事推銷，因銷
路不見好轉，也就取消了。1930 年後，薩空了接編後一直大力改革，擴充內
容，重視時事照片的刊載。如 1931 年「九・一八」事變日本侵略東北日軍暴
行的照片，1932 年 1 月 28 日「淞滬戰爭」中十九路軍奮力抗擊日寇的照片，
都即時刊出。1935 年薩空了離社，該刊仍繼續出版發行，至 1936 年 12 月，
該刊已出 576 期。1937 年 8 月 9 日，北平淪陷，《世界畫報》停刊。

關於《世界畫報》的總期數，有文稱共 608 期[1]（1937 年 8 月 8 日停刊），而目前收集到的資料截止於第 576 期[2]（1936 年 12 月 27 日）。據現有資料，我們主要以 576 期之前（1925 年至 1936 年間）的畫報文本作爲研究對象。

二、《世界畫報》圖像新聞報導特徵

《世界畫報》的報人們將新聞事件內容、場面的表現力，通過圖像的形式傳達給民眾。這些圖像不僅能反映報紙的立場和主張，並且將報紙所處社會環境的時代特徵呈現在我們面前。一個時期的報紙，其生存方式總是與當時的時代特徵緊密相關。對《世界畫報》整體性特徵的分析，可以更好地幫助我們理解畫報所處的歷史時期及社會形態。

通過對於《世界畫報》圖像新聞的統計與分析，結合相關資料，筆者認爲該報主要呈現出了以下兩個特徵。

1. 報導視野廣闊，報導重點突出

對於《世界畫報》關注視野的研究，首先立足於《世界日報》的報導範圍及內容。《世界日報》創刊於 1925 年 2 月 10 日。爲了和當時市場上的日報競爭，突顯其「世界」之名，由初期的一大張改爲兩大張，強調其報導範圍之廣泛，藉此吸引讀者。《世界畫報》正是《世界日報》擴充篇幅，追求報導範圍擴大化和內容更加豐富的成果之一。在《世界畫報》的圖像新聞中，外埠和國外新聞佔了超過一半的比例，可見《世界畫報》確如其名，眼光視野不囿於本埠一隅，而是面向世界。而在這些高比例的外埠和國際新聞中，涉及如戰亂、示威、遊行、民生之類的社會新聞比例較高，從這裡可以看出《世界畫報》在選題上對於當時民眾心理的把握，且可以看出《世界畫報》對於傳播效果的考慮。這些貼近民眾的事件的報導，讓讀者對報紙有親切感，吸引讀者並對讀者起潛移默化的作用，影響讀者的思想，表達報人的態度，傳遞報人的觀點。

與外埠和國外新聞報導相比，《世界畫報》對本埠新聞事件的報導與描繪更爲具體詳盡，並經常配發「略記」和「評論」，且所報本埠新聞都是一些比

1　張季鸞：《世界日報興衰史》，重慶出版社，1982 年，第 113 頁。

2　《民國畫報彙編・北京卷──世界畫報》，全國圖書館文獻縮微複製中心，此間期號並不全部連貫，4 版全有的完整期數其實只有 341 期，中間有缺失，包括整期的缺失（如第 1 期至第 22 期，此卷本中並沒有出現），也包括一期中版面的缺失。

較重大的事件。相比多是一圖一文簡單搭配、配文也比較簡短的外埠和國外新聞，本埠新聞顯然新聞性更強，真實性更明顯，質量也更高。由此可以看出《世界畫報》在報導區域上視野非常廣，但同時有選擇更有重點。

2. 報導對象有側重，人物題材有選擇

《世界畫報》所報導的新聞內容的行為主體主要集中在成年的知識分子、兒童（學生）、官僚人士、運動員和軍官士兵身上。在這些人物身上，我們根據畫報內容又可以歸類，運動員主要集中在大學生群體中，兒童主要報導的是童子軍的動態。畫報報導的內容主要是知識分子、大學生、官僚人士及軍官士兵。針對這一報導對象，再結合報導的內容重點以百姓社會生活居多，我們可以分析出當時北京除了一般民眾讀者這一主體外，教育界人士（包括知識分子和大學生）、軍閥和官僚群體是《世界畫報》的另一消費主體。

《世界畫報》所刊載的新聞畫中占比重較大的前三位分別是「百姓社會生活」、「國內外新聞時事」和「影劇名伶信息」。其次是「國內外新聞時事」。畫報注重時事新聞報導的態度不言而喻。對國內外新聞時事的及時報導是一直貫穿畫報始終的。注重對「影劇名伶信息」的報導，是畫報作為娛樂休閒報刊的一種突出表現。

此外，「體育比賽」與「教育新聞」兩類也是畫報報導的重點。相對於這些，如考古活動、經濟活動、農林信息、科普知識等，報紙報導較少，但也都給予了關注。綜上所述，《世界畫報》的題材選擇很廣，但同時根據其受眾定位，重點又有所突出。

3. 文體版式常常創新

畫報中的圖像新聞一般在圖像的基礎上還添加了文字作為說明，《世界畫報》的圖像新聞中，幾乎所有的圖片都配有文字介紹。且很多新聞不只是簡單地用文字描述畫面內容，而且加入了報人對於該事件的評論和作者當時的所見所聞作為補充介紹，少則一百字，多則五六百字。這讓讀者在觀看圖像時，還能得到對圖像所反映的人物和事件有更加充分深入地瞭解。這是《世界畫報》在報導文體上的創新。

在發刊的 11 年裏，由於主編的更替，畫報經歷了 4 次比較大的改版。不過，除了 1932 年第 326 期至 332 期，畫報改換刊頭，版面改成豎版通欄，照片進行通欄編排，尺寸增大這一明顯改變外，畫報的版式並無太大變化。更

多的改變體現在報頭的更換（報頭更換主要有六次，參看圖 2-22）、廣告位置的安放、版面裝飾畫的出現與消失和字體字號的改革等。在 1936 年 5 月 10 日第 542 期中，畫報還嘗試將文字從左至右進行書寫順序新編排。這些都體現了畫報編輯們的創新意識。

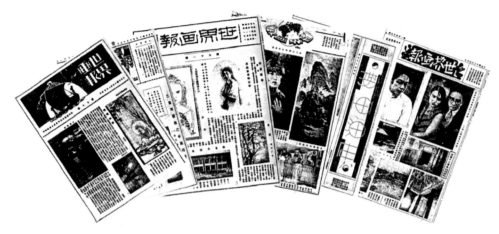

圖 2-22　《世界畫報》的 6 種刊頭

三、《世界畫報》圖像新聞內容分析

對《世界畫報》的圖像新聞統計數據顯示，國內外時事、教育新聞、百姓社會生活和體育新聞這四類內容排在前面，下面就這四類圖像新聞的具體內容分別進行分析。

1. 時事新聞是畫報的立足之道

新聞以國內外有關軍事、時事政治的消息最為重要，《世界畫報》用了很大力氣和很多篇幅來加強這方面圖像新聞的採訪與報導。

現整理畫報刊登的一個重要且典型的時事新聞事件——「三·一八」慘案特刊，並進行剖析。

1926 年 3 月 18 日，中共北方區委、北京地委和共青團北方區委、北京地委同國民黨北京特別市黨部、北京總工會、北京學生聯合會、北京反帝大聯盟、廣州代表團等 60 多個團體、80 餘所學校，5000 餘人在天安門舉行「反對八國最後通牒國民大會」，抗議日本帝國主義的軍艦侵入大沽口、炮擊國民軍罪行及美、英、日、法、意、荷、比、西等八國的無理通牒。會後，群眾結隊前往段祺瑞執政府請願，要求段政府立即駁覆八國通牒。當隊伍來到鐵

獅子胡同[1]段祺瑞執政府門前時，預伏的軍警竟開槍射擊，打死 47 人（「特刊」報導為 40 人，當場死 26 人，送醫治無效者 14 人），傷 200 餘人，製造了震驚中外的「三・一八」慘案。中共北方區委李大釗、陳喬年、趙世炎等人親自參加了這次鬥爭，李大釗、陳喬年等由於掩護群眾而受傷。慘案發生後，北京各學校停課，為死難的烈士舉行追悼會，23 日，陳毅於北京大學三院主持召開全市追悼大會。[2]

慘案發生後，日報隔天發表了署名「舍我」的《段政府不知悔禍耶》的社評，嚴正提出了段政府引咎辭職、懲辦兇手、體恤死亡者三項要求。《世界畫報》在 3 月 26 日第 32 期，距離慘案發生僅一周之隔，出版「三・一八」慘案特刊，特刊共出了兩張，第二張是 3 月 31 日出版，期號仍為第 32 期。第一張特刊的「特別預告」有一項內容「慘案之責任者：段祺瑞、賈德耀、章士釗」未能出現在特刊第二張，可以想像當時畫報面臨的壓力之大。現將特刊內容介紹如下。

第一張一版「慘案紀實（上）」附照片 3 張，《開槍前執政府門前之隊伍》《慘劇未作前之民眾》《慘劇閉幕後國務院外弔者聚集哭聲震天》；二、三版，《被害諸烈士遺影（一）》附照片 13 張，有劉和、楊德群、魏士毅等九烈士；四版，《被段祺瑞通緝之五人》附照片 5 張，為李大釗、易培基、徐謙等。[3]第二張一版《慘案紀實（下）》附照片 4 張，《國民軍趕來彈壓之狀》（圖 2-23）、《槍聲方息時市民救護傷者之景》（圖 2-24）、《槍聲正作時東四北大街商店均閉門巡警送傷者過市景況極為淒慘》；二、三版，《被害諸烈士遺影（二）》附照片 14 張，有張夢庚、黃克仁、小烈士朱良均、范士榮等，並刊登「本報特別啟」向讀者致歉：「此次慘案，先後死難者共四十人，本報因篇幅所限，未能全數刊出，閱者諒之」；四版為《被害烈士之靈位》，附圖片 5 張，有《女師大劉楊二女烈士靈位》《工大陳劉江三烈士靈位》。

1　「三・一八」慘案發生地位於北京東城區張自忠路 3 號。這裡原稱鐵獅子胡同，舊門牌為 1 號，俗稱「鐵 1 號」。清朝時為和親王府，清末改為貴冑學堂，後與西側的承公府一併拆除，重新建起了三組磚木結構的樓群。1912 年，袁世凱將總統府和國務院設在這裡。1919 年以後，靳雲鵬將這裡改為總理府。1924 年段祺瑞就任中華民國臨時執政，這裡遂改為執政府。現大門東側，有一塊紀念碑，上面寫著「三・一八」慘案發生地。

2　資料來源：新華網，http://news.xinhuanet.com/ziliao/2003-09/01/content_1056297.htm。

3　謝其章：《世界畫報之三・一八慘案特刊》，《都門讀書記往》，臺灣秀威信息科技股份有限公司，2009 年。

圖 2-23　《國民軍趕來彈壓之狀》　　　圖 2-24　《槍聲方息時市民救護傷者
（《民國畫報彙編・北京卷——　　　　之景》（《民國畫報彙編・北京卷——
世界畫報 1》，第 422 頁）　　　　　　世界畫報 1》，第 422 頁）

《世界畫報》對段政府痛加指責這一舉動，讓報紙的聲價大為提高。在成舍我辦報初期，段政府的財政總長賀得霖曾給成舍我一筆錢置辦印刷機器。慘案發生後，《世界畫報》以及日報都痛斥段政府，賀就向成提出警告，接著就函成嚴辭詰責，並要求退還買印刷機的款子。成義正言辭地覆信拒絕，並警告賀如敢相逼，即將內幕和盤托出，公諸於世，賀因此也無計可施。

2. 教育新聞是畫報的生存之本

《世界畫報》自創刊始，即以注重教育新聞見長於各畫報。實踐證明，教育新聞為該報招來了廣大讀者，使之在同業的激烈競爭中保存下來並逐漸發展，使之在報業消沉暗淡的兩年多時間裏得以生存；使之在「國都」南遷、北京凋零之季，出人意料地發展、成熟起來。成舍我為搞好教育新聞的報導，花了大力氣，教育新聞也因此成了《世界畫報》的生命線。

1928 年國民革命軍進佔北京，北京改為北平。北京改為北平後，從特重政治的京城變成了一座更重文化的古城。教育界的讀者多，新聞也多。畫報初期特派專門記者負責採訪教育新聞。1932 年以後，畫報在北京的幾個著名大學約請學生擔任特約記者，負責報導各學校的新聞，按稿計酬。此外，成舍我當時的另一身份為北平大學區的秘書長。李石曾倡議仿照法國試行大學區制，劃平、津兩市和河北、熱河兩省為北平大學區，合併平、津、保各國

立院校爲國立北平大學。李石曾任北平大學校長，統轄北平大學區教育行政
和學術事務。因爲北方情形複雜，成舍我在北平有「世界」報系，正可相互
利用，於是請成任北平大學區秘書長。成舍我在北平大學任職，自然教育界
的熟人很多，也都能供給新聞，所以教育新聞特別靈通，因此也吸引了很多
教育界的讀者。

　　1935 年 1 月，報社提出了向教育界縱深發展，加強與教育界上層人士聯
繫的主張。成舍我爲此專門撰文：「處在國防第一線上的故都——北平，一切
差不多都已到了『不堪言狀』的地步；勉強來支撐門面的，還是靠著所謂『教
育界』，因此『文化區』的頭銜，也就加上了。在這『文化區』裏面，既已『學
校林立』，當然有不少專門學者，對於某一種學問，他們都有深刻的研究、深
厚的權威，所以本報打算對於各大學的名教授，一一加以訪問，做一個有系
統的介紹，想必是讀者樂意知道的。」畫報因此更增多了對教育界人士的新
聞報導。最出名的當屬「學人生活剪影」專欄。

　　1935 年 4 月 28 日，畫報第 488 期配合日報「學人訪問記」，增闢「學人
生活剪影」專欄，報導各大學著名教授和專家學者的經歷、生活學習動態以
及他們的學術見解。「學人生活剪影」專欄，從第 488 期到 517 期，共記錄了
包括熊佛西（戲劇教育家）（圖 2-25）、馬裕藻（音韻學家、文學家）、劉世傳
（齊魯大學校長）、白眉初（地理學家）、方乘（生物學家）（圖 2-26）、王季
緒（北京大學工業院教授）、吳俊升（北大教授、教育專家）、郭毓彬（生物

圖 2-25　熊佛西及其家庭
（《民國畫報彙編·北京卷——世界畫報 2》，第 476 頁）

圖 2-26　從方乘的家到他的實驗室
（《民國畫報彙編・北京卷——世界畫報 2》，第 493 頁）

學教育家、著名運動健將）、楊仲子（音樂學家）、趙進義（數學家）、壽振黃
（動物學家）、章元善（慈善家）、趙學海（有機化學專家）、樊際昌（教育家）、
周作人（北大教授、文學家）和徐佐夏（藥理學家）等在內的 20 位學者，每
位學人配發 3～5 幅圖，訪問文章多則五六百字，少則兩三百字。主要是訪問
隨記，採用記敘的寫法，發表記者的感觸，多是生活見聞，文字比較淺顯，也
不涉及高深的學術問題，通俗易懂，加上由美術家譚旦同攝照的學者工作、生
活、家庭情況的照片，文圖互爲配合，專欄十分出彩，大受歡迎。

3. 社會新聞是畫報的第一利器

《世界畫報》初創時，北京市場上已有多家畫報隨它們的母報刊出，而《世界畫報》不懼強手，獨闢蹊徑，尤以社會新聞作爲利器，以吸引讀者眼球爲出發點，強調時效性、獨家性和趣味性，重點新聞突出處理，標題製作經常一語驚人、抓人眼球，內容不拘一格，生動活潑。畫報的編輯們對於現代報紙的傳播之道，體會深刻，踐行堅決。

畫報所刊登的社會新聞多而且雜。重要的如「雙十節」各地群眾紀念大會、兒童節北平青年會招待宴請兒童情形（兩次多篇幅報導），一般的如北平市政消息、冬季化妝溜冰大會、財神廟觀光、雍和宮驅鬼、新年北平街市、南京嬰孩康健比賽、老嫗投河自殺、警犬訓練、學生高考等百姓社會生活，《世界畫報》都有刊載。當然畫報也刊載世界上其他國家的社會新聞事件，在前文已經略做介紹，這裡不再贅述。

下面給大家介紹《世界畫報》特別製作的一期關於美國兒童大遊行的專頁（圖 2-27）。時值美國在奧斯柏瑞公園舉行的第 40 次國家兒童大遊行年會，畫報特闢出專版專頁刊登此次遊行中獲得各項獎金的兒童小影。

圖 2-27　化裝爲尼古林和北極人的郝依與
瑞德女士，兩人身上背著滑稽金獎
（《民國畫報彙編・北京卷——世界畫報 2》，第 21 頁）

4. 體育新聞是畫報的一大特色

由於近代以來中國特殊的國情，體育運動的發展一直與擺脫「東亞病夫」的屈辱歷程聯繫在一起，近代體育也因此蒙上了一層救亡的政治面紗。在北洋政府時期，北京精英階層提出了多種救國論，其中不乏「體育救國」論，在此後的國民政府時期，「體育救國」論一度達到高潮。

《世界畫報》也一直非常重視體育新聞的報導，小到學校學生的體育活動，大到全國運動會、遠東運動會，畫報都派出記者奔赴現場，帶回照片進行刊登。而且對於一些重大的體育賽事，畫報都會闢出專版、專頁甚至專期進行報導。畫報裏面很多圖片編輯花樣都是配合體育賽事首次出現在讀者面前的。

我們來看《世界畫報》對於「第十四屆華北運動會」的專刊報導。畫報攝影部主任魏守忠和記者夏承柏、宗惟庚 3 人作爲畫報此次賽事特派記者趕赴瀋陽進行了賽事的報導。

1929 年 5 月 29 日至 6 月 4 日在東北瀋陽舉行的第十四屆華北運動會，是當時中國眞正意義上的綜合性運動會。爲了辦好這屆大賽，瀋陽還特意建了當時最現代化的東北大學體育場。大會競賽項目除原有的田徑項目外，還增加了排球、網球、棒球等三個球類項目，並特別增設了男子初級組和女子初級組。報名參加比賽的單位達 136 個，運動員 1650 人。正如東北大學校長劉鳳竹在開幕式上所說，本屆運動會有四多：一是經費多，達五萬多元；二是競賽項目多；三是參加比賽的人數多；四是獎品多，各項第一名均獎給當時很罕見和昂貴的柯達照相機一架，其餘爲銀盃、獎牌和錦旗等，總數達 600 件。

在畫報的頭版上，獲得此次田徑比賽個人總分第一名的東特女一中學生孫桂雲女士的大幅照片佔據了半個版面（圖 2-31）。孫桂雲，1929 年 5 月 11 日在東省特別區第一次學校運動會上，獲女中個人成績總分第一名。在第十四屆華北運動會上，「東特女一中」以絕對優勢榮獲女子初級組田徑團體總分第一名，孫桂雲榮獲田徑個人總分第一名，震撼了整個大會。在同年舉行的東北四省運動會上，她又包攬了女子幾個徑賽項目的第一名。孫桂雲是最早爲哈爾濱奪得榮譽的女運動員。孫桂雲照片下面是此次運動會的開幕式照片集錦，包括張學良、大會專員和體育健兒在內的照片 5 張。畫報的編輯對這組照片進行了精心的編排，將照片的尺寸進行改變，獨將運動選手的照片

單獨摳出進行放大處理。這種編排意識放置現今仍不過時，具有一定的參考價值。

　　畫報的二、三版是運動會各項比賽及頒獎場景，共刊出照片 21 張。其中有東北大學的劉長春（在比賽中一路領先，得一百米、二百米和四百米三項冠軍，還在一百米項目上創造了 10 秒 8 的全國紀錄）、五千米第一名東北大學的王玄基、跳高和三級跳的冠軍東北大學建築系的蕭鼎華等人。版面編排同樣出色（圖 2-28 與圖 2-29）。

圖 2-28　特刊頭版
（《民國畫報彙編・北京卷——世界畫報 1》，第 497 頁）

圖 2-29　特刊二版
（《民國畫報彙編・北京卷——世界畫報 1》，第 498 頁）

　　除此次華北運功會外，畫報對其他一些重大賽事進行報導的專版還有「北平平民中小學第二次運動大會」、「全國足球分賽區比賽」、「遠東運動會會場全圖」、「春之運動號」、「北平孔德學校春運會」等。

　　由前文的介紹分析可見，《世界畫報》不管從內容還是形式抑或編輯方針上，都有其獨到之處。但是畫報初創刊時一直時運不濟。初始，作為畫報的大老闆，成舍我並沒有多加重視，始終沒有購置製版設備，將銅鋅製版交付於私人製版局承制，最終導致印刷質量不佳，很多圖片並不是太清晰，而此時日報經常配發圖片，言論上又佔領先鋒頭陣，人人爭先購買傳閱《世界日

報》,《世界畫報》一直處在日報的光芒下,沒有被大眾多瞭解。再加上畫報上刊登的廣告,多是人情,並不收費,收入甚少,畫報始終沒有打開太多銷路,終於成為日報的附贈品。

1930 年,薩空了接編後,大力改革,內容豐富多彩,頗受讀者歡迎。這時,畫報以時事照片為主,如「九‧一八」事變後,有抗日將士的照片,也有漢奸的鏡頭。又如「一‧二八」淞滬會戰,及時刊出軍民共同作戰情況及其他新聞人物照片。有時還出版專頁,如滬戰停戰後,第 335 期刊登十九路軍軍長蔡廷鍇閱兵照片、十九路軍行軍照片、戰士在戰壕中照片以及蘇州後方服務團群眾照片。1934 年 7 月 11 日,出版追悼劉半農先生專頁,刊登劉半農遺像、遺墨及遺族合影等照片 12 幅,還有笑鴻寫的《悼劉半農先生》及薩空了寫的《悼劉半農先生專頁編後雜談》。此時,時事照片成了挽救畫報的「救命良藥」。

1935 年秋,薩空了離社,繼任編輯蕭規曹隨,並無出色表現。

木秀於林,風必摧之。「世界」報系佔據北平報紙市場龍頭老大的地位,已被日本侵略者覬覦良久。1937 年「七七」事變後,日本侵略軍兵臨城下之際,便唆使日本特務、漢奸威逼利誘,企圖使成舍我屈服,令「世界」報系為其所用。日軍未進城之前,北平城內漢奸已是彈冠相慶、招搖過市、大肆活動。著名大漢奸潘毓桂出任北平市警察局長,組織地方維持會。為把持輿論,潘毓桂將成舍我也列入了維持會的委員名單之內。潘厚顏無恥地對成舍我說:「我是鐵筋洋灰做成的大漢奸,說幹就幹,決不含糊。你如畏首畏尾,怕脫褲子,不但是事業維持不住,連安全都有問題。」面對赤裸裸的敲詐和威脅,成舍我怒不可遏,他中宵不寐,思忖再三,痛下決心,決不事敵,決不當漢奸。日軍進城第二天,他毅然停掉「世界」報系,潛往天津。日軍派憲兵和特務去報館搜查,劫走無線電收報機,逮捕了部分職工。8 月 8 日,《世界畫報》出至第 608 期,也是最後一期。8 月 15 日,潘毓桂、宋介、魏誠齊等漢奸嘍囉率大批警員接收了《世界日報》,並用原名復刊。成舍我十幾年的心血,就這樣落入了敵偽手中。

1945 年,《世界日報》在重慶復刊,但是《世界畫報》的命運到 1937 年 8 月 8 日就終止了。多年來,對於《世界畫報》的研究一直是個空白,希望這顆歷史遺珠能在今天撥雲見日,被大家認識和瞭解,這對我們瞭解那段時間的社會生活、人情風貌、時事政治,對民國老畫報的研究,都大有裨益。

結語

　　1916 年至 1927 年間，中國圖像新聞事業正從萌芽階段慢慢走向成熟，圖像新聞的作用，尤其是新聞攝影的力量已經被人們所認識，某些報紙開始刊登廣告「募集寫眞」，或以「每日有照片」招徠讀者。新聞照片逐漸在報刊上出現，報刊的面目爲之一新，這不能不說是中國圖像新聞事業的一大進步。尤其是進入 20 世紀 20 年代以後，儘管整個中國社會處於「兵連禍結」的戰亂背景下，但是中國的圖像新聞出版事業卻在艱難中起步，獲得了前所未有的成績，並在一些局部取得了一點成就，不僅出現了《良友》這樣優秀的攝影副刊，而且湧現了我國第一批職業新聞攝影記者，如郎靜山、王小亭等人，中國的新聞電影也在這一時期開始嶄露頭角，邁出了第一步。

　　這一時期內報紙新聞攝影工作尤爲進步神速，具體表現在：

　　新聞照片獨立地位的獲得。新聞照片與文字是報紙的兩個翅膀。但是最初的照片是作爲文字的附庸與補充存在的。從「五四運動」開始，新聞照片逐漸擺脫依附於文字報導的局面，較多地出現了「消息照片」。一幅照片附上標題和說明，即構成一則獨立的消息，如 1926 年 4 月 5 日，北京《晨報》刊登的《段政府之獨腳總長》，5 月 2 日刊登的《魯軍種植哥薩克騎兵》等。報紙攝影附刊的興起，是照片尤其是新聞照片地位提高的結果，同時也是一個有力的佐證。

　　專欄新聞照片的發展。當時已經有不少報紙以專欄或專刊的形式刊登新聞照片，專刊照片主題集中，具有較單幅照片更強的視覺衝擊力，能夠給人以深刻的印象。比如，天津《大公報》在 1926 年 10 月份的一個月內，就編發了 6 個專欄，每個專欄選用新聞照片 2 至 8 幅。

　　圖像新聞內容與編排多樣化。在報紙刊登新聞照片之初，內容比較單一，多侷限與風光照片和人物肖像。「五四」以後，新聞照片的內容初步呈現出多樣化的態勢，不僅有國內新聞照片，還有國際新聞照片，不僅有政治、經濟、文化領域內的新聞照片，還有科技、社會生活方面的新聞照片，有插畫，還有適當的新聞漫畫。在編排上，有些報紙將圖像分類、分版刊載，版面和位置相對固定，方便了讀者閱讀。有些報紙翻新花樣，或去掉背景，或剪成圓形，或框以花邊，一方面是爲了視覺上的美觀，另一方面可以吸引讀者的注意力。

　　總之，這一時期內的圖像新聞事業在「五四」運動後得到比較快的發展。

但是就總體水平說來，還不是很高。如在圖像新聞的選擇上，視野不夠開闊，尤其是時事照片仍以人物肖像（或單人或合影）爲主，現場抓拍的動態新聞照片還比較少見。在新聞紀錄電影的發展上，在國際上產生影響的還主要爲外國人所拍的新聞紀錄影片，主要原因是電影人囿於當時電影技術的限制和社會政治環境的侷限。

第三章　民國南京政府前期的圖像新聞業

　　對於變革的時代而言，新聞是如此之豐富，尤其是對於處在政治與社會發生重大轉型的中國而言，但能夠被記錄下來，特別是被圖像手段記錄下來的新聞，總是稀少；圖像所記錄的重大新聞，能在當時獲得及時的傳播、產生其特定的傳播價值者，相對於大量的記錄類影像來說，又是少之又少；在所有承載了新聞信息並獲得了迅速傳播的圖像中，能夠因其特殊的內涵和恰當的意見表達方式而積極地參與了社會改造的作品，相對於那些媒體上的大量新聞照片而言，更是少之又少。這是種種時代性的因素導致的一種必然的結果，而此處的「少」與「多」，正是一個逐步遞進的過程。

第一節　民國南京政府前期的新聞攝影

　　民國南京政府（1927～1937）前期的報刊對具有新聞意義的照片的普遍運用，始終是攝影的媒介價值得以實現的根本所在。具有專業新聞工作經驗者對於照片在新聞傳播中價值的認識，使得新聞與攝影之間的聯姻，變得愈加緊密，攝影在參與輿論營造和社會風尚的改造中，益顯其魅力。這其中，報紙創辦攝影附刊，成為一時潮流，直接引領了攝影在傳播業價值的提升。

一、新聞人物攝影

　　觀念的引領是民智開啓的結果。在 20 世紀 20 年代，中國對於西方世界

的認知，從人際交往、書籍傳播等渠道，開始緩慢地增加，而新聞媒體中的攝影傳播居間其中，越來越顯示其連接大眾、啓迪大眾的作用。

　　社會名流與知識界的動態，始終是社會大眾熱切關注的對象；他們預示著文化的建設與發展，對於普通民眾而言，關注他們的消息，意味著自己在精神上的渴求和靠近。因此在畫報雜誌中，事關名人的趣聞軼事，以及與學界、文化界人士有關的新聞，也一直是攝影報導的熱衷對象。《良友》1927年14期以《中國現代聞人（外交家、教育家共12幅）》爲題，報導了陳友仁、顧維鈞、王正廷、唐紹儀、康有爲、梁啓超、胡適、蔡元培、黃炎培等的消息，被報導的人物均取正面肖像，個個如謙謙君子、儒雅審慎，文字雖然只是簡單的職務與經歷的介紹，但尊重知識學人的編輯意圖，十分明瞭。《上海

圖 3-1　中國現代聞人‧外交家（《良友》1927 年第 14 期）

圖 3-2　中國現代聞人・教育家（《良友》1927 年第 14 期）

畫報》1930 年 621 期，中國工程學會在瀋陽召開第十三屆年會，主幹委員合影和上海代表分別合影。《上海畫報》1930 年 565 期，遜帝傅儀之家庭。10 名女眷或坐或立，端莊肅穆，寧靜平和，是合影照作新聞的典範。文字中的信息：在宮中時所攝。

新聞界同道情誼以及與政商界交往的新聞，也不時見諸於版面。《良友》1928 年第 29 期刊發的《本報記者與黨國要人遊燕子磯》，《良友》畫報 1928 年第 39 期中，由各大報社派員參加的上海記者視察團到達北平，北平新聞界舉行歡迎儀式，雙方請著名的同生照相館拍攝了這幅有 80 餘人參加的寬幅長條合影。《世界畫報》1929 年 188 期發表的上海新聞記者視察團到達遼寧，張學良接見並合影。這些照片新聞旨在傳遞二者互助友睦的實情，也是在倡導

新聞與時政的正常互利的關係。《良友》畫報的時尚，體現在一頭一尾的圖片安排中，前部的人物，均為國內的相對知名的人物，尾部的均為國外的介紹。1926 年，《上海兩江女子體育師範學校之操與舞》《群星燦燦：影星黎明暉、夏佩珍、楊愛立等照》《著名產科女醫黃毓華小影》《醫學博士伍連德與李樹芬（二幅）》《粵省中央銀行行長王隆生小影》等成功人士的照片展示，均有。《北洋畫報》1927 年第 94 期，封面頁為《賽馬場上之顧維鈞總理夫人》，宋子文夫人也有作為《良友》主頁刊登全幅照片的例子。政要妻子照片作類似於封面的照片，顯示時尚的風潮。

知識女性也是報刊特寫照片一再推崇的對象。在《攝影畫報》的一版主打照片中，就有大量以年輕女子的美顏之照作為報紙的面孔吸引讀者，以期獲得好的銷售業績。在 1932 年第 322 期上發表的，是「何麗明女士肄業於晏摩氏女校，嬌小玲瓏，談鋒頗健，為人尤為和藹可親。」照片由滬江（照相館）特攝，但其傳播的信息，以現代人的社會經驗看可以理解為一則徵婚廣告，但在大眾傳媒上發表，說它就是一條人物新聞，亦無不妥。第 372 期刊登一幅坐於椅子上的恬靜女子，一邊還附有臉部特寫，「以秀美之稱的陳靜芳女士，肄業於在民立女中，有校花之稱。」第 347 期刊登「謝美珍女士，姿容秀麗，體格健美。擅歌舞，造詣頗深。近參加夏令配克群芳歌舞會，極得中外觀眾美譽，為國人生色不少。該會業於昨晚閉幕。圖即謝女士舞影。」其俏銷眉目，優雅身姿，時尚妝容，均成為一代人之追慕對象。《北洋畫報》1929 年 2 月 26 日第 285 期，刊登一版為《津門名媛女畫家張紫瑛女士最近造像》的組照，這名民國女子身著毛皮大衣，腳蹬花格皮鞋，眉清目秀，神態優雅。《上海畫報》1930 年 580 期刊登北京女子大學東北考察團合影，集美幼稚師範考察團在燕子磯留影，前者規整，後者自由錯落。均屬合影新聞。

中國人與域外人士的交往以及參與國際事務的消息，越來越受到民眾的期待。以《良友》第 35 期為例，這一期發表了瑞典王儲王妃等人與梅蘭芳合影於梅宅的照片，來自不易，所以特別注明「特許本報記者專攝」。《國際報界專家大會開幕——中國報界專家戈公振參加會議》，在頁面中有 3 幅分別為戈公振在美國參加會議並拜會發行量最大之雜誌社的照片，會場上的大照片，密密麻麻的人群中，編輯在戈氏身上標注了一個叉子符，以此發布中國參與國際出版業事物的訊息。在 1926 年出版的《東方寫真集》中，《美國鐵

道專家之來華》《費城博覽會之中國館》《德國飛機之到京》,《東方寫眞集》
1927～1928 年中的《巴黎中國玉器展覽會》,青玉瓶、白玉虎、白玉鳳、灰晶
魚、白玉爵、白玉蓮花碗,除了藏品特別,展廳狀況,展覽大樓的外景也有
照片說明。這些照片在告訴信息蔽塞的讀者:史上也有這樣的一群人、一類
人的存在,活法的不同中也可以看到生活觀念的差異。

二、世界重大新聞攝影

　　這一時期,異域來圖尤其是西方的大量照片,形成觀念之變的重要媒
介。關於國際政治動態與變化的新聞攝影,尤其是來自於對西方政局狀況的
攝影報導,是對中上階層的畫報閱讀者觀念更替中最具影響力的一種新聞類
型;這也是《良友》等暢銷雜誌的始終不渝的關注點。因爲在這些照片圖像
的傳播中,除了信息,還有價值觀。

　　1926 年間,《良友》雜誌用圖片來重點推介的國際新聞就有:《斯大林與
齊諾維也夫》《德國社會黨人反對發還德廢皇財產》《法國總理白理安辭職》《日
本鐵路覆車慘劇》《瑞典皇子皇妃參觀日本明治天皇陵墓》《意大利首相莫索
利尼被刺》《莫索利尼檢閱青年黨員》《日本皇子高松宮遊覽朝鮮名勝》《年十
四的摩洛哥新即皇位》《英國大雪　日皇新春閱兵》《美國第十七次國會開
幕》,這些新聞照片均來自國外通訊社,具有很強的時效性。在《良友》畫報
的編輯風格中,域外政壇的新聞,幾乎總是佔據了相當的篇幅,以 1927 年第
18 期爲例,其中就有《埃及皇到訪倫敦時與英皇在車上合影》《英國皇后巡遊
古城》《俄國青年參加政治運動》以及 5 幅照片反映的《日本新舊天皇交替》,
7 幅照片記錄的《日本對華商權會議──大理院長及教育總監》,這些照片在
反映日本國內政治生態的同時,也讓中國讀者逐漸瞭解近鄰日本。而關於政
治領袖的新聞照片,也始終是雜誌熱衷刊登的對象。由紐約飛到柏林之張伯
倫受到民眾的熱烈歡迎,德國總統興登堡與軍士們在前一起體現領袖的親和
力,美國總統柯立芝生日時與妻子一起打獵等照片,都受到了雜誌編輯的重
點推介。《圖畫世界》也是一份注重國外政要新聞傳播的媒介,在 1924 年 2
月號中,不僅有法國人在凡爾賽宮舉行莊嚴的新總統選舉儀式,還刊登了美
國總統選舉的候選人介紹和民主黨舉行大型集會召開候選會的盛況;大不列
顛帝國舉行的博覽會的圖片新聞,有一組照片組成,夜色中恍若白晝的博覽
會場館之內,中國香港街和中國物品館均有照片專門介紹;其他對於諸如巴

黎萬國運動會盛況的介紹，也有較多版面。媒體與讀者形成了默契，那就是通過瞭解、知曉域外的信息和知識，逐步轉變自身的觀念，萌生對生活新的理解。

圖 3-3　法國總統更迭（《圖畫世界》1924 年第 1 期）

《東方寫真集》在傳遞域外信息，更替國人觀念中，依然是利用攝影作為媒材的極富代表性的一份刊物，在 1927～1928 年版中，幾乎將兩年間的主要國際大事，均以豐富的照片給予了整合發布：《法國新內閣與弗朗風潮》《歐洲政治的新紀元——德國加入國際聯盟》《日本五十一屆議會開幕》《大罷工之倫敦》《英國抓捕共產黨並審訊》《波蘭之革命》《波斯新王之加冕》《希臘之政變》《朝鮮王之葬儀》《葡萄牙軍人之革命》《國際聯盟裁軍之籌備會議》《土耳其共和國一瞥》《德國與俄國之間的握手》《俄國駐波蘭公使被刺》《維

也納大暴動寫眞》《北極探險之成功》《女子游泳英格蘭海峽之成功》《大西洋飛航之失敗與成功》《菲律賓島寫眞》等等，在《英國對上海之武力控制》中，英軍的武器、戰車、總司令展示，都分別以動態的照片展示；而對日本政壇新聞的關注，也遠勝於其他國家，日本大正天皇之殯儀、日本政局之變動、日本憲政會與政友本黨成立聯盟、兩派幹部在會後集體合影、兩黨首領的近距離交流等，均有生動的體現；在《日本京西之大地震》的報導中，倒塌的民房、墜毀的橋樑、鐵路沿線開裂的地基等照片內容十分豐富，文字中也有同情的表示。

　　除了政治新聞和世界格局的變化，科技進步的新成果以及給人類帶來生活與觀念帶來的變革，也一直是諸多畫刊雜誌報導的興趣點。京報《圖畫週刊》1925 年第 2 期發表了《北京市民對於電車之觀望》，反映這種新奇交通工具由西方初到中國時人們的感受。《圖畫週刊》1925 年第 4 期發表了《腳踏東洋車》，照片是一輛帶著遮陽棚的人力三輪車，車夫佯裝騎行，表示對這種新發明的好奇和喜歡。《良友》畫報在 1930 年第 46 期還以《現代的西方文明》為題對最新的西方文明成果作了專門的介紹。在《東方寫眞集》1927～1928 年中，《本年六月二十九日日蝕之觀測》，用 4 幅照片將太陽的圓缺變化作了對比。《東方寫眞集》1927～1928 年中，特別介紹了《電傳照相術之成功》這一新聞事件，2 幅照片：其一為美國紐約城電話電報公司傳像部內景，途中左側即為傳像機，右側為電力擴裝置；另一幅照片即為從紐約城傳至芝加哥和舊金山的那張照片——坐在敞篷車中的美國總統柯立芝夫婦及參議員，周圍是神情嚴峻的警衛和保鏢。這一期的雜誌還以《交通之新建設》為題，介紹了英國裝備精良的救生船和全副武裝的救生員，美國正在建造的屋頂飛機場，德國的女飛行員在訓練，日本生產的水上客機。這些新聞攝影作品的傳播，讓讀者看到了世界發展的速度與狀態，更讓國人看到了中國與世界的差距。

三、國內民生新聞攝影

　　這一時期的新聞攝影對現實問題的關注還體現在民生問題的重點反映上。新聞照片承擔了獨立解釋事件的功能，除了必要的文字說明，再無其他詳述，而邏輯的編排中卻隱含著報紙的主張和對於時事態度。同一件國內新聞，不同的畫報均會因為其價值量的大小，依據自身的特點，做出不同的選稿和發表效果，但對於相對重大的新聞，它們的選稿標準幾乎是一致的。1931 年的漢口大水災，《良友》畫報第 62 期刊發了兩個版面的照片，闡釋了水災

打亂的城市生活節奏以及民眾遭受的艱難。《世界畫報》在 1931 年 8 月 16 日
也以相當的分量予以報導，第一版全為漢口大水的新聞，所選的 6 幅照片均
為被淹沒的街道、村莊，大水沒頂的房屋以及人們在水中艱難行走的畫面。
20 世紀三十年代的中國，災難頻仍，水災旱災加之戰爭，民不聊生。在《良
友》畫報 1934 年第 91 期，華北社和《良友》攝影記者歐陽璞拍攝的天津、
江浙等地的旱災，幾乎將百姓逼入絕境：溝渠斷流，百姓呼號，生無所望。
宗惟虞攝影的蘇州河里乘船擺渡的難民，船挨著船，擁擠不堪。但雜誌編輯
竟然也配發了一幅美國乾旱的照片，在災民跪地求雨，或許只是為了表達一
下寬慰民心的良善心願。索仁普拍攝的《時輪金剛法會寫真》，表達的是國中
要人在北京故宮太和殿舉行的一場祈福救災活動，數千善男信女中包括「新
舊官僚政客軍閥等」，他們匍匐於大殿之內，「千萬僧眾齊齊低首，願我佛慈
悲，為我國護土息災；使東洋兵不戰自敗。水災忽止，旱地生禾，苛捐雜稅
能聊生，四萬萬苦民同登樂土。」[1]圍繞旱災的新聞，布滿了媒體的民生新聞
版塊，國府水災委員會的委員們到達了旱情嚴重的地區視察災情，廣東汕頭
的民眾在政府官員的指揮下施放水雷以排除暗堵，大批河南災民逃難至天
津，車站上人滿為患，人們茫然無措。災難新聞在當時的社會背景下，並未
能產生多大的信息反饋，民生疾苦大多體現在媒體人的憂患中，卻難以撼動
執政者誠心療救的決心，因為，無論怎樣的災難，都難以比得上戰亂對於國
家、民族乃至自身政權帶來的威脅。

　　文化教育類新聞事件的報導，有著媒體對知識階層和中產階級興趣的培
養以及投其所好的成分，其中潛隱的則是報刊自身利益的考慮。首都女警察
全體合影，深色的短裙是她們最醒目的標誌；除了合影，還有其中一名女警
的單身肖像以及另一名女警在隊伍前表演太極拳的近景，照片說明係「中宣
電影股攝」。《攝影畫報》1932 年 10 月 20 日 371 期刊登王開照相館拍攝的萬
國運動會的 2 幅照片作為封面。編輯者言：「在這個國難臨頭的時候，對於這
種強族的運動，我們覺得是很需要的」。二版又有 7 幅照片，運動員的跳遠
鏡頭、跑步衝刺的畫面、頒獎的鏡頭、獲獎後的留影。這些充分顯示，無關
戰爭的新聞，均以與戰事相聯繫為報導價值；其因，一在戰事緊迫，無人能
拒之身外；二在勢所必然，非不得已，真正無關戰事的鋪張和娛樂新聞，在
媒體發表均已不合時宜。在上海的畫報媒體中，林澤民、馮四知拍攝的女校

1　《良友》，1932 年第 71 期。

教師和學生的所謂「擇夫會」的文章配圖，旨在反映婚戀的風向；宗惟賡拍攝的電影明星黎莉莉的特寫照片，魅力四射：她抿著嘴，雙眸含情，凝視著讀者，攝影師的文字說明是：「電影明星之表情以眼部最為重要，此係黎莉莉女士對讀者之表情。」明明是面對攝影師的瞬間，在這裡演化為對於讀者的含情脈脈了。在另一幅照片中，王人美和黎莉莉四目相視，構圖上也遵循了對角線原則而富有動態感，無非是想讓閱讀者在享受美貌的同時還可獲得心境的愉悅。

圖 3-4　《第十屆遠東運動會》《國內見聞錄》等報導
（《良友》1934 年第 89 期）

　　這一時期，反映國家山川風貌、地理人文的專題攝影報導日漸增多，旨在展示國家未經戰爭摧毀的一面以及其廣大民眾的愛國熱情。《良友》畫報1926 年第 4 期刊登 12 幅《王君探險記》照片，詳盡展示了其探險之鏡。這組圖文專題的出現，標誌著雜誌在攝影報導上開始有了新的探尋。《世界畫報》1930 年第 226 期發表了古生物學家、地質學家楊鍾健考察山西、陝西地區時拍攝的一組照片，共有 20 餘幅，題為《山陝地質調查寫真》，除一版刊有楊鍾健與其夫人的合影照外，其他均為地質地貌和風物人情。作者前言說

明，日前與成舍我、褚葆衡二位同學相遇，談及去年此事，故應邀刊發此組
照片。此外，奇聞異事類照片，也常常作爲新聞照片予以發表，並引起讀者
的興趣。

圖 3-5　王海升探險攝影（《良友》1926 年第 4 期）

《良友》雜誌在攝影新聞傳播中尤爲值得一提的貢獻，還在於她在 1932
年一手策劃的《良友》全國攝影團。這不僅是「中國文化事業之創舉」，同時
也喻示著國難時期文化人和攝影界以攝取和傳播本國山川風貌、良風優俗，
以激發國人愛國熱忱，亦激發國人抗敵鬥志的一項壯舉。「良友全國攝影旅行
團」一行四人（主任梁得所，攝影張沅恒、歐陽璞，幹事司徒榮），其成員足
跡遍及全國二十三個省份，最遠到達新疆、西藏、蒙古，總行程三萬里，歷
時八個多月，鏡頭攝及江河海岸、叢山峻嶺、民情風俗、景色物產，包羅萬
象，所獲照片數萬餘幀。這項舉動，贏得了當時一干文化巨頭的讚賞與好
評。時任國學館館長、前交通總長葉恭綽在《對良友全國攝影團的感想》中
說，「國際上，人家對我們的惡宣傳非凡之多，因爲我們一點自身的表現都沒
有，結果那些惡宣傳便佔了大勢力，或且形成了一種輿論。所以把我們一切
文化道德藝術的眞相，充分給人知道，亦是當今急而且要的。」時任中央研
究院院長的蔡元培在短文中激勵：「良友公司，自創刊雜誌以來，以圖畫之

力，介紹我國的國情風俗於海內外，成績昭著，久爲識者所仰佩。現在又組織攝影旅行團，將遍遊全國，採取壯麗的山川、醇美的風俗，以及種種新的建設，都受之於印畫，宣示世界，以爲文字宣傳的佐證。其目的之遠大，實堪稱讚」。《良友》負責人伍聯德以組織者的身份在《爲良友攝影團發言》中說：「聯德昔負笈南大，即知圖畫有裨教育，及創良友，復覺其可助宣傳……攝影全國眞情，其目的既可爲良友另闢稿源，復可供給世界各國畫報之宣傳」。交通部長兼內政部長黃紹雄，鐵道部次長、華南文藝月刊主編曾仲銘，內政部次長、美術攝影大綱著者甘乃光分別爲即將出發的攝影團題字。其中甘乃光的題字是「使美麗山河印象映入全國人民腦際，足以增加及堅強其愛國心」。攝影團負責人梁得所在《全國影行的工作》中介紹，此行於九月中旬出發，將以半年時間周行各省，明年二三月回滬。團員共四人，專司攝影者，公司攝影部技師歐陽璞與光華大學畢業生張沆恒，另有幹事司徒榮。許多照片，既具有新聞性，由於史料性，在當時的有計劃發表，更是激發了廣大讀者的愛國之心。

　　除了《良友》等老牌、成熟的畫報，一批注重依憑攝影來傳播新聞的畫報雜誌，應運而生。《時代畫報》創刊於 1929 年 10 月，刊登大量新聞照片乃其立刊的編輯方針，每一期雜誌均採用大量時事新聞照片，關注時代輿情，激起全民抗戰熱情。該報曾先後編輯出版了「東北義勇軍專號」、「熱河故事」、「到西北去」等專題攝影報導，每一個專題所用圖片少則 30 餘幅，多則五六十或一百餘幅，詳盡全面，形成了極強的輿論聲勢。前任《良友》編輯梁得所在 1933 年到 1935 年之間出版了《大眾》畫報並任主編，繼續將攝影報導作爲雜誌新聞傳播中的重要一擎予以培植和扶持；從第一期《大眾》開始，就連載王小亭拍攝的中國少數民族及偏遠地區的攝影報導，雖然在總體上其攝影報導的時效與數量與同類雜誌相比併不顯著，但對於紀實攝影的推崇和鼓勵，成爲《良友》之外的又一種力量。1934 年到 1937 年出版的《美術生活》，也是十分注重攝影報導的一份雜誌，她由一群上海的藝術家和一家印刷廠合作出版，攝影報導在這份雜誌中更多地傾向於社會生活和藝術品位。《文華》是上海出版的另一份較多採用攝影作品來表達編輯意圖的雜誌，其選擇照片的標準，時事新聞佔據第一位，其次是文化教育、社會生活以及外電傳眞的有關中國的照片；在 1934 年第 53 期雜誌中，編輯部精心策劃了一個以照片來回顧全年重大事件的攝影報導：《一年來之國內政治》《一年來之

國內社會》《一年來之國內軍事》《一年來之建設》《一年來之國外時事》，體現了新聞攝影作品在傳播新聞、引導社會輿論方面的巨大影響力。

四、戰事新聞攝影

風格的形成，既體現了攝影在早期發展的自身規律，更包含了當時中國特定的社會、政治和文化環境對攝影的理解與滋養。此時是攝影的紀實主義思想在中國被廣泛種植並期待受到重視的時期，也是紀實攝影在參與社會改造與重建過程中，漸漸體現其無可替代的傳播力的特殊時期；但同時，此時也正是攝影的價值觀和社會功能，在中國出現分化的濫觴。

周逸是當時活躍在上海的一名攝影記者，在 1927 年，他拍攝了上海五卅紀念日市民集會、上海租界戒嚴交通阻絕、跑馬場民眾舉旗致哀、建築中的五卅烈士公墓以及上海五九紀念大會、勿忘國恥、上海市民慶祝北伐勝利大會等一系列的新聞活動。張建文是活躍在北平的一名新聞攝影記者，他拍攝了 1928 年黎元洪出殯、1929 年北平軍隊爲總理銅像奠基建築中山臺、第四軍團修築迎柩大道及 1930 年的陝西災區寫眞；黃河沿岸古式居屋、災民居住在臨時搭建的草棚中、中央慰勞團慰勞東北將士等事件。蔣漢澄鏡頭下的北平大水，街道被淹沒，水勢洶湧；北平的清潔運動中，學生們舉著掃帚參與活動；1929 年 3 月，北平舉行總理銅像奠基典禮，林森發表演說，數千民眾參加了典禮活動；他還記錄了 1933 年動亂之中的平津：日軍侵略平津，市民惶惶不可終日，車站擠滿了離京逃難的民眾，車廂中擠滿了逃難的婦孺老幼，幾無立足之處，北平街頭布滿工事，隨時應對日軍侵犯，天津南市區大街上商業清冷，滿目荒涼；津南、海下一帶，難民們乘船逃至津埠，內河停泊船隻不下六七十艘；天津南市街口築起沙袋工事預備防衛。他拍攝的另一些照片顯示，1933 年，軍政部長何應欽以華北戰局嚴重，特親自北上視察。

從 1931 年開始，日本取代西方，成爲對中國攝影影響最大的一個國家。這既出於國家危亡的特殊境遇下影像戰中知彼以「制彼」的主觀需要，又是「以夷制夷」的戰略戰術過程中不自覺的傚仿和學習而成的結果。民族尊嚴，或者說學術的、藝術的尊嚴，被放到了迫切的家國生存之後。在被動中，中國攝影開始倉促上陣，被迫從慢慢改變自我開始，介入於兩國間的影像戰爭。

圖3-6　十九路軍為國為民為公理而戰
（此為手提機關槍對在前線作戰，《攝影畫報》1932年第340期）

　　1931年9月18日這一天，《上海畫報》刊發了南京中華社拍攝的兩張照片，其一為日使重光葵遲進入國府向蔣介石呈交國書，禮兵樂隊吹奏迎接的情景；其二為重光公使覲見蔣主席時的儀式。這一版面中還有一幅遼寧舉行國術比賽的決賽的場景。9月18日發表，而事實肯定在此之前發生，畫報對時事新聞的報導存在著必然的時間差，而今看來卻頗不是滋味。1931年9月27日的《上海畫報》開始大量刊載反日報導，其中有被日寇拘禁之遼寧省政府主席臧式毅之近影，他手持禮帽，肅然站立；暴日侵略瀋陽時首先佔領東北無線電臺，照片中是電臺的大門和主體建築。9月24日又刊發「中日絕交」的新聞，但照片只有美國飛行家林白大佐夫婦抵京以及他們的飛機在南京玄武湖降落的情景。1931年9月30日的版面上抗戰新聞照片激增，3幅採自美聯社的照片顯示「暴日在瀋陽城外向華人射擊」和「暴日佔據瀋陽兵工廠之後」大門外的情景，以及全副武裝的日軍推著大炮行進在瀋陽的商埠間，「暴日鐵蹄下的瀋陽北陵」，瀋陽文淵閣被日軍捆載而去的四庫全書目錄及樣張，上海20萬人參加的抗日救國大遊行，密集的人群行進在街頭，標語密布，口號如猶在耳；除了上海，無錫數百上千市民的抗日救亡大遊行照片，反映了抗日救亡的全國性聲勢。

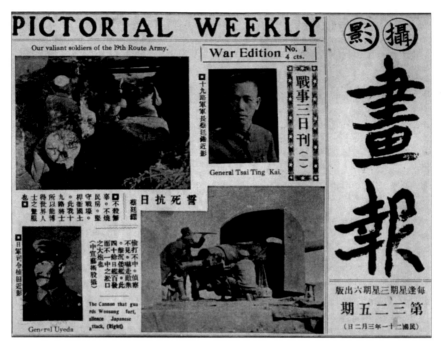

圖 3-7　中國軍隊誓死抗戰（《攝影畫報》1932 年第 340 期）

圖 3-8　抵抗的呼聲
（舒少南攝，《良友》1933 年第 77 期）

圖 3-9　1932 年上海一二八事變
（正在用高射機槍打日軍飛機的中國軍人）

圖 3-10　皇姑屯車站避難之難民
（戈公振寄，《上海畫報》1931 年 10 月 12 日）

圖 3-11　申報巨頭在孫陵合影（《上海畫報》1932 年 1 月 9 日）

　　隨著戰事趨緊，媒體上的攝影新聞報導，越來越接近事件熱點。《良友》
畫報在 1931 年第 64 期以《黑龍江失陷》為題，表述此乃「黨國奇恥」，照片
顯示：黑龍江省黨部門前的國旗被撤下，換上了日本旗；齊齊哈爾街頭騎著
馬趾高氣揚的日軍軍隊。由黃英拍攝的《國事紀要》專欄中，主要為國民黨

第四次代表大會，其中除了蔣介石正在作報告的會場和國民政府大樓外景，此版另有 5 幅照片均為民眾在國府門口遊行示威向政府請願的照片，數十萬學生聚集在國民政府門口高呼口號，警鐘社在國府門口日夜不息地敲擊警鐘。到了 1932 年，第 70 期《良友》在《因九‧一八事件而起之種種事端》報導中，刊載了 2 幅飛機在長城上空飛翔的照片，文字表述：日本軍機在熱河邊界偵查，另一幅為日軍在榆關外實施陸空軍演習。長城在這兩幅照片中一以縱向透視，殘破猶在，一以橫向蜿蜒呈現，依然博大遼遠，而盤旋之上的戰機，將戰爭的緊迫感徒然凸顯。這兩幅由東北新聞影片社拍攝的照片，將長城這一中華民族的標誌性建築，顯現在敵機的威脅下，國難危亡之含義，得到了充分的表達。1933 年，《日軍大炮威脅下的山海關》等照片出現在報紙畫刊中。「天下第一關」的匾額在關隘門樓上殘存，濃霧彌漫中，編輯者將一幅可怕的骷顱圖像懸於照片中的城門左側，森森然，喻示著死亡和恐怖。而《榆關的失陷》，顯示殘破的關隘、失落的山河；蔣漢澄和東北社拍攝的這 10 幅照片，閱之令人痛惜。從山海關遠望長城，關外已經是煙霧彌漫。《良友》雜誌的編輯者慨歎：「東三省失地未收，此地亦已淪入敵人之手。同胞睹此，作何感想？」《悲壯的前線》整頁 7 幅圖片，顯示中國士兵正在用高射炮射擊，在戰壕中作戰，這是榆關失守後退守石河的戰鬥。

對於戰爭前線照片的重視以及大量的刊布，顯示了中國新聞傳媒業對於真實報導戰事新聞的重視，以及對於戰事輿論的正確把握。但戰爭環境下，許多照片均來自於佔據的控制者。然而，中國的新聞媒體界仍然想方設法獲取了戰場照片以利於自我的宣傳。從《上海畫報》1931 年 10 月 3 日刊發的多幅標注來自美聯社的照片看，這些照片與日軍最早發布、後來出版的攝影集中的照片高度相似，其中一幅標注美聯社發布的照片，顯示兩名日軍在瀋陽街頭由空油桶疊置的掩體後面向中國人射擊，另一幅照片是一些日軍在佔領的瀋陽兵工廠大門口守衛，門口的牆上書寫著「非日兵出入此門者射殺之」的手書。10 月 12 日發表的一幅照片仍然是美聯社發布的日軍自己拍攝並大量傳播的照片：日軍在掛有「東北軍邊防軍司令長官公署衛隊司令部」的木牌邊，依牆射擊。由此可以推定：日軍當年的戰事照片在國內迅速傳播的同時，幾乎以同步之速向國際予以傳播，當然其文字表述肯定以顯示其戰爭的正義之說，而中國新聞出版界正是從西方通訊社的「轉播」中，以相距數日的時間差獲得了同樣的照片；此時，關於戰爭的同樣的一張戰事照片，在戰

爭對立的雙方，完全獲得了截然相反的意義表述——日軍的耀武揚威以及所爲的赫赫戰績，在中國的新聞媒體上，正好成爲其侵略中國的無恥行徑的事實罪證。

這一時期，攝影在中國的新聞傳播業中的角色發生了極其重大的變化，媒介功能日臻完善，攝影在傳播中建立起來的社會影響力與時俱進，這 10 餘年時間可謂中國新聞攝影從起步到發展，從幼稚到成熟的重要歷史期，假如沒有日本侵華所帶來的一系列問題，其中包括對攝影的媒介價值的異化，那麼攝影在中國的情景，完全可以理解爲這一歷史期狀態的延續和提升，而不會成爲其他的形態和結果。

需求促進了新事物與新人的誕生。這一時期，一個相對專業的攝影記者群體開始在報刊和通訊社得到培育、成長，過去報刊主要以採用照相館攝影師提供的照片，「××照相館攝影」的署名既爲照相館發布了廣告，也爲報社省去了培養專人採訪的費用，那是一種無可選擇的被動；報刊社自主採攝照片的能力加強後，新聞事件的攝影報導逐漸被報刊攝影記者所取代，王小亭、方大曾等一批在中國攝影史上具有開創性貢獻的攝影記者，也正是在此時初見鋒芒。

第二節　民國南京政府前期的新聞漫畫

這時期是國民政府改變孫中山三民主義建國綱領、逐步推行獨裁統治的重要時期。內憂外患、危機四伏，一方面，國民黨建立起了國民政府，從形式上基本結束了國家在政治方面的分裂狀態，相較於北洋軍閥統治時期，國家雖然進入了一個相對安定發展的環境中，但戰亂仍不時發生。北洋軍閥的混戰隨著他們的滅亡結束了，而國民黨新軍閥之間的混戰又接踵而起，蔣桂戰爭、蔣馮戰爭、蔣馮閻中原大戰等，此起彼伏未有寧日；另一方面，日本侵華的步伐不斷加快，中國隨時面臨著亡國的危險。救亡成爲全民族所面臨的壓倒一切的急迫任務。經過近 30 年的孕育積累和摸索準備，在時代感召和市場需求的雙重推動之下，中國漫畫新聞終於贏來了一個新的發展高潮時期，「這個新高潮以刊物多、作者多、作品多、專集多這『四多』爲標誌。」[1] 漫畫界名家輩出，佳作如林，呈現出一派蝶舞蜂喧、欣欣向榮的繁榮景象。

1　畢克官、黃遠林：《中國漫畫史》，文化藝術出版社，2006 年版，第 104 頁。

圖 3-12　汪子美《漫畫界重陽登高圖》（又名《京滬漫畫界》）
（原作發表於《漫畫界》1936 年 10 月第 7 期「全國漫畫展覽會第一屆出
品專號」。上排：蔡若虹、丁聰、陸志庠、張志超。中排：張樂平、高龍
生、魯少飛、胡考、張正宇、張光宇、黃堯、特偉、朱金樓、魯夫、汪子
美。下排：黃苗子、葉淺予、梁白波、王敦慶。1936 年 10 月 25 日）

一、新聞漫畫重鎮的上海

　　上海是中國漫畫的發源地。1926 年 12 月 7 日漫畫會成立後，即開始籌
備創辦會刊《上海漫畫》，以使漫畫會的活動成果能得到一個物化和展示的陣
地。1927 年 12 月 25 日，《申報》曾經刊出《新刊上海漫畫出版有期》的新
聞，對其籌備情況進行披露報導。

　　雖然《上海漫畫》並沒有按照預定的時間準時問世，但漫畫會的幾位同
人確實一直在緊張而忙碌地籌備著。《上海漫畫》原本有一個孕育和誕生的曲
折過程，先是由漫畫會的智囊王敦慶提出設想，邀黃文農、葉淺予參加，三
人組成編輯部，「在一家小旅館租了一間房做臨時編輯室，大家夜以繼日忙了
三天，第一期《上海漫畫》編就。」[1] 這所謂的「第一期《上海漫畫》」就是
1928 年 1 月 2 日出版的《上海漫畫》「創刊號」[2]。由於資金和編刊經驗，發

1　葉淺予：《葉淺予自傳：細敘滄桑記流年》，中國社會科學出版社，2006 年版，第
　　62 頁。
2　葉淺予先生在《葉淺予自傳：細敘滄桑記流年》中回憶《上海漫畫》時，認為《上

行效果不理想。葉淺予曾回憶說：「畫報印出，我和王敦慶送到望平街，報販子看到只半面有字有畫，另半面空白，就皺起雙眉，說這哪像一張報，沒法上市。幾經商量，仍遭拒絕，我們垂頭喪氣，只好把畫報都拉到廢品收購站當廢紙賣掉。」他們的失敗嘗試，卻引來了張光宇先生的注意，就由張光宇出面重新組織編輯部，資金由張光宇負責籌集，將漫畫和當時風氣正盛的攝影、小品文章熔於一爐，於是，1928 年 4 月 21 日，《上海漫畫》就脫骨換胎重新問世了。《上海漫畫》爲週刊，每逢星期六出版，每期用道林紙半張摺成八版，其中彩色石印四版，單色銅版攝影和鉛印文字四版，漫畫由張光宇、張振宇、葉淺予負責，攝影由郎靜山等負責。漫畫部分第一版是封面漫畫，第四、五版是名家漫畫，第八版是葉淺予的長篇連載連環漫畫《王先生》，其他版面則靈活機動。新的《上海漫畫》內容豐富，印刷精美，結果一炮打響，1930 年 6 月 7 日出至第 110 期時，因併入《時代》畫報而停刊。當時的《上海漫畫》每期發行量達到 3000 多份，被譽爲「在中國漫畫史上樹起了一個嶄新的旗幟」，[1]正是由於他們集團式的奮鬥，使中國漫畫新聞進展到一個新的時代。

　　20 世紀 30 年代日本帝國主義的猖狂軍事進攻，迅速改變了中國政治形勢，抵抗日本侵略者的軍事進攻成爲中國人民的緊急任務和普遍要求。1931 年「九‧一八」事變後，各地工人、學生紛紛舉行罷工、罷課，向國民黨政府請願和示威遊行，反對不抵抗政策。1932 年「一‧二八」事變後，上海工人、市民、學生更是積極行動起來，支持十九路軍抵抗日本侵略，民族資產階級和上層小資產階級也紛紛要求國民黨政府改變妥協政策。各地人民還組織「抗日救國會」等民眾團體，募捐支持抗日軍隊和開展抵制日貨等活動。1935 年「華北事變」後，中共提出停止內戰、一致抗日的主張，領導了「一二‧九」運動，使抗日救亡鬥爭發展成爲全國規模的群眾運動。1935 年 12 月 12 日，上海文化界馬相伯、沈鈞儒、鄒韜奮、章乃器、陶行知、李公樸、金仲華、鄭振鐸等 283 人簽名發表《上海文化界救國運動宣言》，讚揚「一二‧九」學生運動，堅決反對僞組織，要求抗日。緊接著北平文化界救國會也正式成立，參加的有北平文藝界、教育界、新聞界的馬敘倫等 150 餘位著名人

海漫畫》創刊號出版是「1927 年底的事」（《葉淺予自傳：細敘滄桑記流年》，第 62 頁），應該是記憶有誤。現出版時間爲根據上海書店出版社影印的《上海漫畫》創刊號封面標注的出版日期確定。

1　黃世英：《中國漫畫發展史》，《漫畫生活》第 13 期，1935 年 9 月 20 日。

士,該會宣言表示完全贊成上海文化界救國會所提出的一切主張。隨著全國抗日救亡運動的開展和全國各地救亡團體的紛紛成立,各種救亡刊物、讀物也風起雲湧地出現了,「估計全國各地不下千百種,單上海一地就有百餘種。如《大眾生活》《永生》《現世界》《新學識》《東北知識》《生活知識》《婦女生活》《中國呼聲》《中國農村》《世界知識》等等,銷售達幾萬甚至十幾萬份以上(如鄒韜奮主編的《大眾生活》)。」[1] 漫畫新聞也與全國性的抗日救亡運動相向而行,「國難當頭,人民大眾的愛國熱情空前高漲,民眾對國家命運的重視使表達個人觀點和活躍思想的雜文與漫畫受到普遍歡迎,漫畫界人士紛紛以畫代筆,用漫畫來抒發情感。」[2] 僅上海一地,就有不下 20 種漫畫刊物出現,如《時代漫畫》《漫畫生活》《獨立漫畫》等,呈現出空前的繁榮,中國漫畫進入了真正意義上的鼎盛期。其間,以抗日救亡運動為主題的漫畫新聞主題量多質精,引人注目。

例如《「九・一八」之曲線的發展》。這幅漫畫新聞發表在 1933 年 10 月 1 日出版、由徐朗西主編的《朔望》半月刊第 1 卷第 11 期。這是一幅四格漫畫,它通過四個畫面分格來敘述對「九・一八」事變發生以後,國民黨南京政府對日妥協、實行不抵抗主義所造成的過程和惡果。第一格是 1931 年「九・一八」事變發生之時,瀋陽被日軍佔領,陷入彌漫的硝煙大火之中,面對危在旦夕的急迫形勢,我們卻「鎮靜」處置,與瀋陽近在咫尺的北平仍笙歌燕舞,管絃陣陣,一派歌舞升平的氣象;第二格是 1932 年的「抗爭」,抗爭的結果是日軍佔領的地方越來越多,國民黨的所謂「抗爭」如同撐起一把紙傘來抵擋真槍實彈,弱不禁風,這樣的抗爭只能是如同兒戲一般;第三格是 1933 年,中日交戰雙方因談判取得「諒解」而舉杯言歡慶祝,畫面上的日本人將中華民國國旗踩在腳下,高興得咧嘴大笑;第四格則是表現 1934 年中國的「前途」,畫面上是一幅「廿三年新中國形勢圖」,地圖上東北全部和華北一部已經盡墨,淪入敵手。這幅漫畫新聞以概括的手法敘述了中國自「九・一八」事變以來在抵抗日本侵略過程中的「曲線的發展」。1931 年「九・一八」事變發生時,在蔣介石不抵抗政策的迫使下,二十萬東北軍幾乎未作任何抵抗就退出了瀋陽城,令人憤懣;1932 年「一・二八」事變爆發時,國民政府吸取九一八事變期間不與日本直接交涉專依國聯的教訓,在一面抵抗之際一

1 黃元起主編:《中國現代史》(上),河南人民出版社,1982 年版,第 467 頁。
2 上海圖書館編:《老上海漫畫圖志》,上海科學技術文獻出版社,2010 年版,第 66 頁。

面交涉，與日本進行談判，希望在「不喪失國權「的情況下達成停戰，並未真正下決心進行抵抗，以致功敗垂成，最後以簽訂《淞滬停戰協定》、中國不得在上海至蘇州、崑山一帶駐軍（但中國保留行政權和警察權）作結。1933年，中國政府和日本侵略軍雙方簽定關於處理「九・一八」事變停戰的《塘沽協定》。日酋岡村寧次首先提出停戰協定草案，並說明這是關東軍的最後案，一字不容更改，限時中國代表作允諾與否的答覆，對中方代表提出的《中國軍代表停戰協定意見書》，棄而不顧。中國代表最後被迫在日方提案上簽字。該協定等於中國默認僞滿洲國和日本佔領熱河合法，也喪失了部分華北主權。以致協定簽字後南京國民政府不敢公開。漫畫新聞前三格的內容爲歷史事件的客觀敘述，爲「實」，第四格是對未來的預測，爲「虛」。由於有前三格「實」的逐步鋪墊，因此，第四格的「虛」仍然具有邏輯上的「實」的品格和力量。這幅四格漫畫新聞如同一個電影短片，虛實相生，對蔣介石國民政府對日軍侵略實行不抵抗主義的行徑給予了強烈的批判和嘲諷。

二、新聞通訊漫畫

　　漫畫是以通過虛構、誇飾、寫實、比喻、象徵、假借等不同手法，通過描繪圖畫以述事達意的一種視覺藝術形式。漫畫的主體是一種諷刺與幽默的藝術，故而也是悖謬和逆向思維的藝術，漫畫在表達觀點方面具有形象生動的優點，但漫畫也具有述事的功能，亦能表達一個概念或者故事。在中國近現代新聞事業的產生與發展過程中，漫畫一直是中國近現代事業中一個不可或缺的元素，具有一定的新聞功能，即具有評述、報導新聞的作用。在一般的漫畫新聞研究中，人們往往比較重視漫畫的評論功能，卻相對忽略了漫畫的報導功能。早在抗日戰爭時期的 1943 年，中國現代著名漫畫理論家黃茅先生在《漫畫藝術講話》一書中論述漫畫的表現形式時，就專門提出了「報告漫畫」這一類型。他認爲報告漫畫在當時雖是一個比較新鮮的名稱，實則是和以前出現過的報導漫畫或漫畫通訊相似，不過報告漫畫是將其形式和定義確定罷了。「報告漫畫」這種形式在中國近代就已經產生了，如清朝光緒初年間吳嘉猷所繪的社會新聞報告和風俗，就是它的胚胎。「報告漫畫」是將一件突發事件或某地的風俗習慣加以分析，從各個視點去描寫它，每一幅的題材當然有它的獨立性，但也可以連結在一個總的主題。「報告漫畫」的作者首先是留心環繞著其周圍的社會現象，當他注視而加以線條或色彩捕捉了某地某

事就是代表他所認識的現實生活底某一面影。」[1]20 世紀 30 年代的中國漫畫刊物上，通訊漫畫頗為流行，《時代漫畫》《漫畫界》《獨立漫畫》等刊物上，常有「通訊漫畫」專欄，如 1936 年 9 月 5 日的《漫畫界》第 6 期即為「報導漫畫專號」。

1.《蒙綏爭執透視》

沈逸千先生的這則漫畫通訊發表在 1935 年 4 月 20 日《時代漫畫》第 16 期。1934 年 4 月 23 日，蒙古地方自治政務委員會正式成立，因它與有關各省之間的區域和權限區分等問題未得到明確解決，蒙政會與各省政府之間的權力和利益衝突遂逐漸發生。當時，甘、寧等地出產的鴉片，經綏遠草地運銷平津、內地，綏遠省政府在沿途設卡收稅，每年可達 200 多萬元。蒙政會成立後，即按照《蒙古自治辦法原則》的規定，派人赴北平要求由軍分會主持劈分鴉片過境稅，但北平軍分會一再推託。蒙政會又派人與綏遠省政府直接交涉，亦因雙方意見懸殊無果。1935 年初，蒙政會遂派保安隊至烏拉特中旗黑沙圖稅卡，扣留了綏遠省載運鴉片的汽車，但很快被綏遠當局派兵奪回。蒙政會於是又派保安隊駐在黑沙圖和幾個旗的交通要道上，直接設卡徵稅，復被綏遠當局派軍隊強行阻止，幾至發生武裝衝突。《蒙綏爭執透視》漫畫新聞在報導這一事件時，配有如下文字解說：

> 綏遠省在昔本是內蒙烏蘭察布，依克昭，兩蒙蒙古牧地，蒙人最恨的是漢人赴蒙地墾荒，立縣，建省。綏遠省佔了烏依兩盟，和土默特獨立旗的牧地，著實不少，並設縣治十五，以致蒙古牧地日蹙，蒙人只得帶了牛羊退往山溝及窮荒地帶去，因此，他們的生活一落千丈。

> 此次爭執為的是稅收問題，本來蒙地無所貨物可供抽稅，但因陰山南之綏寧大道，軍匪交亂，商賈裹足，故青甘寧新四省之煙葉，葡萄乾，皮毛，煙土等，多繞道陰山之北，由阿拉善，烏蘭察布一帶蒙古地來往，最後各貨經百靈廟向綏遠各地分散，平均每年稅收常達百萬元以上。當今蒙古地方赤貧之時，鑒綏省越蒙設卡收稅，遂引起劇烈之爭執。

> 上月蒙綏爭執最劇烈的時期，蒙政會方面竟欲擴大稅爭而至政爭，擬將綏省未設縣之地方一概歸還蒙古，並將省方在蒙之卡稅，

1　黃茅：《漫畫藝術講話》，商務印書館，1943 年版，第 93 頁。

收爲蒙有，甚至蒙綏兩方陳師漠南，將出之武力解決。

記者曾親歷蒙綏，知事實不致如外傳之甚，今雙方爭執幸由蒙政會指導長官何應欽與該會委員索王（錫林郭勒盟盟長）及閻錫山氏之調解，將蒙綏稅收八成歸蒙，二成歸綏，於是大事化爲小事，結果，勝利屬諸蒙古。

漫畫新聞的畫面上，蒙、綏雙方各自攔路設卡，互不相讓，圖文配合，相得益彰，把這一重大新聞的前因後果報導得明明白白，使人一目了然。

圖 3-13　沈逸千《蒙綏爭執透視》（1935 年 4 月 20 日）

2.《廣州萬善緣超幽大會》

這則漫畫通訊發表在 1935 年 12 月 25 日《獨立漫畫》第 7 期上。所謂超幽，亦即超度，指超越度過，是佛教、道教等領域的一個專業術語，有「脫離苦難，功德圓滿，到達彼岸」之意。佛教或道教認爲，僧、尼、道士爲人誦經拜懺，可以救度亡者超越苦難。超度的對象有三：一是現生中能令迷妄者、邪見者，導歸正見，由思想上的矯正破迷啓悟，是思想超度；二是現生

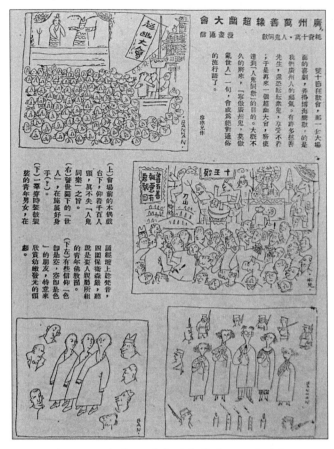

圖 3-14　廖冰兄《廣州萬善緣超幽大會》
（1935 年 12 月 25 日）

中能依正見而起修，因修而證悟，得入涅槃，解脫生死，遠離六道輪迴，是現生超度。三是死亡後，眷屬以虔誠之心，邀請出家師父為亡者開示、念佛、誦經、做佛事等等，普令亡靈得以往生淨土，是善後超度。超度法會是佛教教義中的「迴向」。佛教認為超度不但可以把一個已經報廢了的生命，再一次地提升、轉化成智慧的力量，替已死的親人累積無量善業，而且可以提醒參加法會的人，去嚴肅地思考生命的意義，坦然面對生死，從中得到啓示和解脫。這樣，死者以身教化的功德就不可計量。但是中國人的喪儀具有多重意義，其中最主要的是表現儒家所推崇的孝道，因此操辦者往往去追求場面的隆重盛大，甚至以一種狂歡的心態參與其事，這與宗教領域中的「超度」真義霄壤懸殊。《廣州萬善緣超幽大會》大標題下有一個「耗資十萬，人鬼同歡」的副標題，且有一段總括性的解釋文字云：「雙十節狂歡會，那一套大場

面的喜劇，弄得薄海歡騰的是我們廣州人的福氣。有許多慈善先生，還恐紅紅眾鬼，享受不著；於是再來一個超幽大會，務使達到「人鬼同歡」的目的。大概不久的將來，『寧做廣州鬼，莫做亂世人』一句，會成爲絕對通俗的流行語了。」這幅漫畫通訊共由四幅漫畫組成，各配釋圖文字。第一幅漫畫的釋圖文字是：「會場前的木偶戲臺下，仰著千百人頭，眞不失『人鬼同樂』之旨。」第二幅的釋圖文字是：「警世圖下的『世人』，在施展好身手（？）。」第三幅的釋圖文字是：「一群穿時裝披袈裟的青年男女，在誦經壇上念梵音，聽說是要人親屬所組的青年佛教團。」第四幅的釋圖文字是：「有些信仰『色即是空，空即是色』的朋友，特意來欣賞幼嫩發光的頭顱。」超幽大會得到了當局的大力支持，「未能事人，焉能事鬼？」超幽大會越是盛大、熱鬧，其對當局轉移社會焦點用心的諷刺就越強烈。

3.《西北視察漫畫報導》

這則漫畫通訊發表在 1936 年 2 月 20 日《時代漫畫》第 26 期。整篇漫畫通訊共由一節報導說明性文字和三幅漫畫組成。

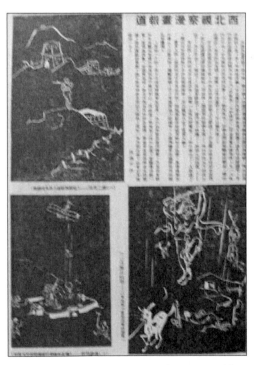

圖 3-15　沈逸千《西北視察漫畫報導》
（1936 年 2 月 20 日）

第一幅漫畫是「第二長城──（皖贛湘道上所見的碉堡）」，畫面上是連綿不絕的碉堡，宛若萬里長城。長城本是抵禦外敵的設施，而國民黨當局卻勞民傷財進行內戰；第二幅漫畫是「白露日的雨──（東北軍不啻是赤軍的肥料）」，畫面上的東北軍士兵將步槍雙手舉起投降，意思是他們使紅軍得到了壯大；第三幅漫畫是「救星飛來──（糧食和彈藥的接濟紛紛如天雨花）」，描繪東北軍因為剿共而失去民心，困守圍城，糧彈均依靠空投接濟，杯水車薪，難以為繼。這則漫畫通訊對國民黨當局外敵當前熱心內戰無法得到民意支持的狀況，進行了含蓄而充分的報導。在西安事變爆發 10 個月之前進行如此報導的漫畫通訊，在當時國統區的媒體上可謂絕無僅有，體現出作者既對民意有深刻的把握，又具有某種過人的膽識。

4.《青島小港沿巡禮》

這則漫畫通訊發表在 1936 年 2 月 29 日的《獨立漫畫》第 9 期。青島是民國時期與上海、天津齊名的著名港口，依託這三個港口的貿易經濟而形成的上海、青島、天津，是當時國內最為繁華的三個城市。民國早期的青島，是個人煙輳集、車馬駢馳、店肆林立、買賣興隆之地，因為提供了較多的就業和工作機會，所以吸引了四面八方的人前來謀生。但是這裡如上海、天津一樣，也是富人的天堂，窮人的地獄，貧富分化現象非常嚴重。這幅漫畫的作者李劫夫曾在青島從事過抗日救亡宣傳活動，對青島各個階層的社會生活狀況甚為熟悉。作為一個具有進步傾向的青年藝術家，李劫夫眼中不僅看到城市繁華處的喧鬧，也見到平民貧苦的處境。他用他的筆觸真實全面地記錄了這個社會的實景，尤其是把目光聚焦在失業的工人、縫窮的婦人、撿破爛的流浪兒等等掙扎在社會最底層的城市貧民身上，從中流溢出被生活壓迫得扭曲的人們的痛苦呻吟。《青島小港沿巡禮》漫畫通訊共由五幅速寫式漫畫組成，並配有如下用以釋圖和解釋繪畫旨意的文字：

> 從早晨三四點鐘到夜晚十二點，這裡是永遠在擾攘紛亂之中，成千上萬的勞動者，全依著在這裡賺得些許勞動的代價，以維持他們的生命，但結果差不多是失望的，他們不時的發出了這年頭錢是真不容易賺了的嗟傷，可是他們終久還是不離開那裡，萬一再找到工作呢。筆者限於篇幅和能力的不足，不能把那裡的全般情緒描寫出來，只是這小小的幾幅，但人們看到這些就足可證明青島這個避暑的勝地也不只有花園和別墅吧。

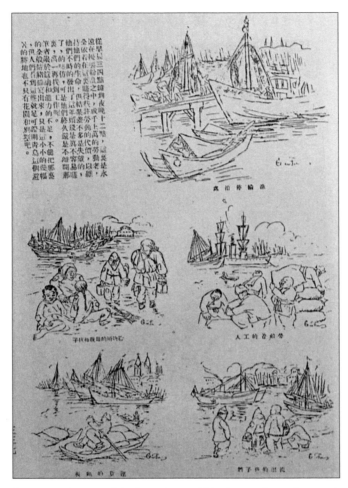

圖 3-16　李劫夫《青島小港沿巡禮》（1936 年 2 月 29 日）

　　這五幅速寫式漫畫分別是：漁輪停泊處、撿物屑的母親和孩子、勞動著的工人、運貨的舳板、流浪的孩子們。李劫夫的速寫式漫畫通訊不僅有物而且有人，動靜搭配，講究人物和景物造型的各個部分的組合與互相照應，不但反映出人物的生活狀貌，而且對人物的體態、神情進行了逼真的描摹和刻畫，在動態多樣中變化有致，既獲得一種整體感的報導效果，又因其中流露出作者對這些社會最底層人民的深深同情，而具有一定的抒情意義。

5.《「三不管」火燒活人的故事》

　　這則漫畫通訊發表在 1936 年 4 月 1 日《漫畫界》第 1 期。20 世紀 30 年代，天津南市附近原清和街與慶善街交口處的西南部位，當年是一片開窪地，沒有什麼建築物，是南市附近貧民的聚集地方。那時候，南市裏飯莊很

圖 3-17　田無災《「三不管」火燒活人的故事》（1936 年 4 月 1 日）

多，每天顧客盈門，剩飯剩菜不少，於是有些人就上門收集，然後回來加熱後出售，漸漸地在清和街形成了一個市場。那些人就是用一個大鐵桶，支個爐子把剩飯剩菜倒在裏面煮，要飯的人拿著撿來的罐頭盒到那裡去吃，雖然裏面有魚頭也有肉，但是味道難聞。只是那個年月不講究衛生防疫，也沒有多少人明白傳染病交叉感染的道理，所以雖說這裡出售的都是殘羹剩飯，但對於窮苦的百姓來說，還是很受歡迎。因為這裡聚集的窮人較多，所以這裡

有華商公會設立的男女粥廠各一處，明德慈善會設立的暖廠兩處。所謂粥廠，是官府、慈善團體或人士施粥以賑饑民之所。貧苦人或是逃難到此的災民，可以到這裡領一份稀飯。有的粥廠只施粥，不留宿夜；有的不僅施粥，還搭建棚子，留無家可歸的窮苦人居住。這種既施粥又留宿的粥廠又被稱為暖廠。暖廠全用蘆席、稻草圍就，當時有千餘窮人和乞丐在此苦度寒冬。1936年2月14日凌晨，南市清和街附近一個粥廠突發大火，活活燒死百餘人，一時焦屍疊列，慘不忍睹。《「三不管」火燒活人的故事》這則漫畫通訊即是對這一重大人間悲劇的報導。漫畫共由24幅圖畫組成：街頭凍斃之無告者；慈善家出資舉辦粥廠暖廠；千數貧民藉此度日；突然起火夢中紛起逃生；僅半小時即全部焚毀；灰燼中掘出屍骸 149 具；遇難家屬啼泣認屍；老婦哭其幼子傍觀者淚下；友邦僧人到場超度亡靈；市府撫恤機關派員致祭；紅十字會實行消毒工作；慈善心腸為亡魂焚香化帛；焦頭傷者在火場附近行乞；報販喊「看火燒活人的報」；拾荒人乘機揀亂草破衣；延高僧誦經數天；警察以木棒維持秩序；公善施財社分別裝棺；歎賞遺留下的一隻腳；百餘裸體貧民長眠地下；乞丐藉火窟餘生名義求乞；遇難人與被難家屬受恤；起火原因互相推諉；記者夢見焦屍大打高射炮。這則漫畫通訊對火災發生的前因後果以及社會各界對此的反應措施，作了多角度、全景式的呈現，真實、客觀的場景再現無疑會使讀者受到強烈的情感震撼。

6.《剿匪軍成都遺跡》

這則漫畫通訊發表在 1936 年 8 月 5 日《漫畫界》第 5 期。1932 年 10 月，中國工農紅軍第四方面軍根據川北敵人守備空虛的局勢，進軍川北，創建了川陝革命根據地。川陝蘇區的建立，使國民黨中央和四川軍閥惶惶不可終日，隨之開始了對川陝革命根據地的長期圍剿。1933 年 10 月 4 日，劉湘就任四川「剿匪」總司令，總司令部設在成都，將四川軍閥部隊編為六路，分布於川陝蘇區東、南、西周邊地區，在西起廣元東至城口的 1000 餘里弧形線上，形成了對川陝蘇區的合圍態勢，準備以絕對優勢兵力對紅軍發動總進攻，參加六路圍攻的總兵力共有 110 個團，約 20 餘萬人，另有空軍 2 個中隊，飛機 10 架參加作戰。面對四川軍閥聯合進攻川陝蘇區的嚴峻形勢，紅四方面軍召開會議，研究制定反圍攻作戰方針：採取堅守陣地，依託有利地形，節節阻擊，不斷殺傷、消耗敵人，削弱敵人進攻力量；抓住敵人的弱點，創造和捕捉有利戰機，適時集中優勢兵力，快速反擊，各個殲敵；對退卻之敵，實施大縱

深迂迴戰術，分割包圍，速戰速決。紅四方面軍反六路圍攻戰爭歷時 10 個月，最後以總計斃傷敵副司令郝耀庭以下官兵 6 萬餘人、俘敵 2 萬餘人、繳獲槍支 3 萬餘支、炮 100 餘門、擊落敵機 1 架，取得反圍剿的偉大勝利而告結束。《剿匪軍成都遺跡》發表在 1936 年 8 月 5 日《漫畫界》第 5 期，該期是「風月專號」，這時紅四方面軍已經離開川陝革命根據地北上長征，所以這幅漫畫通訊報導了四川軍閥在圍剿紅軍時所留下的「遺跡」，這些「遺跡」當然也是剿匪的「戰績」之一。從這「戰績」中，人們可以明白這些「剿匪英雄」們當時爲何屢戰屢敗了。這是一幅四格漫畫，第一幅「未經雕琢」，畫面上是一當地不諳世事的少女，正偎依著窗戶向外張望。第二幅是「剿匪英雄來自下江，解解悶氣，賃屋暫藏」，畫面上一個國民黨「剿匪」軍官在尋花問柳。第三幅描繪由於「軍隊突然開拔，英雄隨去，不知所之，百無聊賴，公園裏逛去」，良家女子被始亂終棄。第四幅則是「傑作完成，『大眾情人』大家欣賞」，女子墮落，淪爲風塵女子。漫畫通訊有一句補充性的注釋文字：「據算此項傑作有五百餘件。」作者彷彿只是冷靜敘述一個「風月」故事，但諷刺和鞭撻卻盡在其中：「剿匪」者其實是眞正的土匪！

圖 3-18　蔡輪丹《剿匪軍成都遺跡》（1936 年 8 月 5 日）

7.《醉生夢死圖》

這幅通訊漫畫發表在 1936 年 9 月 5 日《漫畫界》第 6 期「報導漫畫專號」，是該期封底漫畫，作者署名「田無災寄自天津」。在中國民間文化中，老鼠不僅容貌不佳，而且因會盜食種子、毀壞樹苗、啃咬衣物、傳播疾病等

圖 3-19　田無災《醉生夢死圖》（1936 年 9 月 5 日）

毛病，令人討厭，有「老鼠過街，人人喊打」的千古罵名，被歸入「四害」之一。1944 年，齊白石老人把盤踞在中華大地上的日本侵略者，就比作害人的「群鼠」。他不但匠心獨運創作了一幅《群鼠圖》，而且還以犀利的筆觸在畫上題詩一首，詩云：「群鼠群鼠，何多如許？何鬧如許？既齧我果，又剝我黍。燭炧燈殘天欲曙，嚴冬已挨五更鼓。」借詩畫怒斥日本強盜「群鼠」對我中華侵略的血腥罪行，並以「天欲曙」、「五更鼓」來寓意「黑暗」、「嚴冬」終究會過去，堅信日本強盜終將被趕出中國去。在《醉生夢死圖》漫畫通訊的畫面上，在一幢寫有「華宅」字樣的二層小樓之上、「親善」匾額之下、「勸君更盡一杯酒，與爾同消萬古愁」楹聯環抱之中，一日本女人摟著傻笑的中國紳士灌安眠藥。屋外群鼠大鬧，有上房揭瓦的，有掄鎬刨牆角的，有偷運

財寶的，有殺人放火的，有填人入井的，有牆頭站崗放哨的，有搖膏藥旗持槍操練的，真是群鼠作亂，烏煙瘴氣！這是當時國內局勢的真實寫照：1931 年「九‧一八」事變後，日本侵略者又策劃成立了「滿洲國」，1936 年 10 月，又發動華北事變，策動漢奸冒充農民襲擊香河縣城；11 月，在天津操縱漢奸、流氓、吸毒犯請願示威，襲擊國民黨機關，製造要求自治的騷亂活動，還掌控漢奸殷汝耕割據冀東二十二縣，成立「冀東防共自治政府」。1936 年 5 月，日本將天津駐屯軍改為「華北駐屯軍」，司令部設天津。日本還往華北增兵，控制軍事要地和鐵路沿線，並在天津修建機場、倉庫、營房等軍事設施。當時，日本駐天津總領事館統率的警察迅速擴編，除設立警察總署，還在北平和冀東廣設分署，日本還在天津設立憲兵隊、調查部等特務機構，並統一指揮華北、西北各大城市的特務活動，並不斷在平津一帶舉行以佔領中國城鎮為目標的軍事演習，為全面侵華戰爭作準備。《醉生夢死圖》雖然是採用象徵的漫畫手法，但其時局報導和揭示意義彰明昭著，一目了然。

8.《山西近景》

這則通訊漫畫發表在 1937 年 2 月 20 日《時代漫畫》第 35 期。從 1911 年到 1949 年，閻錫山統治山西長達 38 年之久，有「山西王」之稱。在統治山西期間，閻錫山曾長期奉行「保境安民」的方針，對外多次拒絕參加軍閥混戰，使山西維持了數年的和平與安定。對內，閻以興利除弊為施政大要。1917 年 10 月發表「六政宣言」，成立「六政考核處」，推行水利、蠶桑、植樹與禁煙、天足、剪髮（男人剪辮子），後來又增加種棉、造林、畜牧，合稱「六政三事」。1918 年 4 月以後，閻積極推行「用民政治」，提倡發展民德、民智和民財。閻認為行政之本在村，所以又推行「村本政治」。他改編村制，以 5 戶為鄰設鄰長，25 戶為閭設閭長，村設村長，代行警察職務，加強行政管理；他還注重思想和文化建設，頒布了《人民須知》和《家庭須知》，宣揚以儒家思想為中心內容的封建倫理道德；整理村政，設立村公所、息訟會、監察會、人民會議等機構，對販賣和吸食毒品、窩娼、聚賭、偷盜、鬥毆、游手好閒、忤逆不孝等壞人進行感化教育和處罰；他還成立「保衛團」對青壯年進行軍事訓練。在閻錫山的努力下，山西暫時出現了社會比較安定、生產有所發展的局面，河南、山東、河北等鄰省的災民大量湧入山西，尋求安居樂業之所。山西在民國政府時期一度曾有「模範省」之譽。《山西近景》漫畫通訊由 7 幅圖畫組成：市民每早舉行升旗禮；陝變聲中閱報室爭吵不止；女童

軍目不斜視；主張公道團大貼標語；公道團與團員所穿的制服；小學生概編
爲兒童隊，老腐教員則榮任教官；家家戶戶共貼的春聯：土地公有消共禍，
物產證券救民貧。對閻錫山統治下的山西人們的衣、住、行、政治、文化、
教育等多方面的情況，進行了較爲全面的報導，揭露了這個所謂的「模範
省」，實質上並沒有什麼民主進步的內容，不過是掛羊頭賣狗肉，名不副實、
徒有虛名而已。如閻錫山創辦的主張公道團，用「擁護好官好紳好人，打倒
壞官壞紳壞人」的空洞、虛浮的口號作號召，其主要業績就是如漫畫所描繪
的「大貼標語」罷了。小學生編爲「兒童隊」，教員一仍其舊，還是原來迂腐
不堪的那些人，換湯不換藥，豈能收到實效？

圖 3-20　馬浪《山西近景》（1937 年 2 月 20 日）

　　與一般漫畫新聞有別的地方，就是通訊漫畫多有一定的敘述性，這是漫畫與新聞相結合後所產生的一種報導體式，因此具有形象直觀與語言敘述的雙重優勢。一件好的通訊漫畫要具有問題意識，具有理性深度，能夠給人啓迪，發人深省。即黃茅先生所說的那樣：「並不是將某地某事依樣畫葫蘆的再現出來就算了，因爲一件事情光只平面記敘是不夠的，報告一件事情，要考察它爲什麼發生的？它發生的地方是怎樣的一個地方？它的經過怎樣？事情是肯定的還是否定的？把這些前因後果演繹地配置，強調諷刺或加重表揚才成份，能夠注意到這幾點，一部報告漫畫的先決條件已具備了。」[1]通訊漫畫的主體畢竟是圖畫，而圖畫長於定格某一個生活瞬間，而新聞事件一般具有一定的時間長度，用圖畫敘述新聞事件，顯然非其所長。當然，這並不說明漫畫在新聞報導方面就無法施展身手。通訊漫畫讓我們看到漫畫在新聞報導方面仍然具有一定的生存空間。20世紀30年代的漫畫通訊通常採用兩種方法來完成對事件的報導：一是配以一定的文字說明，通過文字說明來引導讀者的思維方向；二是通過多格形式，使不同的瞬間畫面連綴起來，從而形成不同意義之間的過渡和聯繫，完成對某一時間性新聞事件的敘述。20世紀30年代的通訊漫畫是對漫畫新聞報導功能的充分挖掘和有效利用，反映出漫畫家們希望通過漫畫這一藝術手段介入時事政治，賦予漫畫新聞報導的社會功能，以實現啓迪民眾、喚醒國人的時代重任，是歷史使命感高揚的表現。

第三節　民國南京政府前期的新聞電影

　　上個世紀20年代先後有大小近20家電影公司拍攝新聞紀錄片，攝製約有100多部新聞紀錄影片。除以上所述外，有些影片記錄知名人士，如《孫傳芳》《盧香亭》《吳佩孚》《馮玉祥》《張學良》等。有些記錄重大事件，如《上海光復記》《濟南慘案》《張作霖慘案》等等。還有國民革命軍總司令部藝術大隊爲馮玉祥拍攝的許多資料。

　　中國早期的新聞紀錄電影尚屬幼年時期，所拍攝影片多爲短小的新聞片，爲數不多的紀錄片也多屬新聞報導性的。還談不到什麼視覺表現的特色。只是有的影片在編輯過程中對材料有所選擇，進行綜合概括地加工處理，如黎民偉攝製的《海陸空軍大戰記》。另如徐碧波寫說明的《五卅滬潮》中的字

1　黃茅：《漫畫藝術講話》，商務印書館，1943年版，第93頁。

幕說明已不是就事論事，而能闡明其含義，使影片具有鮮明的思想性。這都說明中國早期的新聞紀錄電影，雖屬新聞報導的範疇，但從思想內容到視覺表現都是逐步向前的。[1]更難能可貴的是其反映的內容，對這個階段的重大軍事事件、政治事件，從辛亥革命、五卅運動到第一次國內革命戰爭都有所記錄。在 1924 年後關於廣州革命政府、五卅運動至北伐戰爭期間，圍繞孫中山先生生前的革命活動及逝世後的哀榮攝製很多紀錄影片，在質量上也有所提高，可說是中國新聞紀錄片開始攝製後的一個小高潮。新聞紀錄電影發揮了它緊密結合現實的特點，反映了時代的前進步伐和社會的發展變化。以反映中國人民反抗日本帝國主義的鬥爭及抗擊日寇侵略為內容、宣傳愛國主義精神的電影，被稱之為「抗戰電影」。全面抗戰是自 1937 年「七七」事變爆發算起，但可以遠溯到 1931 年的「九一八」事變日本侵佔東北三省前後，抗戰的新聞紀錄電影就開始形成新的局面。其出現這樣新的局面的原因，是由於中國共產黨根據當時的形勢、日本帝國主義的侵略及中國軍民的英勇抵抗，加強了對電影戰線的領導，影響和團結愛國的電影工作者到現實生活中間去拍攝抗戰電影。「七七」事變後，中國共產黨提出抗日民族統一戰線，促成國共合作，停止內戰、共同抗日，文化戰線的形勢發生了極大變化，特別是周恩來對於抗戰電影的發展，傾注了滿腔心血。

一、上海地區的新聞紀錄電影

　　進入二十世紀 30 年代，當中國共產黨領導的中國工農紅軍的武裝鬥爭與蘇維埃運動日漸發展、農村土地革命日益深入的時候，以上海為中心的文化革命也日益發展，革命的文藝運動也日漸高漲。1930 年 3 月，「中國左翼作家聯盟」在上海成立之後，「中國左翼戲劇家聯盟」（簡稱劇聯）也於 1930 年 8 月在上海成立。1931 年 9 月通過的中國左翼戲劇家聯盟《最近行動綱領》中就提出了中國共產黨當時在電影戰線上的鬥爭綱領和方針。它提出「本聯盟目前對中國電影運動實有兼顧的必要」。[2]為使電影為革命鬥爭服務，需要開闢自己的陣地，「產生電影劇本供給各電影製片廠並動員盟員參加各製片公司活動外，應同時設法籌款自製影片」，特別提出「工廠與農村的電影運動暫時為主觀與客觀條件所限制……只能夠利用『小型電影』攝取各地工廠與農村相

1　單萬里：《中國紀錄電影史》，中國電影出版社，2005 年版，第 135 頁。
2　中國左翼戲劇家聯盟：《最近行動綱領》，1931 年。

異的狀況，映出於各地的工廠與農村之間」。[1]這裡提到的「小型電影」即是新聞影片，可看出當時已認識到了新聞影片在工廠與農村的作用。最早介入電影界的是阿英，1926 年他就和周劍雲等組織上海六合影片營業公司。1932年，夏衍、阿英、鄭伯奇等在瞿秋白的支持下進入明星影片公司，為之編寫劇本。1933 年春，黨的電影小組正式成立，由夏衍、阿英、凌鶴、王塵無、司徒慧敏組成。「電影小組」一進入電影界，就使中國電影起了根本性的變化，如果說中國共產黨剛成立時對「五四」新文化運動後的文藝戰線只是有思想影響的話，那麼可以說到了左聯時期就是要實行有組織的領導了。在電影戰線上，除夏衍、阿英等參加明星公司外，也有一些左聯、劇聯的盟員參加電影工作，並團結進步的電影工作者，於 1933 年在上海成立了「中國電影文化協會」，爭取更多的電影工作者參加進來，使電影工作中左翼力量加強，團結人、影響人並攝製了一批反帝、反封建的好影片。還成立影評小組評論影片，既促進創作，又影響觀眾，使黨的反帝反封建的總綱領在電影戰線上體現出來，此後對攝製抗日救國為內容的影片起了推動作用。特別提到「小型電影」，其實就是提出對新聞影片的重視。[2]

「九一八」事變，日本帝國主義者強佔了東北三省，1932 年 1 月 28 日日軍進攻上海，爆發了上海「一‧二八」淞滬抗戰。蔣介石的不抵抗政策激起廣大群眾的憤慨，群眾要求抗日，也要求看到電影公司攝製的以抗日為內容的影片。如電影觀眾向電影製片廠提出「猛醒救國」的勸告，當時《影戲生活》雜誌收到過 600 多封讀者來信，要求影片公司攝製抗日影片。在群眾抗日熱情的推動下，在左翼電影工作者對電影界的影響以及左翼盟員的參加下，一些大電影廠開始攝製抗日的新聞紀錄影片。如明星影片公司拍攝了《十九路軍血戰抗日　上海戰地寫真第一集》《上海之戰》（導演程步高、攝影周詩穆、董克毅）；聯華影片公司（1929 年由民新、大中華、百合等四個影片公司聯合而成）拍攝有《暴日禍滬記》《十九路軍抗日戰史》（攝影師黎英、黃紹芬等）；天一影片公司有《上海浩劫記》。其他還有一些小的公司也拍攝了一些抗日的影片：如惠民公司的《十九路軍光榮史》、亞細亞公司的《上海抗敵血戰史》、暨南公司的《淞滬血》、慧沖公司的《上海抗日血戰史》、錫藩公司的《中國鐵血軍戰史》等，及時報導了中國部隊抵抗日本侵略

1　中國左翼戲劇家聯盟：《最近行動綱領》，1931 年。
2　單萬里：《中國紀錄電影史》，中國電影出版社，2005 年版，第 146 頁。

軍的情況。[1]

《上海之戰》是一部內容比較豐富的影片。它記錄了 1932 年「一・二八」上海淞滬抗戰中十九路軍在閘北一帶抵抗日本侵略軍的情況。影片展現了閘北地區遭日寇飛機轟炸，大火焚燒、房屋倒塌、遍地瓦礫的淒慘景象。同時反映了十九路軍抗日將士在巷戰中，逐屋戰、逐點戰，戰士的壯烈英勇，以及年輕神槍手獵射敵人的機智勇敢，影片還表現了兩個英勇的指揮員翁旅長和吳營長，還記錄了吳淞口外敵人艦船巡邏以及對吳淞炮臺的轟

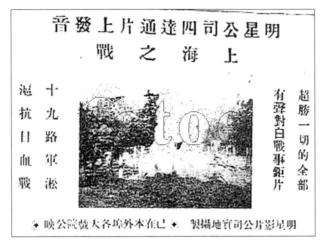

圖 3-21　《上海之戰》海報

圖 3-22　《上海之戰》影片截圖

1　相關劇目綜合參考於《青青電影》《中華畫報》《影舞新聞》《申報》等當時的報刊
　　廣告及相關說明文章。

擊。影片詳細呈現了上海廣大群眾對愛國抗日戰士的慰問和支持，街頭講演、募捐、做棉衣、送慰問袋……愛國的電影工作者到戰地及傷兵醫院的慰問演出，參加的有田漢、金焰、聶耳、王人美、黎莉莉、吳永剛等人。當戰爭對峙月餘後，日本侵略軍於 3 月 20 日從瀏河登陸，十九路軍奉命撤退到崑山、南翔二道防線時，影片又表現十九路軍將士防守戰線、嚴陣以待的情景。影片還拍攝了一場爭奪石橋的戰鬥。表現了敵我隔河作戰，敵人先占石橋，我軍反攻，左右夾擊，占橋殺敵，取得一個小勝利。但到 5 月底，政府與日軍簽訂上海停戰協定，淞滬抗戰結束，影片表現了群眾抗日熱情更為高漲的情景。

拍攝這部影片的導演程步高是著名故事片導演。他也曾拍攝過一些新聞紀錄影片，如 1924 年拍攝了《吳佩孚》《洛陽風景》等。攝影師周詩穆也是著名故事片攝影師，他拍攝過的新聞紀錄影片有《孫中山》（生前和死後）《北伐完成記》《總理奉安》等。攝影師董克毅也是著名故事片攝影師，後來他又拍攝過紀錄片《海京伯大馬戲》。為拍攝這部影片，攝製人員多次深入閘北戰場，拍攝一些難得的現場素材。又在部隊撤至二線後，補拍一場石橋爭奪戰，使影片實戰的氛圍更為激烈。影片表現出中國軍隊抗擊日本侵略者的意志與決心，表現出中國人民支持軍隊、軍民一條心，因此，影片放映後極受人民群眾的歡迎。後來，雖然中國和日本政府間簽訂停戰協定，但在影片的影響下，人民群眾的愛國、抗日熱情卻更為熱烈、更為深沉。

聯華影片公司的《十九路軍抗日戰史》是反映「一・二八」抗戰的另一部有影響的影片。它記錄「一・二八」淞滬抗戰中，日寇轟炸閘北、真如的民房和焚毀商務印書館、同濟大學、暨南大學等文化機構的暴行；記錄了十九路軍在閘北青雲路、廟行和八字橋三次戰役中的作戰情景和上海人民支持十九路軍的各種活動，如開辦臨時傷兵醫院、救護傷兵，婦女慰勞會赴前線慰勞及難民收容所等等。素材都是戰地攝影隊冒著生命之險在前線拍攝的。如廟行之役打退日軍坦克等鏡頭都極為珍貴，字幕說明也寫得很振奮人心。

這些以反映抗日為內容的影片，上映後很受觀眾歡迎和輿論的讚揚，但由於國民黨政府當局對於抗日影片禁拍、禁演的緣故，原來只在租界禁映的《上海之戰》《上海抗日血戰史》（慧沖公司）等後來在租界以外地區也被禁止上映，或被迫刪去抗日字樣（如後者改名為《中華光榮史》），才得以上

映。《上海之戰》在上海郊區巴黎舞場和南市小影院「福安」上映時，曾連續上映 12 天。影片還在美國發行放映。廣州遠東新聞社代理發行的《淞滬隨軍日記》和慧沖公司的《中華光榮史》在廣州上映時也大爲轟動。南洋愛國僑胞更是以空前的熱情歡迎這些抗日影片，派遣專人到上海來向影片公司購買，甚至有的還專門配製粵語說明。《十九路軍抗日戰史》曾被認爲是「喚醒民眾的愛國教科書」。[1]

抗日的紀錄影片的攝製，說明了中國電影界在帝國主義的侵略下，在民族矛盾尖銳化的面前，受到現實生活的教育，已經開始朝著進步方向轉變。藝術家們警醒了。如《上海之戰》的導演程步高就是由於抗戰的形勢使他覺悟起來。他當時曾說：「『一·二八』的大炮轟醒了我，那幾天我爲了拍新聞片，在江灣、在閘北跑，耳朵所聽見的是帝國主義的炮聲，眼睛所看到的是殘暴的屠殺、血、死屍，可憐一般貧苦的同胞，沒有錢逃到美、英、法帝國主義保護之下的租界，沒有做半亡國奴的資格。」「因此我那疲倦而頹喪的人生受著了極大的刺激。我有了新的感覺，我有了堅定的自信，我痛恨帝國主義的殘暴，我對貧苦階級抱著絕大的同情。我不再頹廢，我興奮，無論如何我得奮鬥……」[2]電影工作者被現實生活所激動。因之以抗日爲內容的新聞紀錄影片才能較好地攝製出來。這是例證之一。

二、東北地區的新聞紀錄電影

日本帝國主義的侵略，給中國電影事業帶來了極大的破壞和損失。「一·二八」事變使上海的虹口、閘北、江灣地區的八九家電影公司毀於炮火，直接間接影響 30 家左右的電影公司，被迫停產。此時抗日的新聞紀錄影片卻大受歡迎，於是一些攝製者的抗日愛國熱情促使他們奮起去拍攝抗日題材的新聞紀錄影片；另外一些小公司在場地被轟毀時，只能抽出力量到戰地去拍攝新聞紀錄影片，甚至有的公司在抗日團體的協助或直接支持下，還遠去東北等地抗日前線去拍攝。到東北去拍攝的抗日新聞紀錄影片有九星影片公司出品的《東北義勇軍抗日戰史》、暨南影片公司出品的《東北義勇軍抗日血戰史》以及遼、吉、黑後援會的《東北義勇軍抗日記》等等。

《東北義勇軍抗日戰史》是 1933 年攝製的，較爲系統地介紹了東北義勇

1　戰地新聞社：《喚醒民眾的愛國教科書》，載《十九路軍抗日戰史特輯》，1932 年。
2　凌鶴：《程步高評傳》，載《中華》，1958 年第 42 期。

軍早期堅持抗日鬥爭的情況。記錄了新民、巨流河、紅螺蜆、白旗堡、錦西、朝陽市等幾個重要戰役。影片從東北的風光和豐富寶藏的介紹開始，通過義勇軍的作戰活動，反映了義勇軍堅決抗日的意志。其中記錄義勇軍爆炸南滿鐵路的火車，截斷日軍的聯絡以及義勇軍捕獲日軍顧問青田四郎和僞軍繳械投降的幾段，尤其顯示了義勇軍旺盛的士氣。影片的不足是沒有很好顯示出東北人民群眾的力量，敵人的暴行還未得到充分暴露。

圖 3-23　《東北義勇軍抗日戰史》影片截圖

日本帝國主義佔領東北三省後，繼續向熱河省及華北進犯。1933 年，日寇攻陷山海關，進佔承德，並至長城一線，繼續進攻冷口、喜峰口、古北口等地，遭當地守軍自動抵抗。馮玉祥、吉鴻昌、方振武等愛國將領在張家口成立抗日同盟軍，抵抗日軍的侵略並收復康保、沽源、多倫等地。這時一些影片公司派攝影人員到熱河及華北前線拍攝影片，暨南影片公司拍攝了《熱河血戰史》、慧沖影片公司拍攝了《熱河血淚史》，張漢忱拍攝了《榆關大血戰》《長城血戰史》等，反映了在中國軍民奮戰下，日軍受阻，遲遲不能迅速進佔的情況，記錄了中國軍民對日戰爭的愛國熱情。[1]尤其是 1936 年傅作義將軍領導綏遠抗戰，受到全國人民的關注。

1937 年初，新華影業公司派出導演楊小仲、攝影師薛伯青遠去塞北，拍攝收復百靈廟重鎮的《綏遠前線新聞》。影片記錄了我國軍隊收復爲投降日寇的蒙古德王所盤踞的百靈廟的情況以及綏遠前線抗日部隊的壯烈英勇。影片介紹了駐在綏遠的愛國將領傅作義將軍、介紹了百靈廟遭叛軍破壞的情

1　相關劇目綜合參考於《申報》《申報圖畫週刊》《中華大戲院》廣告單等相關資料。

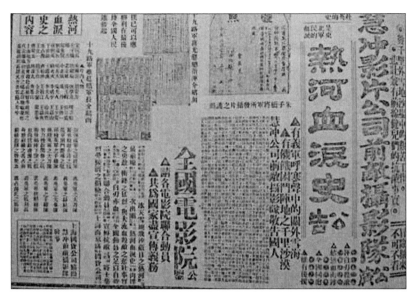

圖 3-24　《熱河血淚史》上映公告

圖 3-25　《綏遠前線新聞》影片截圖

景，房屋多爲重炮轟毀，槍痕彈跡觸目皆是，寺院坍塌、佛像殘破、佛經散落，人民生活極其困苦，抗日將士也過著極艱苦的生活，燒飯用牛糞，飲食無油鹽，只吃一盆爛乾菜。影片還介紹了指揮收復百靈廟作戰的孫蘭峰旅長以及收復百靈廟戰鬥中戰士的英勇作戰，有一個連隊僅剩連長、號兵、士兵各一人，其餘全部壯烈犧牲。其他如戰場遺跡，戰地工事，以及孫旅長以下此次戰役中的指揮官一一攝入鏡頭。楊小仲曾寫有文章詳述他們經過艱苦的草原行軍、行程數千里到百靈廟去拍攝這部影片，以及孫旅長率部參加拍片

的情況。曾有「……面對大好河山，愛國之心油然而生，前線將士肩負國家重任，衛國守土雖一尺一寸不使淪亡，他們的壯烈偉績，已經足以光耀千秋了……」之語[1]，楊小仲所表露的愛國熱忱和感慨，足可代表當時一些新聞電影工作者的心聲。

　　1935 年在太原，由地方長官閻錫山資助的西北電影公司是一個半官方製片機構。1937 年春也曾到綏遠等地拍攝抗日新聞影片《綏蒙前線新聞》，該片反映了抗日軍民同仇敵愾、堅持抗戰的決心和信心。綜觀上述情況，國民政府時期的新聞紀錄影片製作，顯示出兩個特點：

　　一是反映出全國民眾的抗日愛國熱情及國民政府的軍隊愛國將士的抗日鬥爭爲內容的影片成爲新聞紀錄片的主流，多數影片反映了這個階段的時代特點。這是因爲現實生活提供了影片的內容，日本帝國主義的侵略使國內政治形勢發生變化，民族矛盾逐漸在上升，群眾的抗日情緒高漲，國民政府的部隊中愛國將士在東北、上海、熱河、綏蒙、華北等地的抗日軍事行動都爲拍攝新聞影片提供了現實基礎。[2]同時電影攝製人員的抗日熱情促使他們投身於現實鬥爭進行實地拍攝，他們將耳聞目見的可歌可泣的中國軍民抗戰事蹟記錄下來，新聞紀錄影片顯示了它時代目擊者的特性。再則，這個階段正是蔣介石對紅軍實行在軍事圍剿，同時也對文化戰線上左翼文化運動採取圍剿扼殺的白色恐怖時期。抗日影片的大量出現，顯示著左翼文化運動的進步影響的擴大，代表了進步的文化傾向，也是反映出左翼文化運動反圍剿的勝利的一種表現。

　　二是這一時期新聞紀錄片較早期有較大發展。有些影片已經不限於一人、一事、一個消息的新聞報導，而是出現了內容較寬廣，時間較長、篇幅也較大的綜合性紀錄片。這些影片對廣泛的素材進行綜合性的剪輯處理，有一定的思想性、觀賞性。說明新聞紀錄影片較前成熟了。但在這個時期還沒有出現專職的新聞紀錄片攝製人員，基本上是原來拍攝故事片的導演、攝影兼拍新聞紀錄影片。此時也沒有出現對新聞紀錄片的理論研究者，自然就用故事片的表現方法和拍攝方法來拍攝新聞紀錄片，最主要的手法就是重拍和搬演。這從 20 年代王元龍兄弟拍攝《北伐完成記》已見端倪，到《上海之戰》

1　楊小仲：《拍攝感慨》，《中華畫報》，1937 年第 2 期。
2　李靈革：《紀錄片下的中國二十世紀中國紀錄片的發展與社會變遷》，浙江大學 2004年博士學位論文，第 76 頁。

更爲明顯。《上海之戰》的導演程步高在《影壇憶舊》中回憶拍攝「一・二八」戰事的情況時稱：這個影片主要是「眞人眞事重現在銀幕上」。他說在拍攝許多現場素材後，對於兩軍交戰的激烈場面實際上無法拍到，因此他們越過戰線之後，組織拍攝一場兩軍對小橋的爭奪戰，一部我軍扮演日軍，經過雙方激烈爭奪後，小橋得而復失，來回攻戰兩三次，重現了那場爭奪戰的猛烈。程步高的這種眞人眞事重現的拍攝方法，既是拍攝方法問題，又反映一種美學觀點。這種「重現」，其實是作者對新聞紀錄影片從藝術上要求其有情節、有人物、有氣氛，要求影片藝術表現的完整性，而用組織拍攝的方法重現了那場小橋爭奪戰。

這個階段尚有一些影片公司拍攝反映風光、體育、社會新聞等方面的影片，豐富著新聞紀錄影片的題材。如《全國運動會》《神秘的西藏》《海京伯大馬戲》等。還有聯華影片公司拍攝的《魯迅先生逝世》《阮玲玉逝世》新聞紀錄影片等。新聞紀錄影片爲我們保存了那個階段有價値的時代形象視覺檔案。

第四節　民國南京政府前期的圖像新聞出版

這一時期中國的畫刊出版業空前活躍，據不完全統計，全國共創辦了 500 餘種畫刊，但目前收集到刊名確定的只有 240 多種。由於畫刊在識字較少的人民群眾中具有很好的宣傳教育效果，在啓蒙心智、推介新知、報導時事、改變思想等方面有著獨特的作用，共產黨、國民黨都把它作爲重要的輿論工具。在國統區，國民政府十分重視畫刊的出版和傳播，鼓勵政府領導下的文化部門多創辦一些群眾喜聞樂見、寓教於樂的畫報，以宣傳輿論爭取國民支持。在中國共產黨領導下的廣大地區，畫刊出版也十分興盛，印刷質量還略顯粗糙的畫報成爲了宣傳鼓舞人民群眾的有效途徑。[1]

一、商業類畫刊

《文華》，1929 年 8 月創刊，上海好友藝術社出版，上海文華美術圖書公司印刷發行，8 開本，每期 50 頁，月刊，間有脫期。至 1935 年 4 月出 1 至 54 期，在 54 期中宣稱自本期起革新，繼續出版。繪畫編輯梁鼎銘、梁雪清，

1　本節的資料取得彭永祥、季芬的授權，同意使用《中國畫報畫刊》的部分內容。

文藝編輯趙苕狂，攝影編輯黃梅生。

該刊稱：「要之本社以實事求是爲原則，本宣揚藝術之宗旨，務使本報大眾化、普遍化、崇尚化。尚希各界同好予以有力之贊助，本社同人有厚望焉。」「本社之目的，在聯合全國文藝家、美術家、攝影家爲一戰線，而齊向藝術之途進展。歡迎同志入社。茲將簡章列下，幸垂察焉：一、凡繪西洋畫國粹畫、攝影、文藝、小說等具有一技一長，及能夠表達名人作品者，即得爲本社社員……」。

從創刊號所刊國內政治、經濟、軍事、文化、教育、婦幼等封面的圖文來看，這一畫報辦得極有聲有色。以後每期內容，各有側重，日寇侵佔東北、一・二八進攻上海、進犯熱河，此刊都刊載了大量照片，並出了專集，揭露暴日之罪行。其中有些照片是該報特派攝影記者拍攝的。

圖 3-26　《文華》封面

《時代畫報》，1929 年 10 月 10 日創刊，初爲半月刊，1936 年改爲月刊，由張光宇、邵洵美、葉淺予合組的時代圖書公司的時代畫報雜誌社出版，上海中國美術刊行社總發行。張光宇、葉淺予、葉靈鳳、梁得所等先後任編輯主任。1937 年冬終刊，共出版 118 期。第 4 期與《上海漫畫》合併，簡稱《時

代》，由月刊改爲半月刊；2 卷 7 期改名《時代》圖畫半月刊；1936 年梁得所接編後，由半月刊改爲月刊。

　　該畫報刊載時事照片很多。國內時事照片，每期都有刊出。陶行知的鄉村教育、魯迅先生逝世、蕭伯納來華、馮玉祥被迫下野在泰山讀書等等都有報導。文教、體育、婦女兒童的照片也很多。各個攝影藝術團體，如華社、黑白社歷屆影展作品和著名攝影家的攝影藝術作品也常刊載。爲畫報提供時事新聞和各種內容照片的有通訊社、新聞攝影社、電影場等十餘家，個人提供照片的有王小亭、沈逸千、伍千里，鄭用之、倪煥章、黃仲長、金石聲等。戈公振則寄回很多國際時事照片，有不少是介紹蘇聯的。葉淺予的滑稽畫《王先生》，從 1 卷 4 期起連載，每期刊一組，每組八九幅，至 1935 年 4 月，共刊出 77 組，後單出了《王先生》專集 3 冊。

圖 3-27　《時代畫報》第一期封面

　　《天津商報圖畫週刊》，1930 年 7 月 6 日創刊於天津，爲《天津商報》附刊，曾改名「天津商報圖畫半週刊」、「天津商報畫刊」、「天津商報每日畫刊」。綜合性畫刊，8 開 4 版，由天津商報館出版發行，社址在法租界 24 號路。主旨是要規規矩矩爲讀者辦一張畫報，不給某人做宣傳，不替哪一方面張目，不對某一件事吹捧、謾罵。主要內容有時事政治、社會新聞、美術攝影作

品、名伶明星劇照、生活照、小說連載等。1937 年 7 月停刊，出版至第 23 卷 39 期（每卷 50 期）。存 1930 年 7 月第 1 卷第 1 期至 1937 年 7 月第 24 卷第 39 期。

　　天津作爲我國近代開放較早的城市之一，較早地體驗到了西方傳教士和商人湧入的浪潮，感受到了隨之而來的經濟和文化上的衝擊。報刊作爲宣傳輿論的工具，在天津也得到了較早的發展，給天津新聞傳播史添上了濃墨重彩的一筆。《庸報》《大公報》《益世報》與《天津商報》一起被列爲上世紀 20 年代末天津「報界四強」。人們對前三者似乎耳熟能詳，學者對天津近代報業的研究也多集中在這三張報紙，但對於出版時間長達 9 年之久的《天津商報》的研究幾近空白，更遑論作爲其副刊的圖畫週刊。

　　《圖畫週刊》，1930 年 5 月創刊於上海，爲《申報》的攝影附刊，戈公振編，週刊，上海申報館出版。該刊爲對開，逢星期日出版，隨報附送，逢元旦及節日，即擴大爲全張。內容除名畫家的山水、人物之外，餘爲攝影作品，主要是「時事照片」和「學藝照片」。

　　《圖畫週刊》刊登的新聞性比較強的照片有《梅蘭芳赴蘇俄演劇》《賽金花六十時寓居北京小巷中》《蘇聯版畫展覽》《最近由港來滬之革命耆宿尤烈》《史量才被刺在滬殯儀及遇害初》《上海文化協會歡迎離國十年之郭沫若及救國會七君子》《北平學生之救國運動》《日人在綏之特殊機關松田公館》等，都有一定的歷史意義或參考價值。鄒韜奮評論說，戈公振先生主編的申報《星期畫報》，是「目前我國各日報中星期畫報最爲精彩的」畫報。

　　「一・二八」事變發生後申報《圖畫週刊》停刊，時已出至 81 期。1934 年 3 月 15 日復刊，更名《圖畫特刊》，對開半張，每週發行兩次，星期一、四出版。1936 年 1 月 15 日，《圖畫特刊》又改爲每週發行一次。戈公振約編了 200 期左右，1935 年 10 月他去世後由攝影家胡伯洲任畫刊編輯工作，直至 1937 年 8 月日軍進攻上海時停刊，共出版 265 期。存第 1 期至第 262 期。

　　《中華》，爲時事圖畫雜誌（The China Pictorial），於 1930 年 7 月在上海創刊，文字主編周瘦鵑和嚴獨鶴、美術主編胡伯翔與郎靜山，第 4 期起，總編輯爲胡伯洲，助理編輯爲周志靜、許和。上海中華雜誌社出版，上海新中華圖書公司負責總發行。雜誌社社址位於上海海寧路北四川路口 825 號。該畫刊爲綜合性刊物，規格爲 8 開本，每期載有 46 頁左右的內容，採用影寫版

印刷。畫報約於 1941 年 8 月停刊，共出刊 104 期[1]。《中華》圖畫雜誌主要登載中外時事新聞、科學發明、名人近影、博物美術、各地名勝、婦女兒童、電影戲劇、社會生活、漫畫小品等豐富多彩的內容。該刊與《良友》畫報一樣，是三十年代都市風采畫報的代表，只是其刊行時間較短，影響力不如《良友》，但在格調品位上遠勝當時刊行的其他畫報。

圖 3-28　《中華》圖畫雜誌
創刊號封面

圖 3-29　《中華》圖畫雜誌
第 27 期封面

　　《中華畫報》，1931 年 3 月創刊於天津，週刊，後改為半週刊、二日刊。中華畫報社刊行，8 開本 4 版，道林紙印刷。存 1931 年 3 月第 1 卷第 1 期至 1933 年 9 月第 3 卷第 346 期。文化藝術畫刊。以表現時代精神、介紹藝術結晶、暴露社會內幕、暗示人生片段為宗旨，主要刊載藝術品介紹、文史知識、書畫作品、攝影作品、明星伶人照片、小說連載等內容。1932 年 1 月 22 日之前為獨立畫報，此後則附屬《中華新聞畫報》合併發行。

1　此處「共出 104 期」見於周利成編著：《中國老畫報：上海老畫報》，天津古籍出版社，2011 年 9 月第 1 版，第 60 頁。

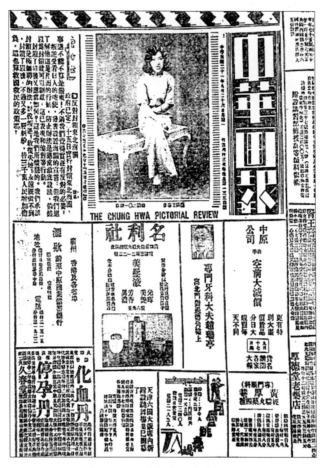

圖 3-30 　《中華畫報》封面

　　諫果、夢人寫的《向讀者致詞》（即發刊詞，刊於創刊號上）中說：「我們的使命是：（一）表現時代精神，（二）介紹藝術結晶，（三）暴露社會內幕，（四）暗示人生片段。」然後它公開徵求的則是名媛近影、時事照片、古今書畫、諷時漫畫、歷史照片、學校寫真、男女名伶造像等方面的照片和繪畫作品，在刊行的 350 期中，所刊內容都不出此範圍，只是在後期刊出的電影介紹較多，沒有反映時代精神，也沒有暴露社會內幕。

　　《北晨畫刊》，1934 年 5 月創刊於北平，前身爲《北晨畫報》，北晨報社編，1937 年 4 月終刊，這兩份畫報都是 4 開 4 版報，兩者出版時間相隔不遠，辦報風格相近，紙型也相近，都類似今天的膠版紙。印刷精美，所刊的文字、照片至今仍然非常清晰，雖然字比較小，但讀者看起來並不困難，欄目也關有「攝影」、「雜談」、「漫畫」等，版面比較活潑，圖文並茂。

　　此刊 1934 年 5 月 19 日至 8 月 8 日出第一卷 1 至 13 期，金石書畫及評文占版面的一半有餘。8 月 18 日至 11 月 10 日出第二卷 1 至 13 期，攝影所佔版面逐期增多，每期刊照片十幾張乃至二十多張，金石書畫則僅占版面的三分之一。金石多為珍品，書畫多為古今名作。攝影則有：一、時事，包括國內、國外時事新聞、中外文化交流，體育活動，學生生活等；二、藝術攝影及寫真，有時也稱藝術寫真或攝影藝術或藝術攝影，雖不是每期都刊，但每卷總要刊出名家作品二三十幅，如張印泉、趙澄、鄭景康的作品；三，風光攝影，凡國內名山、大河、古蹟和外國的名勝，每期刊攝影圖片八九張、乃至十多張，編者加以文字渲染，美景勝蹟、引入入勝。其次，此刊也刊雕塑和漫畫，不過數量不多。

圖 3-31　《北晨畫刊》封面

圖 3-32　《北晨畫刊》內頁

　　《上海漫畫》，英文名 SHANGHAI SKETCH，1936 年 5 月 10 日（中華民國二十五年）在上海創刊，上海漫畫社編輯，主編為張光宇，其他編輯大部分是來自於上海漫畫會的成員。16 開，每期 40 頁（包括封面、封底），上海獨立出版社出版發行，中國圖書雜事公司總代售，內容以刊載漫畫作品為主。該畫刊前後共計出版了 13 個期次，終刊時間為 1937 年 6 月 30 日。

　　《上海畫報》在內容刊載形式上承襲了上海漫畫社成員所創辦、出版的刊物，諸如《上海漫畫》（1928 年版）《時代漫畫》和《獨立漫畫》等。每期刊載大量漫畫家的作品，無論是當時已聲名顯赫的葉淺予、張樂平和黃堯，還是初出茅廬或小有名氣的漫畫家汪子美、胡考和許若明等人，他們的作品在《上海漫畫》中皆有一席之地。《上海漫畫》出版社位於上海福州路三百八十號。

圖 3-33　《上海漫畫》創刊號　　　圖 3-34　雲子作《美術專科學生的出路》
　　　　　　　　　　　　　　　　　　　　（《上海漫畫》第 5 期，第 184 頁）

二、時事類特輯畫刊

　　這一類畫刊的出版並不具有長期性，而是依循國內所發生的重大事件而特別製作出版，多是由原來實力較強的雜誌社製作出版，如《良友》等。

　　《上海戰事》，上海戰事即 1932 年 1 月 28 日日本侵略軍進攻上海，中國 19 路軍奮起抵抗的戰爭。良友新聞攝影社、申報新聞攝影社、聯華影片公司、時報攝影部、隨營作戰之學生義勇軍等等單位拍攝了數萬張照片，選編成畫刊三集。第一集有暴日挑釁、我軍拒敵、上海商務印書館及上海北火車站被炸毀等二十個欄目。刊出《慘無人道》照片 5 張，《死裏逃生》的照片 7 張，還編入了宋慶齡到前線視察和與 19 路軍軍長合影。第二集有十六個欄目。第三集有二十個欄目，還錄蔡廷鍇寫的抗日詩一首。每集之後，有《上海中日戰爭紀詳》的長文（從 1932 年 1 月 18 日起至 4 月 25 日止），揭露了日寇的暴行和對中國的侵略。

圖 3-35　《良友》畫報編輯出版的《戰事畫刊》封面

《日本侵佔東北真相畫刊》，1931 年 7 月上海良友圖書公司編印，12 開，中外發行。為揭露日寇侵佔東北罪行的畫刊，刊登各地抗日救亡運動的照片，文字部分為痛斥日寇及其罪行的實錄。

圖 3-36　1931 年 9 月 19 日《日本侵佔東北真相畫刊》
（刊出日寇侵佔瀋陽機關、銀行照片 5 張，原刊現存重慶北碚圖書館）

圖 3-37　1931 年 9 月 19 日《日本侵佔東北眞相畫刊》
（刊出日寇侵佔東北，全國各抗日救國大遊行照片 9 張）

圖 3-38　1932 年 2 月 25 日《良友》畫報編輯出版的《戰事畫刊》
（刊出《慘無人道》照片 5 張，《死裏逃生》照片 7 張）

　　《黑龍江戰事畫刊》，1931 年 12 月 15 日上海良友圖書公司編印出版，8 開，為《日本侵佔東北真相畫刊》的第二種。日寇在未遇抵的情況下，侵佔了遼吉二省，但在黑龍江卻遭到馬占山將軍的抵抗。此刊登載了馬占山的照片 3 張，並稱之為民族英雄。之後刊出日寇暴行照片 53 張，日本在天津製造事端照片 12 張。

　　《淞滬禦日血戰大畫史》，1932 年上海文華美術圖書公司出版，8 開本，同時還出《淞滬戰績掛圖》彙集這次戰役攝影精華照片。

　　《抵抗畫報》，出 1 至 3 集，宋一痕主編，八開本。刊 1932 年 1 月 28 日第十九路軍在上海抗日新聞照片，中英文對照說明。

　　《「一‧二八事件」——十九路軍抗日畫冊》，1932 年出版，主要刊日本侵略軍進攻上海的照片。

三、共產黨辦刊物

　　這一時期，由於各種原因以及條件所限，共產黨黨辦刊物載有圖像的種類較少，其中較有影響的有以下幾種。

　　《紅星畫報》，1932 年 12 月創刊，創刊號出「紀念列寧專號」，中國工農紅軍總政治部紅星社編輯出版，石印，32 開本，原為半月刊，後改為不定期出版，是江西中國工農紅軍政治部在江西紅都出版的第一種畫報。1933 年 8 月 25 日出版有一期，1934 年出版第 4 期。

　　北伐初期，毛澤東就曾指示「多刊圖畫」，說「一張圖畫就是一份『政治教材』」。高帆在《紅星畫報》出版前說：「1929 年 12 月召開的紅四軍第九次黨代會（即古田會議），還專門作出決議，要求紅軍部隊及時出版畫報，並把畫報作為士兵政治訓練的內容之一。」高帆建國後任《解放軍畫報》社社長。吳群說：「紅四軍 1929 年 12 月在古田召開第九次黨代會，針對『畫報只出了幾張』的情況作出決議：『政治部宣傳科藝術股，應該充實起來，出版石印或油印的畫報』，『要精警，使他們一看起一個印象。』」吳群曾任《解放軍畫報》社副社長，後任新聞攝影部副主任。

　　1932 年出版的《紅星畫報》，是我軍早期創辦的繪圖石印畫報。當時紅軍在江西蘇區，1932 年 12 月就編印了「列寧專號」。現存《紅星畫報》第 4 期，封面圖為「蘇聯紅軍之圖書室」，有五位蘇聯人排坐閱讀，圖下又寫「據不完全統計，蘇聯紅軍中之圖書館有二千以上，藏書一千三百萬部云」。

圖 3-39　1934 年 3 月《紅星畫報》第 4 期封面

圖 3-40　《鬥爭》書影

　　《選舉畫報》，1932 年創刊，不定期出版，第二次中華蘇維埃全國代表大會籌備委員會出版，16 開石印。1933 年 8 月曾出版一期，畫報封面為工農群眾在大會投票的熱烈場面，宣傳蘇區廣大工農群眾如何當家作主積極參加選舉。

　　《鬥爭》，1933 年 2 月 4 日創刊於瑞金，週刊（一說旬刊）。由蘇區中央局主辦，中國共產黨蘇區中央局黨報委員會編輯，該刊由《實話》和《黨的建設》合併而成。1933 年 9 月 30 日停刊，共出版 73 期（一說 72 期）。其主要內容是刊登蘇區中央指示、決議，以及蘇區中央局領導人撰寫的重要文章等。該刊物雖不是畫刊，但存有少量新聞圖片。

第五節　個案研究：《時代漫畫》

　　幽默是「笑的藝術」，漫畫是矛盾的笑的藝術。漫畫作為一種藝術形式，用簡單而誇張的手法來描繪生活或時事。當漫畫與時事國情交匯碰撞時，關注的不僅僅是趣味性，而更注重大的時代背景下整個社會的意識主流。20 世紀 30 年代是中國漫畫發展的第一個高峰時期，在中國漫畫史上被稱為「四多」時期，即「刊物多、作者多、作品多、專集多」[1]。被美術史上稱為「漫畫的黃金時代」[2]1933 年和 1934 年被稱為「雜誌年」。在這兩個雜誌年裏，漫畫刊物紛紛創刊。據統計，從 1934 年到 1937 年間，上海一地出現的漫畫類刊物就有 17 種之多。1936 年 11 月，在上海還舉辦了「第一屆全國漫畫展覽會」。在如雨後春筍般湧出的漫畫期刊中，《時代漫畫》出版時間最長，影響最大，在上世紀 30 年代被譽為「中國唯一首創諷刺和幽默畫刊」。

　　《時代漫畫》於 1934 年 1 月 20 日創刊，直到 1937 年不得已而停刊，三年間一共出版 39 期。《時代漫畫》為 16 開本月刊，由魯少飛任主編，時代圖書公司出版發行，發行人是張光宇。每期都刊登大量的彩色漫畫，從第十期開始增加封底，漫畫異常精美，技巧也非常成熟，不僅吸收了西方現代主義美術精神，而且加入了中國傳統美術元素。《時代漫畫》通過人們熟知的題材，再加以誇張、變形或是文字處理，諷刺和鞭笞社會上的不良現象。《時代漫畫》像它的名字一樣，緊跟時代，用畫筆履行解決「國家世界」

1　畢克官、黃遠林：《中國漫畫史》，文化藝術出版社，1986 年版，第 91 頁。
2　阮元春、胡光華：《中國近現代美術史》，天津人民美術出版社，2005 年版，第 150 頁。

問題的承諾，不得不承認《時代漫畫》在整個漫畫界豎起了一面新的戰鬥旗幟。[1]

一、《時代漫畫》的出版發行概況

　　談到《時代漫畫》的出版，不得不談中國現代出版史上重要的出版家——邵洵美。邵洵美（1906 年 6 月 27 日～1968 年 5 月 5 日）生於上海，祖籍浙江餘姚。1934 年，邵洵美籌資出版的《時代漫畫》，被公認爲是 30 年代中國漫畫大發展時期的「大本營」。正如黃苗子先生所說：「洵美的時代圖書公司，實在是 30 年代中國漫畫的搖籃，吸引和培養了大量人才，可以說，沒有時代圖書公司，就沒有中國漫畫的光輝成就，這一點應該是肯定的。」[2]

　　邵洵美認爲，發展文學藝術必須依靠市場，而形成文學市場，首先要做文化普及工作。畫報是普及文化教育的重要手段，對整個文化事業的發展具有基礎性意義。邵洵美主張「要養成人讀書的習慣，從畫報著手應當算是最好的方法。用圖畫去滿足人的眼睛；再用趣味去鬆弛人的神經；最後才能用思想去灌漑人的心靈」。[3]邵洵美認爲「我總覺得圖畫能走到文字所走不到的地方；或是文字所沒有走到的地方」，正是基於這樣的出版理念，邵洵美出版了包括《時代漫畫》在內的各色畫報，他希望能借用這些大眾畫報「養成一般人的讀書習慣」，以此普及文化理念。[4]

　　《時代漫畫》創刊於 1934 年 1 月 20 日，於 1937 年 6 月停刊，共 39 期。由魯少飛任主編，爲 16 開本的月刊。《時代漫畫》欄目內容豐富，圖文並茂，編排新穎，每期有 40 餘頁的篇幅，其中石印彩色版和影寫版各占 8 頁。出版時間長達 3 年多，在當時的政局下實屬不易。《時代漫畫》內容豐富，有諷刺戰爭、諷刺當局的漫畫，也有反映社會下層生活，反映農村生活的作品。與此同時，《時代漫畫》會以一個事件或社會問題設立專號或附輯，這使得就一個專項問題可以進行深入討論。[5]

　　《時代漫畫》由於發表了一些諷刺批判國民黨當局的漫畫作品而遭到了

1　孫晶：《論民國時期漫畫類雜誌戰鬥性、啓蒙性及實用性的統一》，《新聞傳播》，2013 年第 11 期。
2　王劍萍：《拂去歷史的積塵找尋溫暖的回憶》，《淄博師專學報》，2007 年第 10 期。
3　邵洵美著，陳子善編：《洵美文存》，遼寧教育出版社，2006 年，第 151 頁。
4　許燕：《邵洵美的編輯出版思想探析》，《出版發行研究》，2014 年第 12 期。
5　俞瑋婭：《上海漫畫的黃金歲月》，《科技信息》，2013 年第 3 期。

當局的查禁，被迫停刊三個月，並被處以罰款。查禁和停刊並沒有嚇退魯少飛等主創，他們以改名稱（刊名《漫畫界》），換主編（王敦慶任主編）等換湯不換藥的辦法來繼續發行，也正是在被迫停刊的三個月裏，他們在上海成立了漫畫家協會，組織了漫畫家俱樂部，將三十年代的漫畫活動推向了一個高潮。[1]

1.《時代漫畫》的辦刊宗旨

在《時代漫畫》1934 年元月問世的創刊號上既沒有發刊辭，也沒有主編宣言，僅在末頁右下角有一段主編魯少飛的「編者補白」——「目下四周環境緊張時代，個人如此，國際世界亦如此。永遠如此嗎？我就不知道，但感覺不停，因此什麼都想解決，越不能解決越想應有解決。所以，需要努力！就是我們的態度。責任也只有如此。」由此可見，《時代漫畫》的辦刊主旨是關注解決時事問題。[2]如圖 3-41 所示。

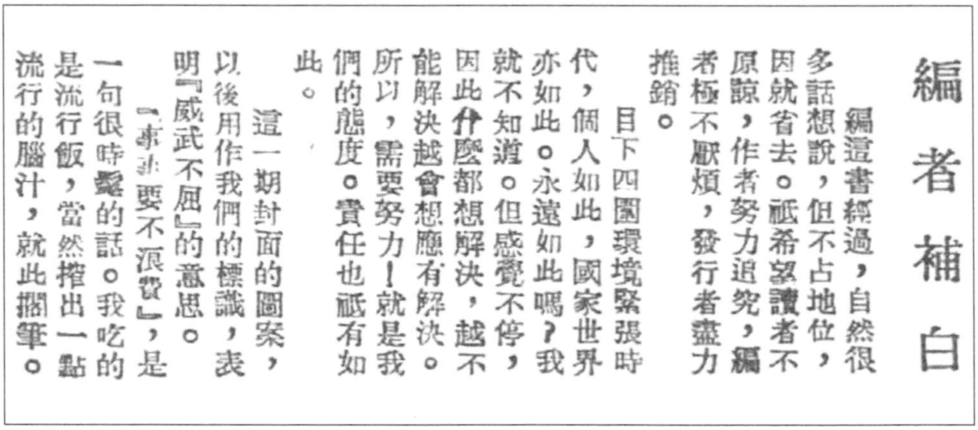

編者補白

編這書經過，自然很多話想說，但不占地位，因就省去。祇希望讀者不原諒，作者努力追究，編者極不厭煩，發行者盡力推銷。

目下四圍環境緊張時代，個人如此，國家世界亦如此。永遠如此嗎？我就不知道。但感覺不停，因此什麼都想解決，越不能解決越會想應有解決。所以，需要努力！就是我們的態度。責任也祇有如此。

這一期封面的圖案，以後用作我們的標識，表明『威武不屈』的意思。

『事[illegible]要不浪費』，是一句很時髦的話。我吃的是流行飯，當然擠出一點流行的腦汁，就此擱筆。

圖 3-41　《時代漫畫》第 1 期《編者補白》

《時代漫畫》第一期封面由著名漫畫家張光宇設計，畫面是文房四寶組成的一位：「騎士」，以此向讀者表明該刊的出版宗旨「以筆爲武器戰鬥」，如圖 3-42 所示。該期編後記中寫道，「這一期封面的圖案，以後用作我們的標識」，表明「威武不能屈」的意思。[3]

1 包立民：《葉淺予與魯少飛（下）》，《美術之友》，1994 年第 4 期。

2 孫晶：《論民國時期漫畫類雜誌戰鬥性 / 啓蒙性及實用性的統一》，《新聞傳播》，2013 年第 11 期。

3 吳繼金、賈向紅：《國民黨製造的新聞漫畫風波》，《黨史文苑》，2011 年第 4 期。

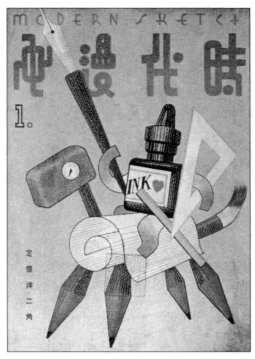

圖 3-42　《時代漫畫》第 1 期封面

2.《時代漫畫》形式和內容

為了符合讀者群的偏好，《時代漫畫》常刊登一些反映市井生活、社會紀實的漫畫作品，此外，描寫男女兩性生活的漫畫也佔據了不少篇幅。黃矛（蒙田）在《漫畫藝術講話》中批評道：「描寫男女兩性生活的漫畫在『時漫』上佔了不少的數目，這種情形是當時社會的一種病態，也看到當時青年作者沒有確定的人生觀，在徘徊和矛盾之間摸不著一個正確的方向。」《時代漫畫》也因此曾一度受到左翼漫畫家的不滿和批評。[1]《時代漫畫》的主編對此有一精闢解釋：色情文化只是一種掩蓋，為躲避當局對抗日、民主化等進步文化的鎮壓而已。[2]

隨著日寇侵略中國的野心愈益暴露，國民黨政府的態度又十分曖昧，《時代漫畫》的政治色彩越來越鮮明，刊登了大量宣傳愛國思想和揭露當局黑暗的新聞漫畫。其中魯少飛創作的《晏子乎》新聞漫畫被污以「妨礙邦交」的罪名；王敦慶的新聞漫畫《無冕之王塞拉西來華訪友》，將原本是蔣介石與抗

1 包立民：《葉淺予與魯少飛（下）》，《美術之友》，1994 年第 4 期。
2 楊昆：《清末與民國時期漫畫期刊發展歷程》，《出版發行研究》，2011 年第 2 期。

日名將馮玉祥在廬山上合影的照片，把蔣介石的頭剪下換成阿比西尼亞（即埃塞俄比亞）國王塞拉西的頭。[1]這幅漫畫被污以「污蔑領袖」的罪名。除了直接刊登漫畫以外，《時代漫畫》還運用照片和漫畫拼貼的方式，以鮮明對比的手法針砭時弊，揭露社會黑暗。無論是原創漫畫還是照片拼貼，《時代漫畫》正如它的名字一樣，緊跟時代，用畫筆作為武器，履行「解決國家世界問題」的承諾。[2]

3.《時代漫畫》的主編

《時代漫畫》於 1934 年 1 月 20 日創刊，直到 1937 年不得已而停刊，三年間一共出版 39 期，由魯少飛任主編。上世紀 30 年隨著民族矛盾的不斷升級，急劇變蕩的時局將魯少飛推向了另一個創作時代，以魯少飛為代表的漫畫家們開始從描繪都市生活轉向諷刺時局，針砭時事，政治色彩日益鮮明。當時《時代漫畫》的作者隊伍遍及全國各地，葉淺予在他的回憶錄中說道：「如此興旺的局面，應該歸功於《時代漫畫》的開放政策和培養新一代漫畫家的積極態度」。[3]

由於《時代漫畫》刊登了部分諷刺國民黨消極抗日的漫畫，遭到了查禁的厄運，被迫停刊三個月。在這三個月裏，他們在上海成立了漫畫家協會，組織了漫畫家俱樂部，籌辦了全國第一屆漫畫展。將 30 年代的漫畫活動推向了一個高潮，而魯少飛就成了其中的核心人物。1937 年 8 月 13 日，上海爆發淞滬戰爭，抗戰全面爆發。為了宣傳抗日，魯少飛在上海發起成立了中國漫畫救亡協會，並主編《救亡漫畫》五日刊。在創刊號以《漫畫戰》為題呼籲漫畫界聯合救亡。1937 年魯少飛作為漫畫救亡協會代表發表《告別演說》，在告別演說中他呼籲：「現在漫畫家的最大任務，是喚起我們有無限力量的民眾，使他們堅決地認識此番全國抗戰的意義……增加我們抗戰的自信力。」由此可見，魯少飛認為漫畫是發動民眾抗日極為有力的武器，而以他為代表的抗日漫畫家們紛紛拿起畫筆投入到抗日的熱潮中去。[4]

魯少飛在晚年回顧自己的漫畫生涯時曾說：「漫畫不盡是雕蟲小技，而是

---

1 吳繼金、賈向紅：《國民黨製造的新聞漫畫風波》，《黨史文苑》，2011 年第 4 期。

2 孫晶：《論民國時期漫畫類雜誌戰鬥性、啓蒙性及實用性的統一》，《新聞傳播》，2013 年第 11 期。

3 包立民：《葉淺予與魯少飛（下）》，《美術之友》，1994 年，第 4 頁。

4 陳陽：《圖文編織中的都市風情——魯少飛的「漫畫上海」》，《書城》，2013 年第 3 期。

反映與記錄了三十年代的時事與社會的百像圖。斯可傳於後世珍視之。」[1]

二、《時代漫畫》圖像新聞生產場域

20 世紀 30 年代，中國漫畫經歷了一個發展高峰期，在那個民族危如累卵的特殊時期，漫畫特別是時尚漫畫以其特殊的藝術表現形式洞悉民族的生存萬象，體察民族的呼吸脈搏。《時代漫畫》所包含的豐富的圖像新聞，為二十世紀 30 年代的中國社會現象研究提供了詳實的信息，圖像新聞再現的效果及生產場域分析能夠在一定程度上還原處於那個時代的社會生活畫面。

1. 圖像新聞生產的技術性形態

本研究將《時代漫畫》所刊登的具有新聞性質的圖像界定如下：能夠真實、客觀記錄畫報出版發行之前發生的事件及當時的社會現狀的圖像，內容涵蓋國內外時政、百姓社會生活、文體藝術活動、考古遊記、戰爭信息、影劇娛樂等，且報導上需具備一定時效性。

（1）圖像新聞製作形態

根據對《時代漫畫》圖像信息所進行的 SPSS 分析，該刊共刊登圖片 4372 幅（包含新聞圖像、非新聞圖像）。其中新聞圖像有 624 幅，約占總共圖片的 14.3%，非新聞圖像有 3748 幅，約占圖片總數的 85.7%。在所刊登的新聞圖像中，有約 474 幅，占 76.0%比例的圖像全是手繪漫畫。從新聞圖像生產類型來看，高達 76.0%的手繪漫畫說明了在《時代漫畫》時代，漫畫的技藝和形式日趨完善，它以簡捷的線條造就了生動的畫面，闡述了深刻的道理，最直接最明確地表白了作者的意圖，漫畫已經成為漫畫家們用來針砭時事，諷刺和揭露社會現實的有力工具。

（2）圖像新聞地域分布

圖像新聞報導地域可以在一定程度上反映出圖像新聞的生產地點，《時代漫畫》刊登的很大一部分新聞漫畫是由作者在新聞發生地繪製完成再寄回上海編輯部的，由此研究新聞漫畫的報導地域可以一定程度體現《時代漫畫》中圖像新聞的生產地點。

綜合《時代漫畫》各期刊載內容來看，新聞圖像來源分布範圍廣泛，一期的漫畫內容會覆蓋國內多地近期發生的事件。根據 SPSS 軟件分析的《時代

1　參見沈建中：《時代漫畫》，上海社會科學院出版社，2004 年版。

漫畫》相關圖像統計數據，《時代漫畫》所報導的新聞中外埠新聞比例較高，達到 37.6%，本埠的新聞比例最低，僅占 6.6%，低於國外新聞 17.7%的比例，可見外埠和國外新聞佔據了大量的報導篇幅，其圖像新聞地域分布非常廣泛。

（3）圖像新聞報導週期

《時代漫畫》為 16 開本的月刊。月刊的出版週期有一個月，是定期的連續出版物，由此《時代漫畫》的作者具有充裕的時間繪製漫畫，漫畫包羅內容豐富，有諷刺戰爭、諷刺當局的漫畫，也有反映社會下層生活，反映農村生活的作品。內容包括國內外的政治人物漫畫、時事照片、社會素描以及遊記等。由於出版週期較長，對重大的事件可以增加背景、情節、細節等信息含量，增加報導的準確性、可靠性和詳盡性。

《時代漫畫》欄目內容豐富，圖文並茂，編排新穎，每期有 40 餘頁的篇幅，出版時間長達 3 年多，有效地反映了上世紀 30 年代大時代背景下的上海社會風貌。

（4）圖像新聞報導時效性

《時代漫畫》圖像新聞報導的時效性可由第二節中通過 SPSS 軟件對圖像新聞的統計分析數據清楚看到，《時代漫畫》的新聞報導時效中「不明」的比例極高，高達「92.9」，《時代漫畫》的新聞報導圖片中文字說明中沒有具體日期，少數有一些圖片有類似「近日」、「最近」、「新近」等模糊詞語，無法進行精確的數字統計。在明確統計到報導時效的新聞圖片中，「事件自發生時據報導的時間」在「7 日之內」的占 0.6%，「15～31 日」的占 5.9%，「1～2 月」的為 5.6%，「2 月以上」占 0.6%。

通過數據我們清晰可見《時代漫畫》的圖像新聞報導時效性不強，究其原因是漫畫是一種具有強烈的諷刺性或幽默感的繪畫，用簡單而誇張的手法來描繪生活或實事的圖畫，一般運用變形、比擬、諷刺、象徵的方法，構成幽默詼諧的畫面，以取得諷刺或歌頌的效果，達到批評或歌頌某些人和事，具有較強的社會性。漫畫畫家無論是寫實、變形、誇張等等的手法，用什麼工具、材料、技術——筆墨、水彩、油畫、木刻……終極的目的都是為了使人們不但產生歡笑、憎恨、哀憐、悲憤等反應，加深對社會的瞭解，還激發人們干預社會、改造社會的意志。漫畫誇張諷刺的特點及強烈的社會性決定了對新聞漫畫的新聞報導時效性不必有太高的要求。

2. 圖像新聞生產的構成性形態

《時代漫畫》作為那個時代大眾藝術的一分子，用獨特的表現方式很好地記錄下了時事政局、社會思潮、百姓生活讓我們能直觀地感受到 80 年前的社會風貌和時代精神。本部分的研究將從圖像生產具體構成形態分析，包括作為傳播主體的圖像新聞和傳播媒介、傳播過程中的信息生產者和受眾。

（1）製作技術及傳播媒介

從技術和傳播媒介角度分析，《時代漫畫》的出現離不開造紙術、印刷術和漫畫技藝及理念的進步。

我國第一家造紙廠「上海機器造紙廠」，創辦於 1881 年的上海。官辦的「龍章機器造紙公司」也最先在上海出現，截止到抗日戰爭前，上海已經有十幾家造紙廠，產量、技術在國內均遙遙領先。談論上世紀 30 年代中國印刷術的發展不得不提《時代漫畫》的出版人邵洵美，作為當時的大出版家，他有自己的書店，時代書店，有自己的出版公司，還有自己的印刷廠，時代印刷廠，有從德國進口的中國第一臺影寫版機器，當時這套影寫版印刷設備，包括有兩層樓高的印刷機，另有照相設備，磨銅機，鍍銅機等一系列設備。購置這套機器花了 5 萬美金，解放初，這套機器作價讓給人民政府，新中國第一畫報《人民畫報》即是由這臺印刷機印出來的。據一直跟隨著這臺機器的老工人回憶，當年這臺機器印刷出來的刊物相當精美。

新聞評論性質的漫畫，在英語國家的報刊上經常使用 Cartoon（卡通）一詞，如美國普利策新聞獎為報紙社論版上刊登的此類漫畫所設立的獎項，即為 Editorial Cartoon（社論漫畫）。我國古漢語文獻之中雖有「漫畫」一詞，但所指為鳥類，與作為畫種的「漫畫」風馬牛不相及。我國古代帶有漫畫史前藝術特徵的繪畫品類，通常以「諷刺畫」「滑稽畫」「笑畫」「寓意畫」命名之。[1]

上海本來就是一個對外開放的港口，租界多，洋人多，對國外文化的引進和吸收也較之內地廣泛，社會風氣和生活方式也相對西化，這些都給外來文化藝術的滲透提供了便利條件。自「五四」以來，具有清醒民族主體意識的畫家們已經意識到如果拒絕吸收世界的優秀藝術作為借鑒，中國繪畫必將停滯。劉海粟、張聿光所創辦的上海美專正是以西畫基礎教學——素描為重

1　王一麗、劉學義：《我國報刊早期漫畫初探》，《編輯之友》，2014 年第 10 期。

要課程的學校。[1]西方現代藝術的重要特點之一是吸收了民間藝術鮮活的生命力和強烈的裝飾性，而上世紀 30 年代湧現出張光宇、魯少飛、葉淺予等這一批起於草根的、未經過學院科班教育的畫家，則先天根植於民間藝術，卻能和西方現代藝術心有靈犀。他們僅僅依靠一些出版物、印刷品的營養，就開闢了另一條現代美術之路。[2]

這批傑出的漫畫家成爲《時代漫畫》主要的創作者。他們從民間剪紙、古代圖案、舞臺布景、傳統京劇等優秀的民族文化中萃取營養。漫畫題材多變，不受畫面表現的限制，將一切文化中的精華吸收進來，既有西方現代派繪畫的形式，又有中國傳統文化的精華。[3]

（2）創作者身份與讀者身份

《時代漫畫》在它出版的三年間，組織和培養了全國各地數百名的漫畫作者，構成了中國以後漫畫作者的骨幹力量，同時也成爲了之後創辦的漫畫雜誌借鑒的一個優秀模板。《時代漫畫》刊登過許多漫畫家的作品，除《上海漫畫》的原班人馬外，還增加了一批生力軍，如華君武、蔡若虹、丁聰、胡考、黃苗子、特偉（盛公木）、張樂平、張仃、廖冰兄、張英超、黃堯等。

《時代漫畫》的作者都善於運用線條靈活造型，華君武喜歡用流暢的線條、簡練的造型營造人物眾多的大場面；而胡考則是運用粗重的線條勾勒輪廓，突出人物的頭部特徵。葉淺予和陸志庠也毫不遜色，畢克官就曾經評價過葉淺予和陸志庠的漫畫的線條是「或流暢或稚拙，或是流暢中夾帶著稚拙。對線條的疏密安排，也頗具匠心。由於疏密相稱，不僅使形象突出，而且畫面生動有趣。」而張樂平在漫畫線條的運用上則是「在線條的流利上他與葉淺予有著同樣的風韻。」[4]

這裡著重介紹下《時代漫畫》兩位常見的漫畫家：張光宇和廖冰兄。

張光宇是《時代漫畫》的發行人和主要創作者。他的傳統文化素養極高，並將其融匯在漫畫的創作中。在他的漫畫作品中經常會以財神、佛祖、民間風俗等爲母體，這類題材的漫畫受到了大眾的喜愛。張光宇在《時代

1　吳瓊：《丁聰漫畫創作之路》，《新文化史料》，1998 年第 6 期。

2　汪家明、張光宇：《被遺忘的大師》，《中國美術》，2013 年第 1 期。

3　程勳箸：《〈時代漫畫〉所刊作品對於中國傳統美術的借鑒》，《美與時代》（旬刊），2010 年第 11 期。

4　程勳箸：《〈時代漫畫〉所刊作品對於中國傳統美術的借鑒》，《美與時代》（旬刊），2010 年第 11 期。

漫畫》上發表了不少此種題材的漫畫，同時他的創作也影響了《時代漫畫》周圍的漫畫家。從張光宇發表在《時代漫畫》的諸多漫畫作品中，可以看出這些作品的色彩、構圖、人物造型以及點、線、面的布局、組合都吸收了中國傳統藝術的表現手法。他發表在《時代漫畫》上的《南海美人魚》（如圖 3-43 所示）、《三個漁翁》等作品中所塑造的藝術形象就是將中國畫線條、色彩和西方現代主義形式相結合，既有鮮明的個性特徵，又有強烈的時代感。[1]

圖 3-43　南海美人魚（《時代漫畫》第 6 期封面）

　　另一位廖冰兄先生。在廖冰兄看來，漫畫所反映的內容是第一位的，相比於藝術形式，漫畫所揭露的社會現實，所表達的思想內涵才是漫畫的精髓。「漫畫是以內容為第一意義的藝術……一切形象在畫面經營布置首先要為內容上的合適，否則無論怎樣『美法』也是徒然。」[2]漫畫內容的重要性根源於

1　程動薈：《〈時代漫畫〉所刊作品對於中國傳統美術的借鑒》，《美與時代》（旬刊），2010 年第 11 期。
2　陳陽：《困頓的前行者——解讀廖冰兄漫畫中的知識分子形象》，《藝苑》，2011 年第 4 期。

它反映社會現象的以點帶面,「漫畫內容就不是一件孤立的事物,而是整個社會的『切片』。畫家無論是寫實、變形、誇張等等的手法,用什麼工具、材料、技術——筆墨、水彩、油畫、木刻……終極的目的都是為了使人們不但產生歡笑、憎恨、哀憐、悲憤等反應,加深對社會的瞭解,還該激發人們干預社會、改造社會的意志。」[1]

分析《時代漫畫》的受眾群,可以看到讀者是以上海市民階層為主,因此漫畫的取材多以小市民的生活為描寫對象,其中不免庸俗、低級趣味的所謂「色情文化」、「色情漫畫」。汪子美在《中國漫畫之演進及展望》一文中也批評道:「從《時代漫畫》創刊號開始的早幾期,曾一度陷入色情文化的氣氛中而減輕了一時讀者的信念。」[2]但是隨著日寇侵略中國的野心愈益暴露,國民黨政府的態度又十分曖昧,《時代漫畫》的政治色彩越來越鮮明,刊登了大量宣傳愛國思想和揭露當局黑暗的新聞漫畫。

《時代漫畫》主編魯少飛回憶:當時我們希望明確辦刊宗旨,讓讀者清楚我們要走的方向。張光宇和我主張強調把重大題材、政治題材放在時代漫畫上,要求直接反映抗戰。《時代漫畫》不同於一般市民消遣的幽默雜誌,漫畫的大眾性是不同於當時彌漫全社會的小市民情調的,他的目的是通過漫畫喚醒民眾,改造社會,期望它與人們的日常生活發生很大的關係,給多數人一種性靈的啟示,苦悶的現實生活上一種撫慰,並成為自由思想上不可少的伴侶。[3]

（3）報導對象身份

《時代漫畫》624幅新聞圖像中,涉及人物的新聞圖像共526幅,占新聞圖像總數的84.6%。可見《時代漫畫》中圖像新聞以人物活動報導為主。以下是第二節部分中通過SPSS統計軟件得到的人物特徵的相關結論。

三、《時代漫畫》圖像新聞構成場域

圖像是一種完全不同於語言文字構成形態的視覺形構,是結構性符碼的建構。圖像是具有深刻意義的平面,在這個視覺平面內既充滿了符號具（符

---

1 陳陽:《困頓的前行者——解讀廖冰兄漫畫中的知識分子形象》,《藝苑》,2011 年第 4 期。
2 包立民:《葉淺予與魯少飛（下)》,《美術之友》,1994 年第 4 期。
3 張玉花:《論張光宇漫畫的社會批判性和裝飾性》,《文藝理論與批評》,2010 年第 2 期。

指），也充滿了符號義（符徵），既有現場符碼，也有再現符碼。[1]由此可見，
對圖像的自身構成場域的研究成為圖像研究的重點內容。

　　本節就圖像新聞的構成場域對《時代漫畫》進行分析，描述《時代漫畫》
的圖像新聞在形式、內容兩個方面的特點，歸納總結《時代漫畫》圖像新聞
形式、內容的特色和風格。

1.《時代漫畫》圖像新聞形式構成

　　《時代漫畫》為 16 開本的月刊。欄目內容豐富，圖文並茂，編排新穎，
每期有 40 餘頁的篇幅，其中石印彩色版和影寫版各占 8 頁，出版時間長達 3
年多。中國傳統漫畫是以單幅諷刺為主，單幅幽默諷刺漫畫可謂內莊外諧，
平淡的背後有發人深省的故事。而四格諷刺漫畫則更像相聲表演，它們往往
都以先鋪墊後「抖包袱」的形式娛樂觀眾，相對於單幅創作來說，它們的舞
臺延展性更好。

　　《時代漫畫》的圖像新聞主要呈現三種刊載形式：單幅漫畫、四格漫畫
和專題系列組圖。

（1）單幅漫畫

　　《時代漫畫》刊登的作品，有反映社會生活百態的內容，也有揭露社會
時事熱點的內容。無論是口味清淡的市井生活，描摹都市中各階層人物的眾
生相，還是嚴肅題材，針對政治經濟文化生活中的怪現象予以揭露和諷刺，
單幅諷刺漫畫都是表現內容的有力形式。沈逸千發表在 1935 年 3 月號第 15
期的作品「大陸政策的猛進」就是一幅針對當時社會予以揭露和諷刺的單幅
時事漫畫，如圖 3-44 所示。這幅漫畫的社會背景是位於察哈爾省北部錫林郭
樂盟東部的烏珠穆沁鹽湖，湖方圓六百里，每日能產鹽數百噸，鹽質之佳，
產量之富，冠於全蒙，能供塞外數百萬人用。然而日偽一佔領熱河區域之
後，立即佔領了烏珠穆沁王府（索王府），強架無線電臺，又在該湖設卡徵
稅，至此蒙邊百萬人的生命線盡數在日偽的掌握之中。在這幅漫畫中，烏珠
穆沁鹽湖上方坐著一個體型碩大、面目可憎的軍人，軍人左右手都抓著一隻
石獅子，左手握著的牌子上寫著「欲吞併支那必先進取滿洲，蒙古欲取必先
占烏珠穆沁鹽湖」，右手的袋子上赫然寫著「鹽稅」兩個大字，圖中還有駕著

1　約翰・費斯克，張錦華譯：《傳播符號學理論》，遠流出版事業股份有限公司，1997
　　年版，第 16 頁。

牛車運鹽的勞工在辛苦勞作。這幅漫畫運用誇張變形的角色造型，形象生動，入木刻骨的描繪出了日偽意圖通過霸佔烏珠穆沁鹽湖的鹽進而霸佔整個蒙古的險惡用心。

圖 3-44　大陸政策的猛進
（《時代漫畫》第 15 期，第 13 頁）

（2）四格漫畫

四格漫畫，顧名思義就是以四個畫面分格來完成一個小故事或一個創意點子的表現形式。四格漫畫短短幾格就涵蓋了一個事件的發生、情節轉折及幽默的結局。讓人看完會心一笑或捧腹大笑。四格漫畫著重點子創意，畫面不需很複雜，角色也不要太多，對白精簡，輕鬆易讀。四格漫畫是一種古老的藝術表現形式，四格漫畫在表現上的特點主要強調敘事。早期的漫畫除了傳統的單幅外，就是四格諷刺漫畫：開頭，發展，高潮，結尾，所以是四格。六格和八格是後來才出現的，情節展開會比較多。其實現在對格數已經沒有限制。

（3）專題系列組圖

組圖的第一種形態表現為專題漫畫，即將同一主題或內容相關的多幅漫畫，按照內在的邏輯聯繫編排在一起，圍繞著同一主旨向縱深拓展。《時代漫畫》中刊登了一定數量的專題漫畫來體現編者所要表達的主題。

　　刊登於 1937 年 4 月號第 37 期的專題漫畫《防空演習見聞錄》，圍繞防空演習這一主題編排了 4 幅漫畫，分別是陳孝祚寄自寧波的《X 地防空演習寫實圖》，陳惠齡作的《清江浦的防空演習》，陳孝祚寄自寧波的一幅隊長和壯丁對話的漫畫及另一幅大檢閱場景的無名漫畫，如圖 3-45、3-46 所示。

圖 3-45　防空演習見聞錄 1（《時代漫畫》第 37 期，第 18 頁）

圖 3-46　防空演習見聞錄 2（《時代漫畫》第 37 期，第 18 頁）

　　組圖的第二種形態為專號或附輯。《時代漫畫》的內容豐富，有諷刺戰爭、諷刺當局的漫畫，也有反映社會下層生活，反映農村生活的作品。有時會以一個事件或一個社會問題設立專號或附輯，如表 3-1 所示。

表 3-1 《時代漫畫》專號、附輯一覽表

年　　月	期數	專號、附輯名稱
1935 年 10 月	22 期	二週年紀念專號
1936 年 7 月	28 期	社會問題專號
1936 年 8 月	29 期	世態漫畫專號
1936 年 9 月	30 期	社會諷刺漫畫專號
1936 年 10 月	31 期	民間疾苦漫畫專號
1936 年 11 月	32 期	綏蒙風雲漫畫專號、社會生活漫畫附輯
1936 年 12 月	33 期	新年號旅行漫畫附輯
1937 年 1 月	34 期	新春號職業問題漫畫附輯
1937 年 2 月	35 期	三週年紀念、全國無名作家專號、時代兒童漫畫附輯
1937 年 3 月	36 期	摩登世相漫畫專號
1937 年 4 月	37 期	社會動態漫畫專號
1937 年 5 月	38 期	長篇漫畫與小說專號
1937 年 6 月	39 期	人生小諷刺的漫畫與漫話專號

　　這些專號或附輯的設置使得《時代漫畫》就一個問題能夠比較深入地進行創作探討。在漫畫本身的創作方式上，除了以往見到的黑白勾線畫法外，還鼓勵藝術家們用很多新的繪畫技法進行漫畫創作。比如，王敦慶的「無冕之王塞拉西來華訪友」一圖，就是運用了照片剪貼的方式創作的。張光宇的漫畫吸收京劇的藝術造型，創作出既有民族味道又富有裝飾性的漫畫作品。《時代漫畫》在刊登單幅漫畫的同時也刊登連載漫畫，最著名的當屬葉淺予的《王先生》以及張光宇的《民間情歌》。

2.《時代漫畫》圖像新聞內容構成

　　漫畫雜誌在內容上可以分為兩大類型。一類漫畫雜誌繼承了歐美時事政治諷刺漫畫雜誌的特點，緊跟時代風雲變幻，通過諷刺和揭露社會上的陰暗面來提醒國人匡正不合理的制度，成為反抗不公正的發聲器和傳播體。另一類則秉承了鴛鴦蝴蝶派的衣缽，更加注重個人趣味和生活體驗，遠離詭異的

圖 3-47　兩週年紀念專號
（《時代漫畫》1935 年，第 22 期）

圖 3-48　社會問題專號
（《時代漫畫》1936 年 7 月，第 28 期）

圖 3-49　世態漫畫專號
（《時代漫畫》1936 年 8 月，第 29 期）

社會變革，有些甚至走向了色情和空虛，不過這兩種形式並非是完全分離的，而是常常融爲一體。[1]

根據第二節中對《時代漫畫》圖像新聞 SPSS 統計數據得到以下結論：《時代漫畫》所刊登的新聞圖像中「國內外新聞時事」和「百姓社會生活」所佔的比例較大，分別爲 36.8% 和 44.2%，特別是「百姓社會生活」，接近於總數的一半。這兩項內容構成了《時代漫畫》的圖像新聞報導的主體，比例總和達到 80%。由此可見《時代漫畫》關注的重點是國內外時事新聞和百姓生活。

下文將分別就國內外時事新聞和百姓生活這兩類圖像新聞內容做具體描述與分析。

（1）追蹤時事新聞

《時代漫畫》刊登的新聞圖像中「國內外新聞時事」所佔比例達到 36.8%，由此可見《時代漫畫》對國內外時事的關注和重視。對國內外時事部分的圖像新聞將分爲國內時政要聞和國際時事新聞兩部分論述

第一，國內時政要聞。《時代漫畫》除了刊登描述都市生活的漫畫，政治色彩越來越鮮明，刊登了大量宣傳愛國思想和揭露當局黑暗的新聞漫畫。

例如，竇宗淦的《如臨大敵》，畫面上近景爲守護北平城的武裝軍警手執帶刺刀的長槍，刺刀被鮮血染紅，遠處高舉「xx 大學」橫標的遊行示威學生隊伍正與反動軍警打成一團，軍警舉起帶血的刺刀向學生們刺殺，有的學生血流滿面，幾具學生的屍體也橫躺在血泊之中。這幅新聞漫畫在描寫「一二‧九」運動鬥爭場面的同時，也在一定程度上揭露了國民黨反動政府不去對付真正的「大敵」日本帝國主義，反而把要求「停止內戰，一致抗日」的愛國學生當成「大敵」進行屠殺的反動本質。[2]

第二，國際時事新聞。在國際時事新聞方面，《時代漫畫》對歐洲的意大利法西斯主義非常關注，對意大利入侵阿比西尼亞（今埃塞俄比亞）的相關報導尤其關注。

刊登於 1935 年 10 月號第 22 期的漫畫《光榮可以當飯吃嗎》（張諤作），如圖 3-50 所示。畫面上有一個肥碩霸道著軍裝的人在叫囂：「不能給人民以麵包，應給以光榮」，該幅漫畫諷刺了意大利的法西斯獨裁者墨索里尼在國內實

1　楊昆：《清末與民國時期漫畫期刊發展歷程》，《出版發行研究》，2011 年第 2 期。
2　吳繼金：《賈向紅‧國民黨製造的新聞漫畫風波》，《文史精華》，2011 年第 3 期。

施法西斯獨裁專政，向民眾灌輸法西斯反動思想，在這樣的獨裁統治下，老百姓食不果腹，生活悲慘。

圖 3-50　光榮可以當飯吃嗎？
（《時代漫畫》第 23 期，第 5 頁）

（2）構建社會生活

由《時代漫畫》圖像新聞 SPSS 統計數據可以看到，《時代漫畫》所刊登的新聞圖像中「百姓社會生活」所佔的比例是 44.2%，接近於總數的一半。由此可見《時代漫畫》反映了百姓的市井生活及文化動態，對社會底層的勞苦大眾給予了深深的同情。

《時代漫畫》對於體育賽事也有報導。第 29 期刊登了題為「1936 年中國現代青年的動態」的照片，是第十一屆世界運動會我國田徑錦標隊與所得錦標的合影，如圖 3-51 所示。第 22 期的《時代漫畫》刊登了《全運會漫畫快鏡》專題漫畫，一共由 9 幅漫畫組成，描繪了參加全運會的男女選手的風貌。

圖 3-51　1936 年中國現代青年的動態（《時代漫畫》第 29 期，第 12 頁）

四、《時代漫畫》圖像新聞傳播場域

　　傳播對於圖像而言意義重大，只有通過傳播才能將圖像的意義傳達給讀者，只有傳達出去的圖像，其意義才得到實現。傳播場域是圖像意義得以實現的最終場所，不同的傳播場域中的受眾對於圖像的解讀是不同的。圖像的傳播場域在不同的時間、空間上都有其不同的效果。作爲媒介產品的《時代漫畫》，內容的生產和製作僅完成了產品屬性的前半部分，必須將其放置在社會中進行產品信息的流通和傳遞，才能實現其眞正的意義。

1. 社會經濟政治環境對圖像新聞傳播的影響

　　二十世紀二、三十年代的上海，其經濟發展的水平超出了史上之前的任何一個時期，成爲眞正的世界大都市和亞洲經濟文化中心。由於有大面積的租界，外國商人可以在中國的土地上建立現代化的工廠，由此不僅促進了中國城市工業的發展，也進一步促進了中國現代意義上都市的形成。上海正式成爲中國的經濟、金融、貿易中心，與英國的倫敦、美國的紐約和法國的巴黎這些城市相呼應，被讚譽爲「亞洲的紐約，東方的巴黎」，成爲世界十大都市之一。上海經濟的繁榮爲《時代漫畫》的誕生與發展奠定了良好的物質基礎與經濟保障。

　　從社會政治環境來看，30 年代的上海灘，十里洋場光怪陸離，國內階級矛盾尖銳，民族矛盾日漸突出，終於爆發日寇入侵中國的戰爭。在這種形勢

下，一切有志於救國救民的進步文化人士都積極投身救亡活動，提出「教育救國」、「工業救國」以及「文化救國」。1927 年蔣介石發動四一二反革命政變後，國民黨反動派採取了文化專制主義的強制手段和恐怖政策，對革命文化的進攻非常猖獗。

近代中國的抗戰救亡運動把文藝界、知識界、社會各界都捲入其中，救亡聲音壓倒啓蒙之音和靡靡之音，社會各階層都加入到救亡的隊伍中。漫畫界也在此時進入自身發展的黃金時代，「經過 20 年代後期和 30 年代初期的醞釀和準備，到了 30 年代中期，漫畫以上海爲中心，進入了一個新的高潮，這個高潮以刊物多、作者多、作品多、專集多這『四多』爲標誌。[1]由於新聞漫畫對國民黨的反動統治進行了揭露和針砭，再加上其本身具有的戰鬥性、評議性、時事性和趣味性，新聞漫畫在社會上廣受歡迎，並產生了重要的影響。

2. 社會文化環境對圖像新聞傳播的影響

任何一種文化產品的產生及衍化，都需要適宜的文化生態環境。社會文化環境是孕育高品質文化產品的溫床。《時代漫畫》的誕生及風行也和當時上海的文化環境密切相關。作爲國際大都市，上海高效率、快節奏的城市生活給生活在上海的各階層人士都帶來了較大的精神負擔和心理壓力。讀書、看報、尋找自己感興趣的文化消費形式，成了市民在緊張工作之餘緩解壓力、宣洩情緒的很好的方式，《時代漫畫》的誕生和發展正是適應了當時城市生活和市民讀者的需求。上海人的娛樂方式也在逐步地發生著改變，各式各樣的娛樂場所不斷豐富，電影院、戲院、舞場以及遊戲場所等先後在上海興起，中西文化在上海實現交匯，上海的文化事業在 20 世紀前 30 年代達到了空前的繁榮，爲《時代漫畫》的產生提供了豐富的資源，並刺激了消費需求。

結語

這一時期的圖像新聞業與中國政界的關係處於一種相對比較默契的階段，與政治官僚對於文人論政中報刊言論的壓制和打擊不同，照片、漫畫或是新聞電影作爲新聞事件的發布載體，只要在文字闡述上不特別強調某一種觀點或意圖，那麼圖片就並不存在過於強烈的政治傾向和意見；而圖像新聞

1　畢克官、黃遠林：《中國漫畫史》，文化藝術出版社，1986 年版，第 9 頁。

的發布又的確能夠給報刊帶來廣泛的社會影響力和經濟上的收益，因此，在報刊一方來說，特別依賴於照片來強調某一些主張的想法，尚不強烈。也可以說，專注於以圖像來傳播新聞的畫報、畫刊、報紙以及新聞電影，與專業的新聞報刊之間尚處於兩種貌似不同、實質互有依賴的辦報宗旨和運作系統中——畫報、畫刊和報紙有意識地忽略或者降低了言論在自身媒體上的承載度，而是可以在照片和新聞以及知識傳播方面的結合度。而專業的新聞報刊雖然在一些重大的新聞事件中已經習慣採納圖像來予以深化新聞的內涵，但仍然主要依賴於文字，甚至依賴於文字所凝結的言論思想。